U0952689

2015年度
公安文学精选
（短篇小说卷）

神算

全国公安文联◎选编

代表本年度中国公安文学最高创作水平

一年一度的中国公安文学盛宴

群众出版社·北京

图书在版编目（CIP）数据

神算：短篇小说卷／全国公安文联编．—北京：群众出版社，2016.7

（2015 年度公安文学精选）

ISBN 978－7－5014－5550－8

Ⅰ.①神…　Ⅱ.①全…　Ⅲ.①短篇小说—小说集—中国—当代

Ⅳ.①I247.7

中国版本图书馆 CIP 数据核字（2016）第 151141 号

神　算

全国公安文联　编

出版发行：群众出版社

地　　址：北京市丰台区方庄芳星园三区 15 号楼

邮政编码：100078

经　　销：新华书店

印　　刷：北京通天印刷有限责任公司

版　　次：2016 年 8 月第 1 版

印　　次：2016 年 8 月第 1 次

印　　张：9

开　　本：880 毫米×1230 毫米　1/32

字　　数：253 千字

书　　号：ISBN 978－7－5014－5550－8

定　　价：33.00 元

网　　址：www.qzcbs.com

电子邮箱：qzcbs@sohu.com

营销中心电话：010－83903254

读者服务部电话（门市）：010－83903257

警官读者俱乐部电话（网购、邮购）：010－83903253

文艺分社电话：010－83903973

本社图书出现印装质量问题，由本社负责退换

版权所有　侵权必究

出版说明

由全国公安文联编选的“年度中国公安文学精选”已经出版了十四卷，即《2011年度公安文学精选》（共三卷，含中篇小说卷《特殊任务》、短篇小说卷《结案风波》、纪实文学卷《追捕始于新婚之夜》）、《2012年度公安文学精选》（共四卷，含中篇小说卷《归案》、短篇小说卷《编外神探》、纪实文学卷《亮剑湄公河》、散文诗歌卷《我的贺年卡》）、《2013年度公安文学精选》（共三卷，含中篇小说卷《命运之魅》、短篇小说卷《沙堡》、纪实文学卷《追捕深海“掠食者”》）和《2014年度公安文学精选》（共四卷，含中篇小说卷《派出所长》、短篇小说卷

《无处可逃》、纪实文学卷《“猎狐”行动》、散文诗歌卷《心中有座百草园》)。这十四卷作品出版后，受到了广大读者，特别是全国各级公安机关民警的欢迎和喜爱。为深入学习贯彻党的十八届四中全会精神和习近平总书记在文艺工作座谈会上的讲话精神，积极落实好公安部关于推动公安文化大发展大繁荣的实施方案中提出的“推出更多公安题材优秀文化作品，出版年度公安文学精选”的要求，进一步加强公安队伍思想文化建设，着力打造公安文化品牌，推出公安文学精品，发现和扶持公安文学创作人才，满足新时期公安民警对公安文化的新期待、新需求，推动公安文化大发展大繁荣，同时更好地满足社会广大读者对优秀公安文学作品的阅读需求，全国公安文联和中国人民公安出版社决定继续编选、出版《2015 年度公安文学精选》。

《2015 年度公安文学精选》的入选作品，均为发表后受到读者广泛好评，并产生较好的社会效益的优秀公安文学作品，代表 2015 年度中国公安文学创作在中篇小说、短篇小说、纪实文学、散文、诗歌体裁中的最高创作水平，在思想性和艺术性方面具有突出特色，是奉献给广大关心和热爱公安文学的读者的精神大餐。

这是中国公安文坛第五次举办全国性年度公安文学作品精选的征集选编活动。《2015 年度公安文学精选》共出版四卷，即中篇小说卷、短篇小说卷、纪实文学卷、散文诗歌卷。

“年度中国公安文学精选”编委会办公室

2016 年 5 月 16 日

目　录

神　算

少　一

一

夏天刚踩着头，神仙湾的天气不热不冷。段长松又习惯性地开始散步了。当然，是在早晨。

近几天，他的心情不是太好。辖区内接连发生几起怪怪的案子，他和弟兄们没日没夜地折腾着，硬是没半点儿眉目。农户被盗的耕牛查不出线索也就罢了，可刘赶三的女儿遭仇老师强奸，段长松请监护人配合调查一下，家长居然不干。你说刘赶三这两口子是不是有毛病？

昨夜里下过一场雨，街面上到处氤氲着来不及散尽的水汽。太阳升得好猛，才只到六点钟，就爬上东山头一竿子高，把整条乡街照得亮晃晃、湿润润的。段长松甩动两条长腿，以他退伍军人的步姿朝街东头逛去。此时，东街方向传来蹩脚的二胡声，是老掉牙的《洪湖水浪打浪》。没别人，这曲子是从吴瞎子那把漏风的二胡里“锯”出来的。

吴瞎子原本只是个半边瞎子，小时候和玩伴砸石灰，致左眼失明了。后来右眼不服输，赶脚似的跟着得了白内障，蒙着很厚的云，满世界就全黑了，真是祸不单行。对吴瞎子来说，白天和黑夜没什么区别，就像一枚铜钱，只是时间的正反两面。在内心深处，吴瞎子更喜欢黑夜。他认为白天是喧闹的、浮躁的、功利的，它在本质上不属于盲人，只属于明眼人。盲人需要安静和淡定，需要在安静和淡定里思辨与记忆。黑夜是安静和淡定的，失明的瞳孔只有避开白天光亮的干扰，才能在沉静里把纷扰的世界“看”得透彻，然后对虚妄的人和事做出判定。在吴瞎子看来，他是幸运的——他用自己的博闻强记学会了算命。生活向他关紧两扇“门”的同时，却给他打开了另一扇“窗子”。这窗子就是智慧的天眼。站在这扇窗前，他把自己想象成一个睥睨众生的旁观者，窥视着生活的喜怒哀乐和芸芸众生的吉凶祸福，给埋头赶路的人们拨开云翳指点迷津。吴瞎子算命几十年，据说本事了得。有个湖北妹子曾翻过黄连垭来乡街上抓药，顺便给重病的母亲算命。吴瞎子一番掐算后催女孩儿尽快回去，说她母亲已经病愈，不用吃药，连算命的钱都免了。吴瞎子的意思太明白了，病人已经升入天堂，去了极乐世界，那是仙境，何须求医问药！后来证实，那位患病母亲果真没有熬到女儿的救命药！这事的真假没法考证，街上的人都这么传说。有脑子不大灵光的好事者多此一举地求证于吴瞎子，结果可想而知，吴瞎子除了拉他的二胡未置一词。于是，吴瞎子在人们的口口相传里成了半个神仙——神仙湾并非徒有虚名！只是他的二胡水平就差火了，“锯”来“锯”去老那么几曲滥调，简直是在街上制造噪音！不信你去问问，恐怕满街人的耳朵都让他的二胡声磨出了老茧。

段所长，早嘞。二胡突然歇声。

段长松本没想跟吴瞎子打招呼，准备绕过去的——他受不了吴瞎子的二胡声，可还是没躲过。都说人的器官功能可以转移，吴瞎子眼上的功夫难道真的让给耳朵了？段长松对这件事情产生了兴趣，他收住脚，想向吴瞎子求证一下。

吴师傅，你神呢！连我走路的声音都听得出来。

你才神。吴瞎子停下弓弦，巴结说，都说警察是神探。

段长松蹲下来，弹出一支烟，烟落地上，砸了吴瞎子一只脚。他再抠一支塞进吴瞎子嘴内。对火时，吴瞎子将一只手抬起来遮风。段所长，乡干部中数你最没架子，对老百姓亲热。你看，我一个瞎子，这……还抽你的高级烟……像什么话。

你真听出我了？

当然，街上知名人士走路的脚步声我都听得出来。吴瞎子嘚瑟地偏偏脑袋，侧过大耳扇子。我都听几十年了，就这点儿本事。

那你说说，你还把我听出什么来了？

你信？

当然信。

那可不行。吴瞎子得意道，哄哄别人可以，对段所长可不敢瞎说。

我看你不是不敢，是没真本事，怕露马脚。

这么一激，吴瞎子就发了倔。那我就直说了，你别怪我。

接下来，吴瞎子说，段长松最近肯定碰到了什么糟心事，心情应该比较压抑，要不，走路的脚步不会这么拖沓、滞重。

满街都在传强奸案和盗牛案，派出所所长的日子肯定不好过——吴瞎子蒙的，段长松心里有谱。

不过，段所长的苦恼马上就会过去，正所谓拨云见日。

段长松追问，此话怎讲？

吴瞎子说，因为你遇到了贵人。

贵人？

是的，有人可以帮你。

段长松索然，骂了一句，你大白天说啥瞎话呢！他拧着脖子满街望望，贱人都没一个，哪来的贵人？

吴瞎子似乎懂得了段长松的心思，自顾自地说，我说的贵人，远在天边近在眼前。

段长松拍着吴瞎子的大腿，就你？

吴瞎子不答话，只笑。

段所长心里也笑。吴瞎子这话什么意思？难道他知道点儿案子的线索？

街头响起嘈杂声，赶场的人陆续来了……

二

满街上都在传，说仇老师真不是东西，对十二岁的小女生也敢下手，简直畜生不如！

也有替仇老师辩护的：仇老师不是那种人。他好歹也是知识分子，难道不懂得为人师表的道理，连猪狗都不如的事情都干得出来？不可能的！一定是有人和他过不去，存心陷害他。人家女孩子都检查过了，并没破身，在县里大医院检查的，还动了仪器，我们应该相信科学。

段长松听校长说发生了强奸幼女案，脑袋就嗡的一下大了。以他的经验，强奸幼女案是最不好办的。一对一的强奸往往缺少直接证据，受害人是未成年，又没有证据保护意识，单凭她说的有什么用？再说，这年头执法讲文明，就算把仇老师抓来审，他咬死不开口，警察也不敢动他半个指头。过去的经验告诉段长松，对坏家伙来说，三句好话抵不上一顿好揍，警察不打好人，有时候，坏人还是应该敲打敲打的，因为你一天不打，他们的皮肉就发痒。他们的皮肉一痒就要惹事，社会就不安宁。可现在，一条文明执法的绳索把警察的手脚捆紧了。你只要动动手脚，嫌疑人就扣你一顶“刑讯逼供”的帽子，压得你抬不起头来。因此，案子破得了就破，破不了就搁那儿，警察又不是神仙。美国那么发达的国家，破案率也不过百分之二十呢，谁还拿自己的帽子和饭碗跟坏人玩儿？不值得。

学校一帮人简直扯淡。出了这档子糗事，居然还想保住面子，内部搞调解。时间都过去一天一夜了，仇老师就是再蠢，也该把所有反侦查的对策都想好了，警察再去找他，肯定成了马后炮。

可是，马后炮也得放。这可不是一件小事，弄不好是要追责的。许多时候，过程即是结果，甚至比结果更要命。段长松带民警先去学校了解情况。

事情是门卫最先发现的。门卫也是老师，一个刚刚更年期的肥胖女人。

段长松接触她，说说，怎么个情况？

午睡时，小女孩儿先去的宿舍楼，仇老师后进去的。

顺着门卫手指的方向，段长松看见了教师宿舍楼。这栋楼只有三层，五个单元，看上去有些破旧，从结构到材料明显带着 20 世纪末的建筑痕迹。段长松在心里估算着宿舍楼和教学区的距离。

二十分钟过去了，还不见小女孩儿出来，我感觉不对，就去一探究竟。门卫一直在叙述，仇老师的卧室在西头单元的二楼，我上去后把耳朵贴在门上，听出房间内有异常动静。

成了？段长松的心里像被人踢了一脚。

门卫摇着头，我不确定成没成，但有摇床的响声，嘎嘎嘎、嚓嚓嚓……

段长松停住记录，你当时应该敲门制止一下。

我也这么想过。可是我怕得罪仇老师，我们同事之间无冤无仇的。

结果，这个恶人你还是当定了。段长松只在心里说。

门卫还算有心计，她不想公开得罪仇老师，但她却担心有事。一个小丫头让仇老师就这么破了身子，往后怎么做人？良知最终让门卫抹下情面，她决定给仇老师留一个提示。她故意咳了两声，然后踏出很响的脚步声下楼了。没多久，仇老师从宿舍楼出来，经过校门口时，门卫用心瞟了他一眼，发现仇老师热出满头满脸的汗水。随后跟出来的小女孩儿被门卫叫住。门卫用一种母爱的口气跟女孩套近乎。仇老师提前叮嘱好了，小女孩儿刚开始不吐真话，说是去仇老师房间拿本书。拿书显然用不了那么久。后来，架不住门卫老辣的连吓带哄，小女孩儿才道出事情的枝叶。仇老师果真把小女孩儿哄上床，一步步诱导着不谙世事的孩子脱衣服……根据女孩儿的口述，仇老师最后应该没干成，因为他软。

段长松明白，是门卫的咳嗽声和脚步声搅了局，让仇老师下面挺不起来，坏了仇老师的“好事”——门卫意外地把小花朵救下了。

听得出来，门卫没撒谎，因为许多细节是编不出来的。段长松看过门卫留在学校的证言，完全对得上。

问题是校长接到门卫报告后，不是先报警，而是把仇老师和小女孩儿分别找来问话。仇老师掂量出事情的轻重，当然不会承认——他也确实没干成想干的事。小女孩早让仇老师串通好，两人的话一个版本，问也是白问。教师奸幼，多丢人的事！学校还办不办？校长还当不当？校方能摆脱干系？所以，校长骨子里希望是这个结果。小女孩儿的母亲就租住在学校附近陪读。校长派人把母亲找来，安抚了一番。母亲听说没成事，既不想得罪老师，也想保住孩子名声，没闹，可心里却又放不下，矛盾。校长看出家长有纠结，建议她还是带孩子到县里医院做个检查。这样的事是真是假，单凭男女双方说的不靠谱，医生的结论才能让大人放心，校长心里也有个准数。

母女俩下午搭班车秘密去了县城医院。医生检查后告诉母亲，女孩儿是囫囵身子，没事。母亲听了高兴，心里那块悬着的石头落了地。人在两种情况下最容易干傻事，高兴的时候叫得意忘形，失意的时候叫鬼迷心窍。女孩儿的母亲一高兴，居然做了件离谱的事情，她给仇老师发了一条短信，说女儿好好的，是场误会——仇老师是女儿的班主任，有道是“一日为师终身为父”，老师可得罪不起啊！

这个短信就像丢进水塘内的一块石头，把平静的水面搅出了浪花。仇老师早就憋着一口恶气：胖得像猪一样的门卫老师坏了他的好事不说，还把状直接告到校长那里，她安的什么心？现在，小女孩儿屁事没有，仇老师倒来了底气。他找到校长和门卫，要求讨还公道——一个堂堂教师的名节岂能随便玷污！事情的复杂程度已经超出了校长的掌控能力，他在骑虎难下的情况下才不得不报警。他想借助派出所的力量厘清这团乱麻。

说完这些，校长“嗐”了一声，当着段长松的面发表自己的看法。仇老师纯粹是没事找事，一泡屎非要翻出来臭。孩子没事就万事大吉，可这根搅屎棍非要揪住门卫不放，我看他是让鬼摸了头！他都扑到女孩儿身上去了，下面也有了接触，难道还是件光彩的事？再说，门卫在外面闹出动静，他肯定心里急、慌，要不，软蛋个啥？

段长松嫌校长啰唆，打断他的话，要他把小女孩儿的母亲请到学校来，他想亲自问问。

校长不情愿，他不理解派出所办案为什么支使他打电话，他又不是警察！段长松见校长动作迟疑，提醒道，碍于身份，我们出面不是太好。

校长打电话过去，果然碰了一鼻子灰。孩子母亲先是数落，继而警告。女儿的事不都弄清楚了吗？派出所还插手，你们到底什么意思？怕满世界的人不知道是吧？女孩儿的父亲刘赶三也抢过电话帮腔：如果传出风声，毁了我女儿一辈子名誉，我和你校长没完！我买瓶农药喝死在学校里。你告诉警察，让他们别咸吃萝卜淡操心！放过我们吧，我服你们了。

校长很没趣，放下电话对段长松说，她不来就算了，要不，干脆把姓仇的抓去审讯，这家伙……虾子头上顶泡屎不知香臭，他怨不得别人。

仇老师讨还“公道”的意图十分强烈。目前没有任何直接证据锁定他的犯罪行为，相反，医院的那纸结论成了他的尚方宝剑，就连受害女孩儿的家长也出自保全名声的狭隘想法，客观上是在替仇老师说话，典型的助纣为虐。这时候，要想攻克仇老师没有任何胜算。

段长松没理校长，看看手机时间，抬脚往教师宿舍楼走去。他记住了，从教学楼到仇老师房间只需要三分钟时间。

段长松要回派出所。

校长说，警察你让我很失望。

段长松说，对不起，我跟你一样失望。

三

晚上，段长松去找“贵人”。

“贵人”租住的房子是间地下室，上下要走旁边山墙十多级水泥台阶。一个瞎子为省钱，住这样的地方多不方便。

房东是个五十多岁的寡妇，姓张。她自己在门面上开餐馆，早上下米粉面条，蒸包子馒头，中午炒快餐盒饭，生意一直寡淡。吴瞎子算命就坐在张寡妇餐馆前的阶沿上，而且是长期无偿占有。一个瞎子，何以值得张寡妇如此眷顾？人们有多种猜测。有人说，瞎子肯定算过，看准张寡妇的阶沿能给他带来好运，故而不挪窝；也有人说，吴瞎子可能和张寡妇有一腿，吴瞎子有儿子没老婆，张寡妇有女儿没老公，他俩一个锅要补，一个要补锅，周瑜黄盖愿打愿挨的好事！还有稍微靠谱的一说，吴瞎子和张寡妇在生意上相得益彰——吴瞎子能给张寡妇的餐馆带来人气——算命的人饿了累了，说不定就要来一碗米粉、面条什么的。张老板，下碗面条，要少放酱油多放辣椒，干脆再煮两个荷包蛋吧。吴瞎子会不失时机地垫一句，张老板刚收的正宗土鸡蛋，你口福真好。女人应答，现在的土鸡蛋很贵，一块钱一个，白送你吃，保证不赚一分钱。在这样的对白里，生意也应该做成了。

说起来，吴瞎子也是命苦。儿子吴海亮十七岁了，高中没毕业就一直混社会，整天打扮得像个二流子，头发喷定型发胶，嘴里吹口哨，时不时还打个响指，脚底像安了弹簧，走路都在蹦跶，没一个正形，不晓得他成天到底干些什么。儿子不成器，让吴瞎子白操了心。

关于儿子的身世，吴瞎子从来没向他提过，吴海亮似乎也无所谓。那个早晨，天气贼冷。整条乡街的生活节奏似乎让冷空气冻住了，突然降下来许多。人们躲在被窝里，变着戏法没完没了地做着同一件事情。所有的门面都不愿打开，只有吴瞎子的二胡声在冰冷的空气里孤独地响起。

吴师傅，请你排个八字。早晨的开张生意，我要给你加钱。

吴瞎子接过钱，是张老人头。他捻着，心里一阵狂喜。算命以来，这样的好事还是头遭遇到——大冷天撞狗屎运了。

客官，请问求官还是求财，问婚姻还是讨吉祥？吴瞎子收好钱，自吹自擂地说，不管问哪一行，请到我吴瞎子，你算找对人了。

吴师傅，我只是替别人问问运程。来人报出一个生庚，他的口音有点儿侉。

吴瞎子掐算一阵，开始胡诌起来。按照贵庚，这是个男命，出生尚不足月。他命里主金，将来长大后是个吃公家饭的人，三岁开始行运，八岁走大运，一生衣食无忧，命里七分正财，三分偏财……老板，你这一百元算命钱花得值当，我不给你找了，我要收喜钱。

大凡算命之人，都喜欢听奉承话。但光说好话，别人不一定记得住你。这方面，吴瞎子经验很足。俗语云，金无足赤人无完人，哪有一帆风顺的命相！所以，吴瞎子总能给人家的命运算出点儿瑕疵，并指点迷津。比如现在，他就算出这男孩儿命里缺水，流不出去，取名时最好择带水的字儿。

他还说，这孩子命重，克父母，爹妈中应该有人带点儿残疾才好。

恭喜你！师傅，我真的找对人了。算命的人丢下话，不声不响地跑开。

吴瞎子先没反应过来，等他的脚踢到椅子旁边的一个包裹，客人已经杳如黄鹤。他听出了包裹里的哼唧声，猫叫一样柔弱，然后解开包裙，抖颤着摸到了一团肉，吴瞎子的手顺着肚脐往下挪，直到摸着裆里的小牛牛，就这样捡下了儿子。他大半生都在算计人家，万万没想到在阴沟里翻船，让别人把自己算计进去了。他给小东西取名海亮。这名字既填补儿子的命运不济，也寄托着一个瞎子虚妄的期待。

一开始，姐姐听说要她帮着带孩子，一百个不情愿。姐姐的话句句呛人。你一个瞎子，自己一张嘴巴都塞不饱，哪来的闲钱剩米喂他的肚子？更何况还是个来历不明的野种。可是瞎子铁了心，明知道自己这辈子讨老婆没指望，送上门的儿子不要白不要。你当姐姐的儿女双全，我瞎子哥总得有人接续香火。姐姐说，带野杂种可以，但不能白带。姐姐是吃不起半点儿亏的人，吴瞎子答应每月按期付给她工资和孩子奶粉钱，姐姐才答应收下海亮。小海亮吃奶粉真是海量，吴瞎子的月供根本不顶事。海亮丢下奶嘴儿就哭，小嘴巴直往吴瞎子姐姐怀里拱。女人哄不住孩子，听着哭闹声揪心地疼，无措之际撩开衣摆，让小家伙的肉嘴吮她的乳头。本来只是权宜之计，未料女人体内的母性让一张不依不饶的小嘴巴重新唤醒，她先只是感到乳袋子一惊一乍，瘪下去的两个肉球渐渐鼓胀起来，后来居然分泌出汁液——小海亮口福不浅。女人也是一把年纪，开始还羞答答的，脸上臊得红一阵白一阵，像做了什么见不得人的事似的，后来见海亮叼着乳头可人的样儿，心里涌出千般温柔万种怜爱，拿指头蹭着海亮的小肉脸，嗔怪道，你个混账东西，还真把老娘当亲妈了，啊呀，世上还有这等怪事！这让我怎么好意思！传出去会笑死人了呢！明眼人谁都明白，瞎子的姐姐是在臭美。她一惊一乍的其实巴不得想让全世界的人都知道，她这五十多岁的身子还能养儿子，而且奶汁儿还充足得很！随着小海亮一天天长大，女人开始打起小算盘，她不在乎瞎子哥给她的钱，只在乎小海亮长得乖不乖。私生子大都鬼聪明，这已然成为一条铁律。小海亮的可爱和聪慧渐渐攫住了女人的心，让吴瞎子的姐姐找到了血缘之外的另一种母爱。小海亮只要不在她眼前晃动，她就感到世界少了色彩，生活黯然失色。

小海亮会说话后，管吴瞎子叫爹，自然管吴瞎子的姐姐喊妈。他不亲街上算命的瞎子爹，只亲喂养他的妈。除了到街上找瞎子拿钱，他很少陪瞎子爹。吴瞎子想留他在街上陪自己睡一夜，海亮都不干。海亮说，他要回去跟妈妈睡。所以，街上的人都明白，吴瞎子养儿子只是个名分，他最终竹篮打水一场空，攒下的几个钱都白花了。

大白天，段长松不敢贸然去见“贵人”，即使到了晚上，他也不想惊动房东张寡妇。神仙湾乡街上人很多，但吴瞎子只有一个。他过得不容易。段长松不想因为丁点儿纰漏给吴瞎子的生活带来什么麻烦。派出所所长在这里干久了，甚至待不下去了，可以申请调动，拍屁股走人。可吴瞎子注定走不出这条乡街。他的生命和神仙湾连在了一起，最后会终老在这里。

直等到张寡妇的楼上熄了灯，段长松才下到地下室。他先敲门，门内没人应声。段长松摁亮手电，挑开窗户上贴着的塑料布。房间内不见吴瞎子的人影，一张木床上乱七八糟地堆放着衣服和被子，地上除了一张小方桌、两把木椅外，别无他物。地面潮湿，屋里霉臭的气味从窗户里扑出来，刺得段长松鼻子痒痒，他没忍住，一个喷嚏还是从捂紧的巴掌里打了出来。段长松想到了楼上的张寡妇——吴瞎子居然“走夜路”了。“走夜路”是神仙湾人的一种说法，意即夜里出门和相好幽会。看来，人们的猜测不是空穴来风，吴瞎子眼瞎心不瞎，不可小觑！

段长松刚转过头，背后有异物梭动的“嗖嗖”声。他警觉地侧转身，手电光撞上一条菜花蛇，足有一米多长，滚圆的身子肉溜溜、黏糊糊的。这个夜行客是从窗户里溜出来的，它在吴瞎子的房间内搜寻一阵，一定很失望。段长松的手电光随着菜花蛇肥硕的身子移来移去，直到它吐着猩红的芯子顺着墙根往山上爬去。

吴瞎子不能住这样的地下室了，弄出人命怎么得了？段长松往回走，心里产生一个想法。

第二天早上，段长松走进张寡妇的店里，朗声道，张老板，来一碗牛肉米粉。

当时张寡妇正埋头用力地在案板上揉面粉。段长松的光顾对她来说是个极大的意外。声音惊直了她的身子，张寡妇慌乱中抬手去拢耳际的头发，结果弄巧成拙，指头在脸上擦出一道白白的粉印，看起来很滑稽。她招呼段长松落座，拖过椅子用抹布先是一番扑打，继而揩了又揩。张老板，莫客气了。张寡妇回道，段所长是稀客，把你的警服弄脏了怎么好意思。

吴师傅还没上班？段长松见阶沿上少个人，想转移话题缓解一下气氛。

早上听到楼下咳嗽，他可能感冒了。张寡妇应答着，想不到段所长能到我这小店照顾生意。

张寡妇知道，派出所的人吃早餐一直都在街西头的“天香餐馆”。

派出所有食堂，平时大家都在所里免费吃。食堂周师傅的手艺不错，他每天早上把开水烧好，把稀饭煮熟，把调料配齐，然后敲钟。民警们起床洗漱，时间有迟早，口味各不同，米粉、面条、稀饭三大样，都是自己动手。只有上面来客，段长松才领着弟兄们上街换口味，名义上陪领导，实际上是打牙祭。他们定点去的地方就是“天香餐馆”，出派出所大门往左拐，五分钟不到的距离。“天香”是老板娘的名字，她手脚勤快，人长得标致，尤其是一张嘴巴甜得像涂了蜂蜜。她的店内容齐全，品种丰富，不仅有包子、馒头、面条、米粉，还有煎锅饺、炸油条、熬海带汤。店面收拾得亮亮敞敞，餐具桌椅也是一色新。张寡妇的店绝对比不上。她的墙面没刷白，看上去黑乎乎的，像挂着一块陈旧的抹布，最扎眼的是墙角上还结了两个蜘蛛网，网上歇着蜘蛛。它们和店里的主人一样，从不在乎客人的感受，把握十足地守株待兔。那些餐具也都是早先家用的，看起来一点儿都不卫生。所以，派出所民警吃早餐就算走错路也不会到张寡妇的店里来。张寡妇有这样的自知之明，怪不得段长松一进门，她就显得手忙脚乱。

其实，段长松还真不是冲着吃早餐来的。他要找张寡妇商量一件事。

张老板，你楼上还有没有空着的房子？

一间空着。有人要租？一早上段所长莫不是给我介绍生意来了？

我租。

张寡妇当然不相信。段所长，你开什么玩笑。

我是真租。不过不是我住，我想让楼下的吴师傅搬上来住。段长松没有提到蛇，只说，他眼睛不好，住楼下不方便。

他交不起房租。

我说过，我出钱。

我不明白你的意思。再说，你出钱，我也不好意思收。还有……我和一个瞎子隔壁住着，这……恐怕不好。

这有什么？段长松想到自己昨夜里扑空，心里暗自好笑，嘴上却说，这是我安排的，不怕别人嚼舌头。

随后，段长松把自己和乡税务所毛所长议定的方案说了出来。毛所长是段长松的高中同学，他俩大学毕业后又同时分到这个偏僻的山乡，一起共事多年，关系铁得很。昨天晚上，段长松从张寡妇的地下室一回去，就去找毛同学商量，将张寡妇的税钱免了，给吴瞎子换个房间。对税务所来说，张寡妇每月那点儿税钱收不收无所谓的，事情就按段长松的意思定了下来。

张寡妇听说段长松不是付给她现钱，而是让税务所减免全年的税收，心里很乐意——这不但是收入不减少，而且是件有面子的事情。她要免掉段长松的早餐钱，段长松坚持付钱，还威胁说，如果不收钱，下次就不来吃了。张寡妇知道段长松办成这件事后，哪怕再用轿子抬他，他也不会来照顾自己的生意了，就干脆收下。临走，段长松叮嘱张寡妇，吴师傅搬家的事别说是我帮的，让他领你的人情。

张寡妇想到了什么，她说，你这是什么意思？

段长松说，别误会，我没别的意思。

张寡妇本来还想问问段长松，为什么要对吴瞎子好，派出所又不是民政所。这时候，吴瞎子磕磕碰碰地上来了。段长松发现，坐下来的吴瞎子的一只裤脚卷了两圈，松松垮垮的，他的球鞋上沾着黄泥巴。段长松脑子里闪过疑问——难道“走夜路”的吴瞎子不是和张寡妇，而是去了别处？

段所长早啊。吴瞎子把段长松听出来了。

段长松回道，吴师傅，你答应过的事别忘了。

吴瞎子嗫嚅着，当然，我记得的。

四

这个早上真是事多。

月亮坪村又发生了盗牛案。失主新起了楼房，距老屋两百多米远。主人乔迁新居，牲口房却还留在原地。半夜里，牛栏内那头大黄牛让盗牛贼不费吹灰之力就得了手。段长松和教导员带民警赶到时，村长和原先几个失主早就聚在一起，正嘁嘁喳喳地议论着什么，见段长松一干人等驾到，都突然噤声，目光很不自然地朝民警身上乱戳。段长松心里明白，村民对警察有看法，盗牛案子连发几起，一件都没破，他们心里有意见，发发牢骚很正常。段长松只是有点儿烦村长，小个子村长做人又做鬼，刚才他一定是在背后撺掇村民给警察制造麻烦。现在，他把段长松拉到一边说，段所长，这次如果不把盗牛贼揪出来，他们几个商量要凑钱给派出所换块牌子。

民警小田不知道村长肚子里在使坏水，凑过来接话，什么牌子？

这个……村长睃了段长松一眼，阴险地笑笑，我就不说了，说出来不中听。

段长松扒开不明就里的小田，指着村长的鼻子说，我先让老百姓掀了你的帽子，你信不信？

村长得意地摇着头，表示不信。

我问你，乡里多次布置各村成立夜巡队，别的村都落实了，你搞了没有？夜巡队的经费乡财政是专门做过预算的，你扣着不用什么意思？你成天吃喝打麻将，在县城还玩小姐，公安局治安大队都有你的案底，你当我不知道？告诉你，你把屁股揩干净点儿，别老占着村长的茅坑不拉屎。全乡别的村卵事没有，就只有你月亮坪村连连丢牛，我怀疑你是故意给盗贼放水。你是不是暗中和他们串通一气拿了提成？

遭段长松一番抢白，村长蔫了。他本想给段长松一个下马威，没想到段长松嘴皮子比枪杆子还厉害。他哈着腰说，他们也只是嘴巴快活，我看谁敢！谁敢胡来我收拾谁！哼，换粮食局牌子，他们才是真正的饭桶！段所长，我们现在听你指挥。

手下的弟兄已经顺着牛的蹄印寻到了公路边。段长松看了看路面上清晰的四轮车轮胎印，回头问村长，周边有几个牲口交易市场？

村长说，一共三个，最远的十五公里，最近的三公里，还有一个大约八公里。

段长松吩咐教导员带村长租车往八公里外的市场去，自己带着失主驾车赶往十五公里外的市场。教导员问，最近的市场要不要去人？段长松很果断，不用。一泡尿远的路，在这么近的地方销赃，我谅他们也不敢！段长松最后交代，记住，被盗的黄牛三岁牙口，四蹄粗壮，体大健硕，最明显的特征是眉心有一撮白毛。民警都换了便装，到了交易市场先找牛，发现牛后先盯紧不动它，一定以物找人，人赃俱获。

天气有些闷热。段长松头发里冒出的汗水顺着脖子往下直淌，连抓方向盘的手都汗涔涔的。跑完九公里，警车离开主干道驶上一条简易村道。这条路烂得不成样子，路边的坑洼弄不好就会让捷达牌警车搁浅。段长松眼睛瞪得铜铃般大，不敢随便眨巴。所里弟兄们都说，段所长把警车看得和他儿子一样重要，这话绝对没水分。派出所就一辆车，出警全靠它，维修费用都得自己管，随便坏一下，也不是点点儿钱，所以，它坏不起！现在，段长松心里很矛盾，快车不敢开，可慢了又怕盗贼销赃后闪人，心里只能干着急。这时候，教导员那边来电话，说是扑了个空。段长松问，查过市场的交易记录没有？教导员说，查过，没疑点。段长松让教导员他们迅速往这边聚拢，并在沿途留意调查，看有没有其他新线索。

警车翻过一个垭口没多久，牲口交易市场就隐现在眼前。段长松把车停靠在路边，然后领着民警小田和失主徒步向市场靠近。居高临下的视线里，一溜牛毛毡搭成的棚子东西向摆开，百十米长。才上午 10 点多钟，棚子下面就聚集了好多贩子和牲口。大热的天，牲口和人都不耐烦。牛们喷着响鼻，不时哞哞地嘶鸣，把屎尿任意屙在棚子内，像是要发泄不满；贩子们到处游说，用尽所有的赞美之词夸耀着自己的牲口，只想早点儿把手里的牲口脱手，把赚回的钱揣进兜内走人。

段长松他们一直在公路边远远地观望。失主肯定地说，棚子内没有他家的黄牛。

可是，在市场的外围，段长松有了新发现，一头系在小杉树上的黑牛低头啃吃着地上的青草，不远处的一块岩石上坐着个穿白衬衣的年轻后生，不时抬头朝黑牛瞟一眼，想必他就是牛主人了。在交易市场的牛贩子中，这个年轻人显得有些另类，样子看上去漫不经心，颇有点儿姜太公钓鱼的味道。黑牛与昨晚失主被盗的黄牛显然大相径庭，可是，月亮坪村被盗好几头耕牛，段长松当然不会放过每一个疑点。他指着黑牛的方向问失主，看见那头牛了吗？

失主点着头。黑牛跟我家黄牛像一个模子刻出来的，只是颜色不一样。

段长松继续问，旁边那位年轻人认得不？穿白衬衣的。

失主看了几眼，然后说，怎么会是他？

他是谁？

太阳山村的祝根。这家伙坐牢去了，什么时候回来的？

祝根？段长松脑海内马上浮现出这个人来。几年前，段长松还在隔壁乡派出所当副所长，配合这边打掉了一个盗牛团伙，其中有个叫祝根的。他当时觉得这名字好土气，所以印象特别深刻。这家伙有盗牛前科，刚出狱又出现在这样敏感的地方，看来，今天有戏了！

教导员他们正好赶到。段长松吩咐教导员带小田绕过去，堵住市场东头，特意让他盯住那个叫祝根的，只要有什么异常情况，先把他拿住再说。这个市场很好控制，两边都是大山，只有东西两个出口，盗贼如果在这里现身，那真就叫作瓮中捉鳖。问题是现在情况不太明朗，被盗的黄牛没有现身。段长松的第六感告诉他，这个交易市场内一定隐藏着不可告人的秘密。他决定投石问路。

他问村长，认不认得邻村有个叫祝根的年轻人？

村长说，听说过这个人，名字耳熟，但不认得人。

你们不认识，好！村里被盗的几头牛总该认得吧？

看见了肯定认得出来。

段长松知道，村长上任前干过牛贩子，就如此这般地嘱咐一番，指派村长去探底。

村长故意卷了半边裤脚，嘴内嚼着一截不知名的草茎，然后歪戴着草帽跑下去，先在市场内转悠一阵，再接近白衬衣年轻人，两人交谈过一阵，生意肯定没谈拢。村长后来躲到一边，给段长松回电话：这人有问题，牛也有问题。村长说，牛虽然不是村里被盗的牛，但报价低得离谱，我假装怀疑是头病牛，才把生意搅黄了。这人吧，长得细皮嫩肉，不像个牛贩子，说话也吞吞吐吐的，舌头像生了锈，说话时一双眼睛滴溜溜老往旁边瞅，一看就不是个好东西。抓回去一审，准定吐出屎肠子来。

村长啰哩吧唆，但说出的话句句管用。段长松说，你就在周围转转，千万别引起年轻人的怀疑。

说话的当口，天的脸色骤变。暴雨是雷电劈下来的，恨不得要把市场的棚顶掀翻、砸穿才好。段长松他们挤在一棵杉树下，躲雨只是个形式，大雨像鞭子一样抽打在身上，人人被淋成了落汤鸡，脸上淌下的雨水用手抹都抹不赢。即使这样，段长松的视线始终没有离开交易市场。人和牲口都躲进棚子内避雨，只有系在杉树上的那头黑牛还在原处没人照应。穿白衬衫的年轻人早在大雨降临的那一刻躲在了岩罩下面。棚子内有人无济于事地喊，喂，那是谁的黑牛？也不牵开躲躲，淋了热雨要生病的……

大雨肆虐了大约四十分钟。它来得迅猛，也收得利索。最后一阵风扫荡过去，漫天的乌云散尽。雨水冲洗过后的交易市场又恢复了先前的生气。奇迹依然是段长松最先发现的。系在远处杉树上的黑牛就像神仙下凡一样，居然摇身一变成了一头黄牛，最显眼的还是眉心那撮白毛。沉不住气的失主指着黄牛喊，天啦！那是我家的牛。在他的喊声里，段长松发现，躲在旁边的白衬衣年轻人像一只惊鼠撒腿往东头逃窜。他这是不打自招，自投罗网。教导员他们早已在必经路口设伏。小田从背后跟上，瞅准时机，一个抱膝顶摔，就把祝根收拾了。

段长松他们押着祝根指认现场。淋湿的便装有一搭没一搭地贴在警察身上，看起来花一块白一块。失主扑向自己心爱的黄牛，像找到失散多年的儿子一样，嘴巴在牛脖子上一个劲地亲吻。见一个年轻人戴着手铐被警察押过来，许多牛贩子放弃生意不谈都围拢来看热闹。他们叽叽喳喳地议论着，围绕黑牛变黄牛这件蹊跷事发表各自的看法。

有人说，这头牛是天降神物，非等闲之辈。

有人说，刚才这场雨是桩巴龙路过，它要给人间一点儿颜色看看，所以，黄牛变黑牛了。

是啊，这样的事情几十年前发生过，我们只听老人说过，亲眼看到这还是头一次。

……

段长松见人们越说越神，指着周边地面上一层淡黑的流水说，看清楚了，这是墨汁，是这家伙干的好事！

有认出祝根的人发出惊呼，天啦！祝根这家伙居然给黄牛化装，亏他想得出来。

五

等段长松吃完早餐一离开，张寡妇就催促吴瞎子搬家。

吴瞎子听说是要他搬到楼上住，不加房租，而且和张寡妇住隔壁，开始还矫情，说，牛吃稻草马吃谷，各有各的福。我还是住楼下，我只有住楼下的命，都习惯了。

张寡妇由不得他。她亲自下楼把吴瞎子的铺盖卷和其他几样物品搬上来。好在吴瞎子的东西并不多，她三四个来回就完事了。不是张寡妇要发慈悲，而是吴瞎子不搬上楼来，她的税钱就免不掉。张寡妇嘴皮子紧，没把段长松抬出来。这让吴瞎子沉浸在莫名的感动和想入非非之中。他决定要送张寡妇几个蒿子粑粑作为答谢。

蒿子粑粑是姐姐前天送来的。姐姐上街赶场，给瞎子哥带回来十多个。开春回暖，野蒿刚钻出土地，人们就掐了它稚嫩的茎叶，洗净蒸熟，然后掺进糯米粑粑里，用木杵捣，再趁热做成个，蒿子的色香味就都渗透在糯米里了。蒿子粑粑既可当菜吃，又可当饭吃。用油盐煎，拿红糖拌，吃法由着个人的喜好来。每年，土家人开始做这道美食的时候，意味着清明节就不远了，一直可以做到端午。姐姐没忘记，瞎子哥从小就喜欢吃蒿子粑粑。

吴瞎子从姐姐手里接过粑粑，问：怎么不把海亮带来让我“看看”——吴瞎子都两个月没“看”到儿子了。姐姐说，海亮打工回来后很少落屋，跟别人做生意赚钱。吴瞎子听了很高兴，儿子总算长大了，开始懂事了，晓得自己挣钱了。

姐姐说，有事要和瞎子哥商量一下。

她说的是海亮割包皮的事。姐姐不懂什么是包皮，只听医生说，海亮的鸡鸡皮长了，头出不来，要动手术切掉一截，否则，他的鸡鸡就白长了，男人该干的事干不成，传宗接代的大任更指望不上。姐姐说，动手术需要很多钱，海亮早先不懂事，现在病上了身才开始着急，可挣钱不是件容易事，手术费用高得吓人，现在穷人有病治不起。

吴瞎子听了很焦急，问，割包皮要多少钱？

医生说，至少三千块。

还缺多少？

差蛮多。

我帮着凑。

姐姐要的就是瞎子哥这句话。她知道海亮平时对瞎子爹不亲，但子不连瓜瓜连子，瞎子心里还是放不下儿子。

姐弟俩说好，下一场姐姐上街来拿钱。两个场间隔十天，能挣多少吴瞎子心里没个准数，生意好的话五到八百不成问题，甚至一千多都是有可能的，差起来就说不好了。吴瞎子知道海亮的病耽搁不起，医生讲了，像割包皮这种小手术，做得越早越好。吴瞎子打定主意，实在不行的话，就找别人借点儿钱，至少要凑足一千块才拿得出手，也才像个当爹的。可他一个瞎子，生活来源全靠望天收，又没有什么值钱的东西做抵押，谁会借给他钱？他在头脑里把所有熟悉的人都过了一遍，几乎没人让他有把握借到钱，稍微有点儿指望的无非就是老板娘张寡妇。租住这些年，不管别人怎么议论，吴瞎子对张寡妇一直揣着好感。张寡妇年轻时名声不好，生了个女儿居然连父亲是谁都成了一笔糊涂账。女儿长大后，对自己的蹊跷身世颇为不满，把所有的怨怼都撒向母亲，嫁个港佬后就再无音讯。寡妇门前是非多。张寡妇收留吴瞎子，街上已经有了种种传言。天下没有不透风的墙，更何况张寡妇的耳朵又没聋！但哪怕再不中听，张寡妇也从没有要撵吴瞎子的意思。吴瞎子也曾试探性地问过，张老板是否有找个伴过完下半辈子的想法。

张寡妇答非所问，我女儿迟早会回来看我的。

吴瞎子听懂了张寡妇的意思。一个半老徐娘的女人决意要用自己下半辈子的清白名声赎清自己年轻时的罪过，以求得女儿的谅解，让她重新回到自己身边。她之所以把吴瞎子留住，就是要让自己断了某些非分的念想，也借此堵住那些不怀好意的臭男人。

姐姐走后，借钱的想法只在吴瞎子脑海里闪了一下，他最终没有向张寡妇开口。

对男人来说，借钱这种事不到万不得已是难以启齿的。话一出口覆水难收，别人给你面子，你欠下的不光是债务，还有人情。倘若遭人回绝，钱没借到，脸面也跟着丢了。

吴瞎子不开口借钱，还有另一个原因——他想到了别人指给他的那条路子。

六

祝根是段长松碰到的一块硬骨头。

一开始，他死活不认账。

说吧，黄牛是咋回事？段长松不想和祝根兜圈子。

我不知道啊。我大不了就在市场内转转，看看行情，不知道怎么就让警察抓来了。

听听，祝根连现场抓获的黄牛案都不承认，就别想从他嘴里抠出什么陈芝麻烂谷子。

段长松说，我问你，墨汁哪儿买的？瓶子丢在哪儿？

祝根狡辩说，你说些什么啊，我怎么听不明白？

段长松不得不把村长请出来。他指着村长问祝根，你的记性再差，总不至于不认得他吧？段长松又转向村长，我问你，你向他买黄牛时，他报价多少？

村长说，三千。

你还价没有？

还了。村长说，我还成两千，故意压他的价。

为什么压价？

我怀疑他这头黄牛来历不明。我是要试探他。结果，他答应成交。

段长松和村长的双簧戏还在演。段长松说，依你看，这头黄牛到底值多少钱？

其实，这黄牛值三千块……

你还有什么要说的吗？段长松挥手让村长离开，然后把话头子甩给祝根。祝根抵赖不过，他一双贼眼溜溜地乱转，最后也只是就事论事承认了这起案子，而且咬定是自己一个人干的。这些有过前科的家伙，也不知从哪里学来的一套，忠义之气堪比当年的关公，要想让他们供出同伙简直比登天还难。段长松已经习惯了这样的情况。

段长松：把偷牛的事情彻底说说吧。

祝根：就那么回事，没什么好说的。

段长松：我的意思你没听明白？

祝根：是你没讲明白。

段长松：那我就明白地给你说，第一，这案子不是你一个人干的，把同伙的情况说清楚；第二，据我们掌握的情况，你还干过几次，都要说清楚。

祝根：我觉得你不懂法。

段长松：请赐教。

祝根：你这是诱供。

段长松：你的话有些道理，但也可以理解为一种善意的提示。我问你，牛是用四轮车拉过去的，你自己没有车，你也不会开车，司机和车你总要给个说法吧？替他们扛着对你没好处。

祝根：我临时拦下车，司机不认得，货送到就走了，车牌也没记住。

段长松：我们将根据你的认罪态度决定对你的处罚。这个，你懂的。

祝根：三年前，警察对我也这么说过，结果呢？哼，老子再也不会上你们的当了！

祝根不以为然地看了段长松一眼，然后打了个很长的哈欠，开始装瞌睡。段长松知道，审讯再进行下去没有多大意思。好在这时候外围的情况已查出眉目。教导员说，祝根近两天频繁联系一个叫吴海亮的年轻人，他是吴瞎子收养的儿子，长期跟吴瞎子的姐姐住在月亮坪村，他不是司机，也不会开车，如果和祝根系同伙，应该只是内应。

段长松强调说，祝根的联系人中，是不是有司机？要挖。

都查过了，就是没有。教导员说，祝根从牢里出来的时间不长，他的交往圈子很简单。不过，教导员无意中提到一个特殊情况，就在案发当晚 9 点多钟，祝根给吴瞎子打过一个电话。

段长松追问，这个情况怎么不早说？

教导员吞吞吐吐地说，一个瞎子嘛，和案子怎么扯得上？他们可能是为算命的事吧。

段长松马上联想起那天晚上他去地下室会“贵人”时吴瞎子不在，第二天吃早餐时又看到吴瞎子球鞋上沾着泥巴。他马上安排下去，让教导员带小田迅速抓获吴海亮，同时，到移动部门秘密调出吴瞎子近一段时间的通话记录。

这边刚刚布置完毕，乡人大主席就领着一帮人到派出所来了。人大主席神秘兮兮地说，有工作上的事情要和段所长单独谈谈。人大主席来得真不是时候。派出所还留置着祝根，审查正陷入僵局，案子才起了个头。派出所本来就人手少，出不得半点儿纰漏，哪有精力应付他？段长松征求主席的意见：能不能改天谈？主席回头看看身后一帮人，笑着摇摇头：不可以！这件工作很重要。乡政府谁都知道，后面这句话是人大主席的口头禅——人大主席关注的事情没有不重要的。他每次都是这话。

还是那起强奸案。

仇老师没讨回什么公道，事情反而闹开了。学生家长们开始传言，说仇老师猥亵、奸污女生已成家常便饭，他干这方面的事情经验很足，每次都能规避法律风险，逃脱惩罚，连派出所都拿他没辙。甚至还有一说，称县公安局的一位副局长是仇老师的连襟，派出所要扳倒仇老师，先得过副局长那一关，那位副局长又分管刑侦口。所以，这里面的猫腻不言自明。许多女生家长不放心把孩子送到学校，纷纷要求转学，学校快要办不下去了。人大代表们心急如焚，他们的态度很明确，像仇老师这样的祸害不除，人民群众不满意。段长松更明白，只要人民群众不满意，他和所里弟兄们一年的劲儿就白使了。

段长松将人大主席和代表们招呼到小会议室，把强奸案的办案进展“汇报”了一下。他只是在应付，走过场。这件案子现在遇到了困难，既有法律的“瓶颈”，也有一些客观原因，段长松正在寻求突破的办法。问题是就在这个节骨眼上，祝根的案子上手了，牵扯着精力。所里就四号人，他一时还顾不过来。所以，真实的情况暂时还不便说得很详细。好在代表们的兴奋点不在派出所的工作进度上，而在于仇老师作案的某些细节，尤其是人大主席，一再打断段长松，要他复述仇老师哄小女孩脱衣服上床的过程。他的许多提问虽然都很稚拙，但自以为是的口气却像一个刑侦专家。人大主席最后“强调”，老百姓不关注过程，只在意结果，希望派出所举全所之力，尽快拿下此案，将强奸犯绳之以法，给人民群众一个满意的交代。

段长松接过主席的话表态，一定的，这件工作很重要，我们会抓紧办。他的话一出口，人大代表中有人暗地里哧哧地笑。

刚刚送走客人，教导员的电话就打了过来。他们找到了吴海亮，麻烦的是吴海亮刚刚在县医院割完包皮，医生说，住院消炎至少要三天时间。段长松说，割包皮不是什么大手术，先把人带走，消炎的事让看守所的狱医去做。教导员说，医院不同意把病人带走，主治医生说，他眼里只有病人，没有犯罪嫌疑人。他告诉教导员，按程序办好法律手续，然后陪吴海亮在医院住下，终止他和外界联系，除了医生，不让别人接触他，方便的时候可以做好讯问笔录。

吴海亮太嫩了。

警察想要知道的事情，只要是他做过的、知道的全都招了。他相信“坦白从宽，抗拒从严”。问题是，祝根太狡猾了，吴海亮知道的太少。

祝根从牢里出来才两个多月。他出来后一无所有，还是决定干老本行。上次进去前，他只是别人手下的一个马仔，老大做许多事情都瞒着他，每次他出力最多，最后只分到很少的赃。现在，他吸取上次的教训，准备物色一个得力帮手，自己当老大。当时，月亮坪村的吴海亮辍学后成天东游西荡，做梦都想天上掉钱，他弯腰就能捡钱。他俩一拍即合，真他妈的缘分！分工是明确的，吴海亮负责踩点和提供信息，销赃分赃的事祝根说了算。干这行是有规矩的，不该知道的少打听，这是最起码的一条。所以，吴海亮很听话。吴海亮连吃三回“窝边草”都顺利得手，尝够了甜头，割包皮的钱也有了，他很感激祝根。段长松注意到，关于作案用车和销赃的情况，吴海亮一问三不知。他说，他负责望风，祝根上手后径直往公路上去，他就回家睡觉了，司机和四轮车都没见过。

祝根被刑事拘留关进看守所，吴海亮的刑拘手续也批了下来，只等他的包皮手术消炎结束，警察就给他换“环境”。虽说系列盗牛案还有很多的工作要做，但祝根、吴海亮一伙盗窃耕牛已是板上钉钉的事实，哪怕就是月亮坪村的黄牛一案，都够他俩喝上一壶的了。余下的工作，段长松准备交给教导员去办，他要把主要精力放在强奸案上。

七

段长松悄悄站在吴瞎子房门口时，听到了张寡妇在嘤嘤地啜泣。

段长松原本是想悄悄接触吴瞎子。吴瞎子上次主动说，他是段长松遇到的“贵人”，吴瞎子的话那么自信，必有他自信的理由。段长松是职业警察，他思辨严谨，行事果敢，侦查破案只忠于自己的经验和智慧，从不轻信来自生活中的某些偶然和奇迹。可现在案子积压，陷入困局，段长松就不由得想到了吴瞎子。那些心怀鬼胎的人机关算尽，到头来极有可能在一个瞎子面前戒备松弛，露出什么蛛丝马迹。段长松有必要知道一个瞎子到底能帮一个派出所所长多大的忙。另外，吴瞎子的通话记录显示，月亮坪村黄牛案案发的当晚，祝根给他打过一个电话，段长松恰好发现吴瞎子那天晚上不在地下室，第二天早上还见到了吴瞎子胶鞋上的黄泥巴。还有一个更重要的情况，在吴瞎子近期的联系人中，居然有仇老师。电话是仇老师主叫吴瞎子，时间正好是强奸案案发的次日凌晨 5 点多钟，后来还有过两次。这个时间节点太过敏感，段长松不关注不行。这些情况都和吴瞎子有着某种神秘的关联，段长松隐隐觉得吴瞎子的疑点在上升，不排查清楚不行。段长松办案就是这样，他灵敏的嗅觉常常能闻到别人嗅不出来的气味，他对所有关系人的任何疑点从不放过。

哭声是从吴瞎子房间内传出来的。吴瞎子的劝慰声夹杂在张寡妇的哭声里，让段长松大致听懂了事情的来龙去脉。应该是张寡妇收到了女儿从香港的来信，信上传递的是一个让单身母亲绝望的信息。

老吴啊，你说养儿养女还有什么意思？你给我造成的伤害让我一生都不能原谅你。这是小芹信上写的混账话，我半个字都没改。我要是在你面前说半句假话，我就遭天打雷劈。你听听，这是一个女儿对妈妈说的话吗？晓得她是这么个白眼狼，当初一生下来我就该把她往粪坑里扔了，溺死这个妖孽。我屎一把尿一把将她哺养大容易吗？娘即使有再大的过错，也轮不到她做女儿的记恨一辈子，我的命怎么就比黄连还苦啊，呜呜……

张老板，小芹不懂事，就只当没生她一样，少怄气，气坏了身子是自己的事。

老吴，别人的话好说，轮到自己头上来都一样。我看你那个儿子就算了，将来恐怕也指望不上。不如攒几个钱，该吃的吃，能喝就喝，等哪天眼一闭脚一蹬，划不来。听说海亮割包皮，你还给他凑钱，你蠢！

我也只是尽责任，大头是他自己挣的。我家海亮可比以前懂事了，听我姐姐说，他一直在挣钱。

段长松听得心里酸酸的。看来，不管吴瞎子的算计如何高明，都算不出儿子的祸福。他压根儿就不知道海亮是个盗牛贼，马上将面临牢狱之灾。最可恨的是满肚子坏水的祝根，自己这辈子注定跟高墙铁丝网缘分未尽，偏还要捎带上别人。他如果瞒天过海，把吴瞎子父子俩同时拉上贼船，吴瞎子可就惨了。

倒是张寡妇看出一些迹象。她提醒吴瞎子，你说海亮挣钱？我看他不是那种下得起力气的人，成天把自己打扮得像个花花公子，挣的恐怕也不是正路钱，你要管住他。

他才十七岁，能干什么坏事？

老吴，你就莫看老黄历了。现在的孩子胆子天大，跟赶山狗一样，有人吆喝一声，呼地蹿出去乱咬，什么事都干得出来。

吴瞎子没回话。

时间不早了，你睡吧。张寡妇要走。

再坐会儿，我没瞌睡。吴瞎子留客的语气里充满着温柔和不舍。

张寡妇说，我明天还要起早弄早餐。

接下来，房间里弄出乒乓声响。段长松在这种不明的响声里落荒而逃。

第二天早晨，段长松走近《洪湖水浪打浪》。街面上寂然无人，只有张寡妇在案板前揉面粉。

吴师傅，我想请你跟我走一趟。

跟你走？

是的，我想请你帮我算一卦。

就在这里算吧。吴瞎子似是在开玩笑，我上门算命是要加收钱的。

在这里算命，让人家看见不好，还是去所里。段长松的话里其实含着双关。

嘛事？求财还是案子上的？

都有。求财"生"无底，探案"午"出头。这一卦很复杂，所以要请你上门。

吴瞎子停顿几秒钟，脸上起了轻微的痉挛。我一个瞎子，到派出所算命，成何体统？

段长松看看揉着面粉的张寡妇，话里有话地说，吴师傅，我给老板娘说一声，现在没别人，再一挨，街上可就热闹啦。

吴瞎子好像听懂了段长松的弦外之音，无可奈何地拾掇起他的二胡、装彩头的铁皮盒子，还有敲路的竹棍。

张寡妇求情似的说，段所长，你先走一步，我给吴师傅下碗面吃，他还没吃早饭，我保证他吃完就来。

段长松领着吴瞎子是不太好看。他稍微犹豫了一下，最后同意了。他对张寡妇说，这件事希望还跟上次一样，保密。

在派出所，段长松和吴瞎子的对话听起来有点儿像打哑谜。

段长松说，吴师傅，说起来，我们两个人的职业有相近的地方，都是在算计着人和事。

我哪敢跟你比。吴瞎子谦虚道，你是正当职业，我这在三教九流里摆不上台面，挣钱糊口而已。

今天把你请来，我也想打肿脸充胖子，给你算一算。如果算准了，还请吴师傅爽快地应答一声。

天气并不热。吴瞎子的手抬起来，在额头上拂过一把汗。

段长松说，吴师傅最近应该进了一笔小钱，是偏财。

我天天算命打卦，进的都是小钱。

那是你的正财，我说的是偏财。段长松强调，比如说，随便帮人家租趟车，钱就轻松赚到手了。

看段所长说的，这样的好事哪轮得上我这个瞎子。我除了死记硬背照本宣科哄人家几个钱外，再没捞钱的路子。

有的人是手不干净，可吴师傅是鞋没擦干净，连裤腿上都糊着泥巴。说起来，也真是难为你了。祝根太缺德，他不该拉一个失明的人垫背。

吴瞎子的脚像遭到土蜂蜇了，挪动了一下。

段长松说，有些事情是逼着干的。比如说，包皮该割了，没钱哪行？段长松的话像一根针，刺穿了吴瞎子这只气球。

站在山顶好唱歌，碰到高人好说话。我只问段所长一句话，进去得多长时间？

要看是谁。像吴师傅这么聪明的人，打个转也是有可能的。你说过可以帮我，我当然也应该帮你。来而不往非礼也。

不多说了，你拿纸笔记。段所长，我是没办法啊，儿子的病……我鬼迷心窍……吴瞎子的嘴角在不停地抽搐，他的双腿像被人抽去骨头，瘫软在地上。

不忙着，段长松扶起吴瞎子，我们先谈谈仇老师。他那么一大早打电话给你，一定是有什么重要事情。

旁边负责记录的小田颇有疑惑。按说，吴瞎子应该先把自己的问题交代清楚，然后才能检举仇老师。段所长为什么反着来？

我和仇老师是熟人。他遇到难处都找我算命，他的命运又好又不好。

吴瞎子的话很辩证。

说他好，老师当然好，教人子弟，为人师表，日不晒雨不浇，轻松拿工资。说他不好，他总是不顺，先离婚，再婚那年又出车祸，我都给他算准了。

所以，他很相信你。

是的，那天打电话，他说遇到了麻烦，有人陷害他强奸女学生。我一听，就感觉事情不妙。

怎么个不妙法？

段所长你想，这样的事是随便说的吗？他如果真没干，肯定不会问我。有句俗话说，心中无愧，哪怕打雷。无风不起浪，仇老师肯定没干好事。

你当时这么说的？

我没那么蠢。仇老师说，派出所没找他，问我会不会有麻烦。我分析，派出所可能是没有足够的证据，所以才没动他。我告诉他，如果三天过去后警察还没找他就算平安无事了。

你怎么敢肯定是三天？

办案讲求神速，这种案子三天不抓人，多半成了夹生饭。看来，吴瞎子在街上这些年没白混。

段长松一想，时间都过去了五天，仇老师肯定相信了吴瞎子的鬼话。你真的以为他平安无事了？

段所长，强奸八辈子缺德，那是大罪，没证据的话我哪敢乱说。

事情很巧，仇老师就在这时候又给吴瞎子打来电话。吴瞎子的电话让段长松没收了放在桌上。段长松说，吴师傅，仇老师的电话，你接吧，不要说你在派出所，好好开导开导他。我也想听听。说着，段长松把吴瞎子的手机免提键摁下，并同步录音，让吴瞎子对着说。

我要立功！吴瞎子会意。

喂，我是仇老师呢。

这么早，有事吗？

没别的事，就是感谢你啊。吴师傅，你说过三天没事就平安无事，现在都五天了。你成了神仙，我要买烟给你抽。

哦，是这样的，仇老师，我那天算错了，周六、周日派出所是休息的，不能算在三天之内，你如果今天没事就真的没事了。

你的意思是说，我还可能有麻烦？

好歹过了今天才算。仇老师，有没有麻烦要看你是不是真有事。时真命不假，时假命不真。你得跟我说真话，我才算得准。

这个……是这样的……哪里真有事……仇老师在电话里吞吞吐吐。我给你吴师傅说实话吧，那天确实没干成，我本来可以开处的，门卫那个死婆娘跑来寻魂，下面老二不争气，老不来事。幸亏它不争气，否则就死翘翘了。你有什么好主意吗？

你既然没干成，怕个卵？警察找到你，你就实话实说，强奸，光脱了衣服只接触应该不算的，进去才算。

你的意思是说没进去不算？

当然不算，我想，就算也只能算一小半，够不上坐牢吧。

……

段长松有底了，马上安排教导员和小田去学校传讯仇老师。仇老师听了吴瞎子的话，心里有底气，很自信地跟警察走。

进了派出所，教导员和小田领着仇老师从走廊上过，他看见正在接受调查的吴瞎子。这是段长松故意安排的。

仇老师，为什么把你叫到派出所来，你自己心里应该很清楚。段长松聊天似的开头。

那件事情是别人陷害我的，公安机关要为我做主。我堂堂人民教师行得端走得正，不可能干出那种为人不齿的事情。

段长松听着仇老师的话，心里有点儿作呕。他说，我们也正是想澄清这件事情，有人报案，我们就得作为，我也是职责所在，请仇老师理解。

当然理解。仇老师说，不知道段所长要我怎么配合？

其实很简单，你只要如实把那天的事情说清楚就可以了。请注意，我强调的是如实。

吴师傅怎么在这儿？你们找他有事吗？仇老师是在摸段长松的

底细。

哦，是这样。段长松敲打仇老师说，许多心里有鬼的人都把算命先生当成救命稻草，许多时候，吴瞎子那里有我们需要的线索。我们会不定期地请他来。你看，都绕到哪儿去了，我们还是谈正事吧。

仇老师避重就轻，把事情的经过瞎编了一遍，最后说，女孩儿有检查结果，这能说明所有问题。

对！检查结果对你有利，对我们办案也有说服力。但是，人家对事情的真相有怀疑呀，按你刚才说的，也存在逻辑上的自相矛盾。我们不把事情给人家说清楚，怎么证明你的清白？

段所长，我真的没干成，是门卫陷害我。

她为什么要陷害你，而不是别人？

仇老师想了想，说，她早就有意勾引我，可她胖得像猪，看着都叫人恶心。见我不上套，就来这么一下……她是心理不平衡。

段长松心里想，仇老师简直成了一条疯狗，在编瞎话乱咬人。嘴里却说，我也相信你没干成，处女膜证明了一切，没干成才是最关键的。仇老师啊，我想帮你，但你不配合，我使不上力。

仇老师怀疑吴瞎子已经出卖了他，但他猜不透段长松心里到底还揣着多少底牌。段长松的话让他心里的压力减少许多。他说，段所长，我对你讲实话，我当时产生过邪念，我真该死……

顺着这句话，仇老师把事情的枝枝蔓蔓大体招了。他平时不学法，不知道按刑法规定，他的行为已经构成强奸罪。

吴瞎子的事也水落石出了。

祝根出来和吴海亮搅在一起后，一直叮嘱海亮不能把盗牛的事告诉瞎子爹。

吴瞎子差不多算是公众人物，祝根进去前偶尔找他算过命，让他指点迷津。吴瞎子对祝根自然也了解，乡里的鸡鸣狗盗之徒就那么几个，他们都装在吴瞎子心里。他们的屁股一撅，吴瞎子就知道拉什么屎。出来后的某天，祝根上街请吴瞎子卜卦，问求财哪个方向吉利。

现在哪里发财?

还干老本行。

吴瞎子知道，祝根的老本行是偷牛。他正色道，你就不怕再进去?

怕有什么用? 我没钱。

当时，吴瞎子也正为海亮割包皮缺钱发愁。

祝根说，吴师傅，你能不能帮我一个忙? 白天不耽搁你的生意，晚上做。

吴瞎子知道祝根不干好事。他说，我一个瞎子能帮你什么忙? 你找错人了。

你帮我一次，给你三百元报酬。

祝根要帮的忙是租车。吴瞎子纠结了许久，才说，我只是帮你租车，你给我辛苦费，其他的事我都不知道，而且我们说好就这一次。

吴瞎子的道行果然很深，祝根并不点破他。他们的合作很成功。就在当天晚上，吴瞎子接到了祝根的电话，让他半夜里租车赶到月亮坪村公路边……

八

接连两天，乡街上都没见到吴瞎子。

乡街上的人都习惯了吴瞎子的存在，他用二胡“锯”出来的《洪湖水浪打浪》已然成了这条乡街上不可或缺的音乐符号。尤其是那些算命打卦的人，在张寡妇餐馆的阶沿边没见着吴瞎子，像一只只失魂落魄的苍蝇，都表现出无措和失望。现在，吴瞎子不声不响地消失，连个口信都不丢下，人家多不方便! 人们到处打听，可谁也说不清吴瞎子的去向，问张寡妇，张寡妇知道吴瞎子去了派出所后再也没回来，但段所长有过暗示，让她保密，她也只好把嘴皮子像腌菜坛子一样捂紧。

乡街上的人哪里知道，短短几天里，吴瞎子经历过一场牢狱之灾。

很显然，吴瞎子是祝根盗窃耕牛案的同伙。他明知祝根盗牛，却亲自租车按约定时间赶到案发现场公路边，接应并运输赃物，然后参与分赃。犯罪事实非常清楚。可是，段长松决定把吴瞎子捞出来。他已经在卷宗上做足了文章。吴瞎子咬死不承认知情，坚持说自己只收了三百元劳务费，然后帮助祝根联系一辆四轮车“拉货”。段长松并未深究，他心知肚明地打了马虎眼，顺着吴瞎子的意思形成案卷材料。这就为段长松给他办理取保候审留下了足够的法律空间。吴瞎子的残疾人身份是明摆着的，他没有前科，在盗牛案中只是从犯，而且就参加了一次，得的钱很少。更重要的是，吴瞎子有重大立功表现，按照段长松的逻辑，仇老师的强奸案是吴瞎子协助公安机关破获的。这样的人符合从轻或减轻处罚的原则。

在公安局法制室，段长松用各种理由坚持给吴瞎子取保。法制室主任开玩笑说，段所长，我真搞不明白，一个瞎子，值得你下死力保他？

不是我要保他，按照他的交代，把他定成同伙证据不足。

主任说，吴瞎子在本案中绝对是知情者，这个细节你们没问开。

段长松装傻说，老兄办案子就这个水平。

不是水平问题，而是你刻意为之。在我面前，你就别耍小聪明了，我按你的意思办就是了。

本该被刑事拘留的吴瞎子最后被变更强制措施，改为取保候审。

离开法制室的时候，段长松给主任丢底说，这吴瞎子，是我安插在街面上的线人，辖区内许多鸡鸣狗盗之徒都相信他的神算，他帮我的忙不少啊！仇老师的强奸案就是他协助我们破的。小田这才明白过来，为什么段所长坚持让吴瞎子举报在前。

狗东西祝根，把吴海亮害了不说，还把吴瞎子拉进来。段长松在处理这起案子时小心翼翼，他不忍心看着他们父子俩同时落进浑水。吴海亮参与多起作案，没有法律的空子可钻，他的牢狱之灾是免不掉了。段长松反复交代手下，千万别把吴海亮参与作案的事告诉吴瞎子。教导员说，瞒得过初一瞒不过十五，案子一破，马上就会传到吴瞎子耳朵里。还不如趁早告诉他，让他有思想准备。段长松却不以为然，他的意思是瞒住一天算一天，等吴瞎子知道后，那是他的事。

在看守所，吴海亮得知祝根把瞎子爹拉下水，指着祝根的鼻子破口大骂，你真不是东西，老子出去后找你算账！

第三天大清早，乡街上依然传出吴瞎子的二胡声。

吴瞎子总算回来了。人们都轻轻吁出一口气，有一种走出失落后回归生活的感觉。只有少数几个略懂音乐的人听出，吴瞎子的二胡声远不及原来轻快，带着某种说不清的滞涩和凝重，好像夹杂着主人的心思。

派出所的门前连续热闹了两天。

先是那几个被盗耕牛的村民组织了一帮子人到派出所燃放鞭炮，送锦旗。

紧接着，由乡人大主席出面，组织了一场更具规模的活动。人民群众感谢公安机关将涉嫌强奸的犯罪嫌疑人绳之以法。乡里唯一的一个腰鼓队都出场了。人大主席和人大代表们走在前面，他们抬着一块匾，上面喷绘着“铁警神探，保民平安”的字样。

热闹过去后，街上纷纷传说，派出所接连破获的系列盗窃耕牛案和仇老师强奸案都是吴瞎子协助段所长他们干的。原来，吴瞎子还有一个并不为人所知的神秘身份，他是派出所安插在街面上的卧底，从乡街上“失踪”那几天是去干大事了。如果没有吴瞎子的神机妙算，警察至今都只能干瞪眼。吴瞎子才是侦破案件的功臣！和他比起来，警察算什么？他们鸟都不是！

吴瞎子原来这么厉害，乡街上的人原先怎么就没看出来呢？没看出来不要紧，现在有事赶紧去找他算算就是。于是，吴瞎子的生意奇好，窄窄的阶沿上总是不断人，尤其是每逢场期，算命的人都排着长队等。据说，吴瞎子现在调子蛮高，收费标准也有所上调——原先算个命收费十元，现在涨到二十元，碰上命好的还要另算喜钱。另外，碰上场期人多，他每天只限算五十人，害得那些急于算命的人发了疯地往前挤。

吴瞎子成了远近有名的神算！

段长松所长平时没事，还是习惯性地在街上走走。好几次，他都想走近吴瞎子身边，问他一些近况，但总是远远地看见吴瞎子身边围着算命的人，他想了想，最后还是转身离去……

（原载《啄木鸟》2015 年第 10 期）

辅警牛二和他的狗剩

肖　昉

一

太阳耐不住一夜的沉寂，跳跃着爬上山头，照亮了村里。

习惯了看日头的牛二麻利地穿衣洗漱，然后推着他的电驴出门，打开院门，与也准备出门的邻居三宝和他媳妇玲儿碰了个照面。

上岗呀？三宝打了个招呼。

嗯！牛二脸上堆起笑容。

哟！真牛气，穿着制服就是牛！玲儿满脸羡慕。

嘿嘿，牛二笑得很羞涩。

两口子去哪儿呀？牛二找着话题。

去城里，给儿子看孙子。三宝夫妻俩很得意地同声应答。

我们得过些日子回来，有你这当警察的邻居我们踏实。玲儿的嘴甜。

放心吧，你们路上多加小心！牛二目送着夫妻俩渐行渐远的身影，他的心情被玲儿的甜嘴说得滋滋美，他很庄重地摸摸肩章和胸牌，又对着电驴的车镜子，整了整帽子，骑着电驴上山了。

山里的风硬，刺得牛二的脸生痛，他一只手扶把，另一只手使劲地搓脸，想把满脸的皱褶搓平不让风往里钻。

牛二顶着山风，绕着盘山路，骑行二十分钟就到达了他的岗位。这是一条新建的高速铁路线，牛二站在山上远望，高架桥像条蛇一样蜇了下腰便钻进了山缝。山缝就是牛二的岗位，这是一座特大隧道的洞口，白色的列车夹着呼啸的风声，过山车般猛烈地钻进隧道。出了洞口，再行二百来公里，只需一个时辰就能到达首都。洞里的列车带着轰鸣，冲出山洞，吸附在状似蛇道的高架桥上，驶入云间，半个时辰就到了一百公里开外的省城。

这条高铁线刚开通六个多月，牛二也是刚有半年警龄的一名铁路辅警。由于警龄不长，他便把岗位职责抄在白纸上，每天背诵。

一是严禁闲杂人员翻越护网进入铁路。

二是严禁违法人员拆盗铁路器材和设备。

三是严禁玩劣儿童在铁路上摆障、击打列车。

四是定期进村入校给村民、学生开展护路宣传。

……

牛二每天上岗前都认真地背诵自己的职责，待他背得滚瓜烂熟后，他又矛盾了，他的岗位是一座荒芜的山岭，少有人烟，因路遥、坡陡、草稀，就连羊倌也少来问津。

牛二的岗位就设在这个无人烟香火的山腰处，距隧道口的护网外不远处有一山坳，一块不足两米见方的平坡处，支着一个军绿色的帐篷，里面是牛二用砖头垫起的一张从自家拉来的床板，那还是他用儿子的床改成的，有了床板，就能隔开山地里的湿气，待在里面避风挡雨时，就不那么湿冷。

铁路护网内是任何人都不能进入的，也包括牛二，所以牛二每天只能在护网外盯岗巡视。为了防止坏人的破坏和孩子们的调皮，他特意从城里买回一架高倍望远镜，对着黑黑的洞口张望，但除了寂静，再也看不到任何内容。他又掉转镜头，顺着山外的铁路线搜寻。静谧的山峦，间或有被山风吹动树叶的婆娑声，偶然有一两声鸟啼传出，雀儿不时从树叶间露出头来好奇地打量着牛二，再就是那雄伟的高架桥静静地屹立在空中，又蜿蜒地消失于远处的云间。

山洞里隐隐传出凄惨的嚎声，那应该是动物的嚎声，牛二立刻警觉起来。这荒山里偶尔也有野狼出没，为了防身，牛二特意制作了弹弓随身携带以防不测。嚎声渐渐临近，有些瘆人，牛二屏住呼吸注视着山洞。一只野狗拖着伤腿艰难爬出，是条当地的杂交土狗，这狗浑身血迹，嘴里叼着一个沾满血迹的肉团，两条后腿已经折断不能行走，凭着前爪艰难地移动，每前移一步都用尽了浑身力气，狗喘着粗气放下肉团，然后仰天哀嚎，那样子像野狼对同伴的求救，然而，寂静的山峦除去那声回荡后又恢复了沉寂。

牛二紧张起来，护网内不允许有野狗野猫之类的动物，因为高铁列车速度飞快，一只小狗足能把子弹似的列车头穿个洞，造成机器故障停车，更何况这是只半米高的野狗。牛二不假思索，掏出弹弓，装上弹丸，瞄准了野狗头部，随着弹丸射出，正中要害，野狗静静地卧地不起，再无声息。

一阵咿咿的声音从野狗处传出，牛二这才发现野狗刚才叼着的肉团分明是一只幼崽，这是只刚生下未满月的狗崽，浑身染满了母狗的血迹，狗崽挣脱出母狗的身体，声竭力尽地啼叫，微弱的啼声就像待哺的婴儿。

这是牛二始料未及的事情，牛二握弹弓的手犹豫了，这条血糊糊的小生命，不知是身上的血腥，还是弱弱的啼啜，让牛二不忍目睹，他猛然做出一个决定：违规进入护网，救出这条生命。他屏息探听两侧，断定没有列车通过，迅速打开工作门，飞奔过去，双手抱起那血淋淋的小生命，又快速地退出护网返回岗位。他惊魂还未定，就见一列下行的列车呼啸着冲出山洞，瞬间从他的眼前飘过。

他后悔自己莽撞，为一条狗崽险些丢了性命。

二

牛二今年五十周岁，唯一的心愿就是穿上制服，年轻时没能当上兵，是他终生的遗憾。高铁修路时迁移了他家的房屋，他得到一笔不菲的补偿款后还不甘心，又随工程队伍当上了一名修路工人，一干就是三年。高铁建成后，他找到铁路派出所自告奋勇当辅警，就是想圆他穿制服的梦。他因修过路线路清，被派出所破格任用，也是派出所年龄最大的队员。

自从穿上警服牛二热情高涨，虽然岗位在僻静的山坳，但每天他都专门选一高坡处接送列车。当列车驶来时，他学着火车站台上民警的样子，三面迎送，对着列车行礼。就一个简单的敬礼，他在家里照着镜子足足练了两个月。有一天，铁路公安局的一位领导在机头上添乘，发现牛二的标准行礼，专门在会上提出表扬，让所有辅警向牛二学习。

牛二老了老了还当上了警察，虽然是辅警，但那身笔挺的制服还是惹来村里不少人的羡慕。村小学校长柱子，是牛二的远亲，这天专门打电话找牛二办事，柱子要去省城开会，想让牛二帮忙买张火车票，牛二连脑子都没过就满口应承，事后，他犯难了，虽说自己是派出所的辅警，但自己上班后除了那个荒山，从未去过火车站，更没去过派出所。平日里，只有张警官定期来他的岗位检查，他也只和张警官熟悉。应承的事还是要办的。这天，他把老婆送到山上替他顶岗，自己骑着电驴奔向了二十公里外的县城火车站。他在售票厅里挨了一个小时的排队等待，终于移到了窗口。买一张去省城的车票。他递上钞票。请出示身份证件。售票员很礼貌。买车票还要身份证？从未出过远门的牛二傻了。他想起了张警官，在电话里吞吞吐吐地道出自己的处境。张警官在电话里笑着告诉他，先向柱子要个身份证号，然后去五号窗口办理一个临时身份证，再去窗口买票就妥啦。牛二一一照办，又挨了大半天，终于如愿购买了车票。此时已过了晌午，但牛二却兴致正浓，他终于在铁路上帮人办事啦。

牛二给柱子打电话。自从给柱子买了火车票，牛二在村里就更加自信了，时不时还打个官腔，一副老警察的模样。找你说个事，是这样的，我看你们学校马上放假啦，孩子们假期里没事，就容易去铁路上耍，弄不好就容易出事。我想放假前去学校做个宣传和教育，你看行不？牛二慢条斯理却句句在理。好好好，柱子高兴地答应着，我们正想着放假前搞个法制宣传，你来正好！

牛二将想去学校宣传的事汇报给了张警官，没想到张警官非常高兴，他让牛二过去，给了牛二一个宣传稿，让牛二好好地进行宣传。牛二看着宣传稿有些犯难，密密麻麻有千余字，这要脱稿背下来，他真有些吃力。

从这天起，牛二就随身带着稿子，一字一句地背诵着，他要抓住这个机会，在学生面前好好地宣传铁路常识和法律知识，这也是他当辅警的职责。牛二的文化水平不高，也就是勉强的初中生，平时一直在家务农，背诵千把字的讲话稿对他来说的确是个难题，但牛二有股倔劲儿，每天抱着稿子没日没夜、一字一句地背诵，硬是把这千余字的稿子背诵得一字不差。为了增加讲话的表情，他每天对着家里的镜子学习电视里领导的讲话风度和感觉，经常被媳妇数落：种了一辈子地的人也想当老师，哪那么容易。

在放假前的最后一天，柱子正式约请牛二去学校上法制宣传课。这天，牛二精心地把自己打扮了一番，刚洗过的警服，特意让媳妇把裤子的中缝用烙铁烙得笔直，出门时还没忘记刮了下那满脸的胡楂。你这架势都赶上迎亲啦，媳妇在旁边挖苦他。

牛二走进学校，被眼前的情景怔住了：操场里黑压压的一片孩子正列队整齐地等候着他。柱子客气地把他请到主席台上，然后开始训话：同学们，今天我们请来了铁路的牛警官，给大家进行爱护铁路的法制宣传，大家欢迎。场下顿时响起孩子们卖力的掌声。待掌声停止后，牛二看着下面上百双眼睛望着自己，他的大脑突然一片空白，自己精心准备了将近一个月的稿子，开头的第一句话怎么也想不起来了。都说万事开头难，牛二的这个开篇词却被孩子们的一片掌声给呱唧没了。此时，全场鸦雀无声，孩子们瞪着眼睛看着他，柱子校长和老师们也好奇地看着他，牛二的额头上冒出了一层汗水，牛二的大脑开始飞快地运转，他的脑子转着转着，就转到了自己每天巡守的那座山岗，转到了三年前修铁路时的情景，又转到了刚穿制服时在派出所培训时的情景，他慢慢镇静下来，开始临场发挥。

同学们，你们坐过高铁的列车吗？

没有。孩子们异口同声。接着又有孩子们在吵，我坐过。

高铁列车快不快呀？牛二像在哄孩子。

快。孩子们又异口同声。

高速铁路是我们国家自己研究设计的，是经过科学家们数百次研究的成果，铁轨下面要铺多少根水泥枕，水泥枕上面要拧多少颗螺丝，都是有严格要求的。所以，我们不要动铁路上的任何部件，动了就会给列车带来危险。

……

这些都是牛二在修路时知道的。

高铁的列车要比汽车快好几倍，每小时能跑二百五十多公里，行驶的列车就像飞机一样是封闭的，一个小鸟飞来，都能把列车碰出个洞来，造成列车事故。所以，我们不能用石子击打列车，打了就会给列车带来危险。

……

这些是牛二在培训时知道的。

所以，大家一定要爱护铁路，大家一起跟我说：

不上路，不摆障，不拆盗，不石击。

大家感谢牛警官给我们讲的课，大家一定要牢记牛警官讲的“四个不要”。柱子校长带头鼓掌。

牛二的临场发挥受到了学校师生们的好评。

三

牛二自从救下了那条野狗崽的性命后，那个小生命就成了牛二形影不离的伙伴。小狗慢慢地长成了大狗，牛二给它起了个名字叫狗剩。这应该是条本地土狗和德国黑背狗交配后下的崽，看着渐渐长大的狗剩，牛二心里猜测着，又有些愧疚，毕竟狗剩的娘是自己杀的，虽然迫不得已但还是有种负罪感。

狗剩是只有灵性的动物，离开母体来到牛二家中，就默默地看守着院落，只要看见牛二出门就默默地跟随。牛二每天上岗就带着狗剩，为防止狗剩进入护网，他专门买了条狗链将狗剩拴在帐篷旁。狗剩只要一来到那个山洞前，从不靠近铁路护网，总是对着护网内的铁轨发呆，好像小时候的情景还在记忆中。

牛二的工作时间很规律，就像高铁的列车朝发夕至，迎着太阳上山，披着晚霞下山。夕阳缓缓落下，渐渐变成了晚霞，橘红的霞光把大山笼罩得朦朦胧胧。大山深处，流动着牛二和狗剩归巢的身影，像一幅水墨画。

到了山脚，天色黑成一片，村户家的灯光已闪闪烁烁。牛二借着电驴的灯光摸回村里，狗剩则屁颠屁颠地跟随其后。接近家门的时候，牛二立即警觉起来。邻居三宝家的院门大开，屋里的灯光下有一人影在晃动，像是在翻找东西。牛二的脑子里马上蹦出个字眼：贼。牛二蹑手蹑脚地来到院里，走到门前。这是个年轻的后生，他丝毫没有察觉院里的人，继续在屋里翻箱倒柜寻找东西。“不许动！”牛二健步冲到后生面前，那青年怔了下，就被牛二扭住了双手。后生极力地挣扎双手，呀呀地号叫着，原来是个哑巴。狗剩看到主人牛二与陌生人扭打在一起，一个前冲扑倒了后生，接着咬住了后生的一只胳膊，那后生疼痛得更加大声地号叫着，狗剩却死不松口。牛二看到狗剩已把后生制伏，便立即给张警官打电话，自豪地汇报自己刚抓了一个窃贼，请求上级处置。

没过多久，张警官坐着 110 的警车赶到现场。张警官简单询问了情况，就让牛二把嫌疑人交给110带走了。牛二有些不解：咱铁路警察抓的人为什么交给当地公安？张警官给他解释，你这个村的管辖地属于当地管理。

夜色已深，牛二躺在床上却难以入睡，有些兴奋，因为自己亲手抓了个窃贼。他有些自豪，是狗剩在关键时刻帮了大忙。又有些困惑，铁路警察破案还要交地方处理。正在他胡思乱想的时候，被手机的铃声打断，三宝气急败坏的声音传来：好你个牛二，把我远亲侄子给送到派出所，还放狗咬人。牛二摸不着头脑地问：到底怎么回事呀？三宝才把事情原委道清。原来三宝在城里的孙子要办入托手续，家里没人，才让邻村的哑巴侄儿回村取户口簿，却被牛二误当成贼给送到了派出所。牛二羞红了脸，鸡啄食般地频频点头，忙着给三宝赔不是，并答应明日给哑巴疗伤。

从那次的误会事件后，牛二低调了许多，他突然发现当名警察不容易，需要学很多知识。他开始购买法律书籍，没事的时候戴上老花镜学起了法律学问，连媳妇都察觉到他有点入邪啦。这天，在县城寄宿学校上高中的儿子打来电话，说马上要高考了，想跟父母商量报考志愿的事情。牛二马上接过话来，告诉儿子要报考警察学院，将来当一名警察，是个崇高的职业。儿子不屑地打断话茬儿说，自己想报会计专业，把牛二撅得很没颜面。

牛二自从跟儿子怄上气后，还真跟儿子较上了劲，他在电视里看到县城有法律函授班，就报名参加了，每周两天的课程，让他这半大老头有了精神上的依托。牛二自从上了学堂，整个人都变了，用媳妇的话说，变得文绉绉的，装得像个知识人。

四

这些天电视的新闻里一直播放着乌鲁木齐火车站发生的恐怖事件，牛二非常关注，极端分子惨无人道的行径让他很气愤，这是个有目的的团伙，他们的目标就是火车站。想到这里，牛二不安起来，自己的岗位也可能是他们袭击的目标。天色已晚，牛二穿上外套要去岗位上看看，媳妇劝了半天也没有劝住，狗剩也屁颠屁颠地跟了出去。

夜晚村里人是不走山路的，空寂的山野静得瘆人，浓墨般的夜色笼罩着山峦。牛二借着电驴的车灯，依着狗剩随行给他壮胆，跌跌撞撞地来到哨岗。这时，狗剩却止步不肯前行。牛二吃了一惊，但见护网的工作门大开，隐隐看到远远的铁路桥梁上有灯光在晃动。牛二竖起耳朵迎着山风隐约听到说话的声音，他低声唤狗剩，却发现狗剩没了踪影，寻找半天，才看见狗剩躲在帐篷的一角，满脸惊悚的表情。牛二心里纳闷，平日里狗剩一直很警觉，遇有声响早就发凶地吼叫起来，今天却胆小如鼠，不敢靠近铁路半步。这个胆小的家伙！牛二心里骂道。在不明前方是什么人的情况下，牛二不敢贸然行事，他悄悄地拨通了张警官的电话，把线路上的可疑情况汇报给了张警官。接到电话的张警官迟疑了一下，让牛二不要打草惊蛇，他跟相关部门联系一下。没过一会儿，张警官来电话，告诉牛二，这个区段正利用晚间没列车通过的机会，开展综合维护，也就是工人们在检查线路，让牛二放心回家。原来是虚惊一场，牛二很失望地准备离去，狗剩看见主人要走，像是得到命令一样，全然不顾牛二的存在，失魂落魄地撒腿便跑，那副狼狈的样子让牛二很是生气。没有了狗剩的陪伴，牛二独自走着山路，心里不免有些心虚，他边走边寻思着：今天狗剩怎么这么反常，莫不是深夜里看见那条死去的野母狗的魂啦？牛二胡思乱想地折回家中，看见狗剩早已钻进自己的窝里。

日头照样每天爬上山头，牛二依旧每天看见日头上岗，狗剩还是每天看着牛二开门，然后跟着牛二上山。寂寞的山岗上，一个人，一条狗，每天迎来送往着高铁的列车和列车上的人们。自从狗剩那晚的失态，牛二便悄悄地开始注意狗剩，这才发现自己以前是粗心的，从来没有关注过狗剩，其实狗剩只要随他来到这个山坳处，总是躲在帐篷的那个角落里，望着护网内的铁轨发呆，牛二给狗剩拴的那条狗链仅是摆设，就是牛二不拴那条链子，狗剩也从来不随意走动，更不越雷池半步，好像很畏惧那条铁路线。牛二想起了自己杀死的那条野狗，他也开始向铁轨望去，他想寻找当年狗剩母亲死去的遗骸。他观望了半晌也没发现任何异物。铁轨闪着亮光，静静地躺在干净整洁的水泥路基上。那条被他杀死的野狗早已没了踪迹，肯定是被晚上检查的铁路工人清理了，如果能找到一块尸骨，牛二也要想法将它入土安葬，就算是给狗剩一个安慰。

五

9月的天气反复无常，山上的云游走得快，刚才还是晴空朗日，眨眼间就被大片黑云挤走，乌云密布，遮挡了太阳，顿时大地漆黑，不一会儿，暴雨伴着豆大的冰雹瓢泼而下。牛二赶忙牵着狗剩躲进帐篷。冰雹打在帐篷上密鼓般震响，暴雨倾盆般肆虐地冲刷着山峦，夹着山体的细碎石子顺坡涌下，钻进帐篷，又被汹涌的水浪冲走。渐渐地，帐篷下面冲出一条渠道，汇成了河流。牛二和狗剩蜷缩在床板上瑟瑟发抖，平日里看上去坚硬厚实的帐篷在暴雨的冲撞和冰雹的锤击下，显得不堪一击，摇摇欲坠。

一声沉闷的炸雷像劈山似的震耳欲聋，接着传来了滚石的声音，最后是滚石落地的轰鸣声。牛二预感到不妙，迎着暴雨冲出帐篷，被眼前的现场景象吓呆了：一块一米多的巨石从山顶落下，砸在铁轨中间。他连忙打开护网门，跑到巨石前，使出浑身的力气想推动那块巨石，然而，那块巨大的滚石却纹丝不动。牛二想赶紧给张警官汇报，他拿出手机却发现手机已被雨水浸透，无法拨打。怎么办？牛二的大脑开始飞快运转，他要马上想出办法，避免事故。他脱下被汗水和雨水浸湿的外衣，看到自己贴身的红背心，脑子里突然有了主意。他迅速脱下背心，穿好外套，又戴正了帽子，然后举着红背心，向列车驶来的方向奔跑。

牛二迎着狂风和暴雨，双脚踩着湿滑的水泥枕，深一脚浅一脚地飞奔着，或是心里太急，或是路基太滑，一个踉跄让他双腿发软，身体向后倒去，重重地摔在轨道间。他试图站起来，但浑身像失去了知觉动弹不得，他仰望着天空，雨水夹着冰雹打得脸上身上生痛。他看着手中的红背心，想起今年是他的本命年，这是媳妇特意让他穿的。他想到了朝夕相处的媳妇，又想到了经常顶嘴的儿子，还想到了不敢进护网的狗剩……

就在牛二跌倒的一刹那，狗剩浑身一颤，像有心灵感应，犹如听到主人的召唤，冲出帐篷，冲进护网，顺着牛二的足迹来到主人身边，围着牛二的身体转着圈，不时用嘴轻咬着主人的衣领和裤腿。无奈之下，狗剩忧郁地仰天哀嚎，像在对人求救，而山峦间除去那声回荡后又恢复了沉寂，只有雨水的淅淅沥沥声。那凄惨的哀嚎让牛二又想起了那条野狗的哀嚎声。牛二握背心的手在颤动，狗剩好像明白了意思，叼起了牛二手中的红背心。牛二用颤抖的手使劲地指向远方，狗剩使劲地摇着被雨水浸透的脑袋不肯离去。牛二伤心地闭上了眼睛，狗剩似乎知道了牛二的伤心，叼着红背心，像支离弦的箭奔向铁道的远方。

列车迎着暴风雨谨慎行驶着。由于恶劣天气司机接到了缓速行驶的调度命令，以80公里限速行驶。车速虽慢，但硕大的雨点密鼓般冲刷着车窗，能见度还是很低，司机睁大双眼不敢怠慢。突然司机发现前方轨道中间有个奔跑的红点，他警惕地鸣笛同时开始减速。红点渐渐清晰，是条狗叼着红布朝列车奔跑。这时，司机立刻紧急制动，列车缓缓地停住，但还是与飞奔而来的狗发生相撞。幸好司机发现得早及时制动列车没有损失什么，但那条叼着红布的狗却当场死亡。

列车上下来了很多工作人员，分析着这条叼着红布的行为奇特的狗。他们检查线路时发现了躺在轨道间的辅警，最后发现了足以导致车毁人亡的那块巨石。他们把消息上报了铁路局，叫来了百余人的抢修队伍。

大山依然每天迎来日出，辅警牛二依然在朝阳下接送着列车，旁边的景物依旧，那个军绿色的帐篷，那条拴狗的链子，只是少了那条狗的身影。

（原载中国公安文学精选网　2015年6月8日）

姑娘鲜花

吴全礼

“周哥，我姐死了！”

鲜朵哆嗦着发青的嘴唇，眼泪如决堤的江河从红肿的眼里往外翻滚，枯乏乏的脸上没有一点青春少女的活力，连说话都打着摆子直不起腰来。整个人就和秋天被掰掉棒子的玉米秸秆一样，干涩涩的，一碰就会唰啦啦地响，用脚轻轻一磕就会倒下。蓬乱的头发奓奓着，看样子不知用手抓挠了多久，恰似一个人在漫漫荒野找不到回家的路，那种没着没落无依无靠的惶恐，用眼泪写满了一脸。

局里年终考核小组到城关派出所进行量化指标考核，周江峰顺溜地回答出了主考人提问的三户居民的家庭情况，就过了知民率这一关。值班的师弟虎子第三次在门缝里对他指天画地的，看表情是有事，弄得他心里翻上翻下的：管片里要在正考核的当口发生啥案子，那就砸锅了，考得再好都白搭。七八个主考人坐成一排，被考的民警独独地坐在对面，如同他们抛出的鱼钩，其他待考的民警和所领导班子都坐在旁边观看，各怀心思。周江峰不怕考核的内容，只是对这种考核的方式有些不适，单打独斗，犹如手握盾牌利剑置身斗兽场。

“师兄呀，我穷比画了半天，你怎么才出来呢？快去看看吧，你片里死人了。家里人在值班室等你，快去，我招架不住了。”见他从会议室出来，师弟虎子就急急地过来把他拉向东边的值班室。

鲜朵说完这句话，长出了一口气。她看了一眼对面满头雾水的周江峰，笨拙地捏起右手里已抽了半截的烟，狠狠地吸了一大口，一股浓烟好像不是从她嘴里喷出来的，而是从烟囱里冒出来的，弥漫在他们之间。她的话和这团烟纠缠在周江峰的脑子里，他从这团烟里费劲地打捞着，却总是无法将鲜朵的姐姐鲜花和死亡结合成一个整体，完完整整地摆放在眼前。这怎么可能呢？如同鲜朵把“死亡”这个词变成了一团乱麻，粗野地填进了他的喉咙。他下意识地摸着嘴，却掏不出一句话，似乎所有的言辞都变成了一汪水，水又变成了冰，放在了他的心上。

带领考核组下来的赵副局长端着水杯踱进了值班室，看着眼前的这几个人。

所长在会议室门口喊：“江峰，江峰，你喝水去了，还是品茶呢？快过来！”

“喊你呢，喊你呢！”赵副局长看着无动于衷的周江峰抬高了声调说。有意挑起的眼角和他从嘴里捏出来的话音一样，没衬出他的威严反而有些下作，其实没人把他放在眼里，哪怕是他的一点影子。那种令人厌倦的气息，应该是从娘胎里带出来的吧，反正没人学得像。

周江峰从“死”的迷茫中醒了过来，快速地掏遍了身上所有的兜，不管面值大小一股脑儿塞进鲜朵的手里，顺手将她手里的烟夺过来扔在地上踩灭，说：“你先回去，我随后就到。”

“你这钱是公家的，还是个人的?”赵副局长见周江峰没有回应的意思，就拿出这句废话想再摆布一下。周江峰拧着头说：“公家的钱也装不到我的兜里来。”抛下那不知今夕是何夕的目光，他径直去了会议室。考核前，所长专门就他对待赵副局长的态度提了个醒，再有多大的怨气都放到今天以后。他不是不能忍，也忍了几次了，只是鲜花的死改变了他惯常的思维，回答一下也算是给领导一个台阶。可是，死亡是一条绝路，一步踏上去就是不归路，这个台阶拉空了他的心，尽管有现成的材料，他也已经没有心思给领导搭台阶了。一句话就让赵副局长踏空了脚，委实没有料到他的狠劲，只能看着他急匆匆离去的背影，呆愣在值班室的门口。杯子新续的热水袅袅着几缕热气，如同还没有尽显妖娆就被人猛地掐去了身子，瞬间就没了踪迹。

赵副局长转过身子，将手里的那杯热茶狠狠地泼进走廊的花盆里。那株本来就被寒气逼迫得有些零落的柳叶桃，小拇指粗的枝条被烫醒了一般摇了摇。虎子的心也跟着抖了抖，那是他费了好多口水从别人手里要过来的。简直就是刽子手！刚刚在心里为师兄的回答叫好，谁知人家转头就间接地报复上了。这种人也能当官？谁他妈瞎了眼！

“死人了？又不是案子的当事人。等考核完了再去！真是分不清轻重！考核组等着呢，快进去。”所长就像抱窝的母鸡仰着涨红的脸。周江峰梗了梗脖子，两只脚前后拧了拧，转身就走了。

“你给我回来，回来!”

见考核组和全所的人被硬生生地晾在了会议室，所长气急败坏的喊声，箭一样地射向周江峰。可他连头都没回一下，身影已隐在了大门外。

周江峰是被所里推举出来应对局里考核的最佳人选，考核成绩的好坏关系着所里一年工作的成败。

周江峰从警校毕业分配到山南区分局刑侦大队，近一年的时间几乎都在干些完美案卷，或看看嫌疑人这些踩边船的事。新警嘛，就和虎崽儿一样，得先看虎爸虎妈怎么捕食，偶尔也会让你搭几爪子，还是以学为主。队长的确把他带到了现场，也给了他搭爪子的机会，不过很快就给他的刑侦生涯下了终审判决：此人不宜活跃于第一线。拿刑警队的那些哥们儿的话说，他长了一颗女人的心，脆弱又多情。该同情的，他抹眼泪，不该同情的，他也要抹眼泪。简直是不分是非好歹不分敌我，怎么能干好嫉恶如仇的刑侦工作呢？一个看上去高高大大的大男人，眼窝却比碟子还浅，说哭就哭比演员的情绪来得还快。刑警整天面对的就是生死，随时战斗在生死的边界，心宽能行船，心硬能走马。抓捕杀人犯皮三时，看到皮三家就像老头戴破的毡帽，扔了也无关紧要。皮三对这个家来说，至多就是一面敲不出多大动静的破鼓，他老娘还是舍不得扔掉，怎么都不肯放手让警察带走。队长催促几次让他把皮三的老娘拉开，他连个老太太都拉不开不说，还跟着老太太一起抹眼泪。什么立场？队长说，那么多情，就到派出所去吧。

城关派出所就成了他从警生涯的第二个落脚点。流流眼泪怎么了，警察就不能流眼泪了？他想不通。政委看到了他的女式流泪法，本想站在他这边劝队长再考虑考虑，结果被他的眼泪冲得连话也站不住脚，还怎么帮？去吧，派出所也不是谁想去就去得了的。走出刑警队的大门时，他没有回头也能感觉到队长和同事们脸上的笑，重重地打在他的后背上。

城关派出所在山南区城东边，还不算太偏远，但不是最好的地段，辖区里居住的多是煤矿工人，杂七杂八的事多。这个所的民警最不爱干的就是管片，所里除了三个所领导，一个管户籍的，两个查处治安案件的，其他民警只能去管片。派出所辖区有近五千户居民，两个不算太大的煤矿，其他的企业也不太多。四个管片民警，按街道大致分了分，难管的片和相对好管的片，不能劈开来分，谁抓着哪片就管哪片。周江峰接手的就是一个最难管的片，他调来时管这片的民警刚调走。所长说，没办法，谁让你赶上了呢，就是块烫手的山芋也得接不是。至于有多难管，对周江峰来说没有一个具体的数字可判断，谁也不会告诉他难到啥程度。所长和教导员没有表情，其他片的民警有笑的，还有吹口哨的。

鲜花家就在这个片上。他刚来第一天就碰上鲜花妈到所里告状，说邻居胡瞎子往她家门口泼脏水。跟着鲜花妈在这片自建房里拐来拐去，他看着这些粘成一片的自建房，好似一碗杂米粥。要不是鲜花妈在前面带路，他说啥都找不见。看着好像是一条巷子，走到顶头一道墙挡在了面前，看似不通的巷子，拐个弯就过去了。每条巷子的路都光溜溜的，如同泥瓦匠抹过了一样，那些坑坑洼洼像埋进巷里深浅大小不一的碟子。进了这一片，他觉得自己像是一只钻进了一团乱麻里的老鼠，分不清东西南北。鲜花妈似乎将这团麻捋得很熟稔，闭着眼睛也能找到自己的家。这些纷乱的巷子把周江峰搞得有些晕，他尽力把走过的路往心里画，等转到鲜花家门口，画出的线路还是迷宫般地乱。本来清亮亮的心起了糨子雾，看来要搞清这些巷子的来龙去脉，也不是几日之功的事。

胡瞎子睁着一只眼闭着一只眼，拎着一个塑料洗衣大盆站在门口等着，独目鱼似的用那只睁开着的眼看着，那架势就像鲜花妈是他盆里的水，有多少都能泼得出去。

“更三环，你找来人我就怕你呀？我在自家门口泼水，我愿意，你管得太宽了。怕淹，你有本事搬到公房里去，屋里有下水，想让人淹都没人淹你。嘁，我怕你？”胡瞎子说着还把一只空着的手抹在腰上，一副天不怕地不怕的神情。那只瘪瘪的空眼眶里，疲塌松弛的眼皮随着他的语气高低蠕动着。

“小周，你看看他，故意把洗衣服的脏水泼在我家门口，我们连门都没法出了，太欺负人了。”鲜花妈指着流淌了半巷子的水，恨不能一扬手将这些脏水都泼到胡瞎子的身上。洗衣粉、碱胰子水一摊摊地向前推进，一层层地叠摞在巷子里。

胡瞎子家和鲜花家大门挨着大门，都是两间不太大的房子，大门挨得近，门板用矿上废弃的那种运煤的皮带溜子钉了半截护着。要不是那窄窄的墙隔着，就像是一个大门的两扇，推开就是一家人。胡瞎子的这个家要不是他师傅，也就是鲜花父亲的鼎力相助，说啥都盖不起来。搭房差一根主梁，没钱买又借不上。鲜花父亲刚好从拆迁的老乡家买了一根不错的松梁，本想在院子里搭间房，结果没经住胡瞎子的一瓶好酒的诱惑，又是自己的徒弟，晕晕乎乎地就答应了。也是出于对师傅的感激，胡瞎子就把大门和鲜花家的大门并排建在一块儿，就像肩并肩站着的哥俩。胡瞎子是这么说的，鲜花父亲觉得也是。每到冬天从巷子口往家里运煤是件很麻烦的事，胡瞎子不用招呼也会过来很卖力地帮着他家运煤。胡瞎子的煤，也离不开鲜花家帮忙。

“太晦气了，等我缓缓劲，我把大门往开挪挪。”说着话，胡瞎子的手都快指到巷子顶头厕所那边去了。

“你把你家大门挪到厕所里才好呢，夏天你泼脏水，我没说话，冬天你还泼，冻成冰坨坨把我孩子滑倒摔个好歹，找你呀？我老头在世时，你怎么不敢泼？你欺负我孤儿寡母算什么本事，你还是不是个男人？”鲜花妈两个嘴叉子堆起了两堆白沫子，如同唱戏的丑角刻意画上去的，脸上的表情和气愤的心情就是两张皮，好像在说别人家的事。

鲜花的父亲是矿上的工人。在不见阳光的矿井里，采煤工视白酒为阳光，升井后的第一件事是到澡堂洗刷掉乌云般的煤垢，第二件事是在端起饭碗前先喝口酒，把寒气从嘴里一直赶进胃里，经酒化出的热气慢慢从胃里把整个人都焐热了，再边喝边吃。一年四季都离不开连命似的酒，每家都有一两个大肚皮玻璃瓶子放在显眼处，如同家里不可或缺的摆设。没条件买瓶装的，就打些便宜的散酒，水缸可以有空的时候，酒瓶是不能空的。鲜花的父亲脾气暴躁，喝酒就要喝尽兴，喝到半道就把持不住自己，谁要是招惹了他，他就记在心里，清醒时不找对方的事，喝了酒就去吵去骂。邻居们知道他那个德行，谁也不愿意招惹他，免得他站在门口不分白天黑夜把你家祖宗八代骂个遍。就在周江峰到城关派出所的两个月前，鲜花的父亲喝醉酒在路边扭秧歌，被一辆拉煤的车碰死了。责任在他，司机没有赔多少钱，又因为不是工亡，矿上也没有给几个钱。那些钱还让鲜花的小叔给拿走了，说是给她找人安排工作要用。靠不上父亲每月那点工资了，连每月一次改善生活的肉食也续接不上了，灶台旁边的菜篮子经常是空的。以前，至少有几个土豆或半棵白菜躺在里面，做起饭来手不觉得紧。吃一顿买一顿的日子，开始得太突然了，鲜花妈每次习惯性地把手伸进篮子里，捻着手指头在篮子里旋一下，才想到老伴真的不在世上了。有时，她也会咧咧嘴哭上几声，哭哭也就过去了。

鲜花从卫校毕业大半年了，分配就像树上结着的果子，你着急要摘，可它就是不熟。妹妹上高中，弟弟也在读初中，连一张卷子都要钱，少了还不行。她追问了小叔几次，小叔总拿话搪塞她，其实钱早就被他赌博输光了。没有办法，鲜花就到街上找活干，可像她这般大的，好多都待业在家，工作实在不好找。哪怕是在饭馆端盘子洗碗能挣个二三百块钱的，她也去干。别人有父亲养着，她只能被工作挑三拣四，好歹得让这个家活起来。父亲肩上的担子猛地撂给了鲜花，母亲是那种给一座山也不觉得有压力的人，这个家只能由她来扛。

前排的居民也过来埋怨胡瞎子泼脏水浸了他们家的后墙，周江峰训了胡瞎子几句。胡瞎子辩解说，他们挖了一条下水道，有的住户不用水箅子，啥都往里倒，每到冬天就堵了，端出去倒又没力气，只好顺手泼在巷子里。不大一会儿，周围的邻居犹如得到了通知，三三两两地聚拢了过来。胡瞎子泼水的事还没有尘埃落定，他们听说周江峰是新来的片警，抢着说：自家前年丢的那套炉圈子还没有给找回来，窗户上的玻璃被喝醉了酒的邻居打破了还没给赔。他们争来抢去为谁先说吵了起来，胡瞎子趁乱拎着盆进了屋。周江峰哪里经历过这样的场面，一群不同年龄的女人吵吵起来，他觉得身子被她们的声音抬到了半空中，又被重重地扔进她们所说的那些琐碎的事情里，让他彻底找不到回去的路了。他把这个片掂量了两下，觉得还真是有些分量。

回到所里，几个老民警说，更三环家里鸡毛蒜皮的事都找片警，谁管那一片谁就成了更三环的儿子。更三环是个半脑子人，你和她说不清。她老头鲜大良被车轧死了，连个给你搭把手的人都没了。他在时，好多事由他担着。这倒好，鲜大良没了，他家的门就开到了派出所。有事没事，更三环一天最少来派出所两三趟。不用每次都去，那还不累死你。打发她几句让她就走了，也没啥关系，你不是只管她一家。不过，她的确挺可怜的。别人家至少大小还有个彩电看看，她家就一个老式的小黑白电视。别看更三环脑子慢，家里却收拾得利利索索的，三个孩子学习都不错。穷人家的孩子早当家，老大在一个饭馆给人家端盘子，还差点让那个老板给糟蹋了，不是我们那天晚上检查碰巧从那儿过，好好的一个女孩子就完了。家里要是有办法，也就上班了，孩子等了大半年还没动静。更三环以为我们派出所还管分配工作，给她指条道还不知道去找谁。摊上这样的妈比没有强不了多少……

周江峰只是听。他进了鲜花家的屋，有些不相信还有这样光秃秃的家，三张床，两个柜子，柜子上面摆着书本，还不如条件好一些的农村人屋里红火。鲜花圆盘脸，衣着朴素干净，眼神里的那种隐隐的自卑就放在脸上，个子不是太矮，可她看着就有点直不起腰的感觉，打了声招呼继续看着她妹妹鲜朵写作业。鲜朵的脸上没有鲜花那种说不出的沉重和淡淡的愁苦，洋溢着少女的活泼气息。听了同事们的一番话，鲜花家的衣食状况就在他眼前更加具体了起来，似乎连她家一日三餐吃啥饭无须想象都能知道。他想着就把眼泪给想出来了，别人还没把他当儿子，他已经就是别人的儿子了。

“你小子不是救世主，像更三环家那样的，等你在片里多转转就知道了。煤矿工人，一人挣钱拉家带口，日子富裕的不多。”看他那副表情，几个老民警都笑了，“涉世不深啊，慢慢体会吧！”

鲜花毕业时，正赶上最后一批国家分配工作。不过，分与不分那也要看当地的具体情况。鲜花学的是卫生防疫，相关的单位没有编制，往别的单位分人家就以不对口为名不想接收。最后，总算是把她分到了商业部门，接收的条件是要缴五千元的押金，不缴就不接收。鲜花找小叔要钱，她小叔说，为给她找人分配工作早就花完了。鲜花妈只好找娘家姊妹想办法。

“我借给你，就你那个条件，啥时能给我还上？”鲜花妈问哥哥借钱，没借上。

“姐，我不是不借给你，我儿子结婚差钱还愁得不行。我本来还想问你借几个呢。”鲜花妈问妹妹借钱，还是没借上。

从城里跑到农村，借遍了亲戚还是凑不齐押金。鲜花妈到矿上找工会，哭哭喊喊了大半天，也只是提前拿到了几个月的不到一千元的遗属补贴费。工会是工人的工会，男人不在了，工会就是别人的工会了。她拿着这些钱比比自己的姊妹，觉得工会还算有点良心，擦掉眼泪就像擦掉了她的烦恼。鲜花在回家的路上还在抽抽搭搭地哭着，她还嫌女儿烦，撇开女儿鲜花往前面走了。

“妈是没办法了，鲜花你自己想办法吧。该跑的路，我都跑了。”更三环觉得自己当妈的做到这个地步就够了，实在是没办法，再也不管不问了。

鲜花上卫校时知道父亲挣的钱少，别人一顿饭花三块钱，她只能花一块。食堂的那个打饭的胖师傅，每次见她打那么一点饭，就吵吵说没法给她打。胖师傅的嗓门高，常引得周围的同学朝她看，她只能每次等食堂快没人了再去。碰到那个年龄大的阿姨，阿姨常多给她打一些。鲜花用攒的一点钱买了一团毛线，给那个阿姨织了一条围巾，阿姨怎么都不要。她不想哭，可还是哭了。阿姨接过围巾说：“穷不丢人，只要你有志气，日子是人过的。”

两年的时间，鲜花就在半饥饿的状态下熬过来了。设想着有了工作，家里的日子会很快好起来，哪里能想到自己的工作还没有着落，父亲就没了。本来就见不到多少阳光的家，彻底没有了晴天，鲜花抱着一瓶酒在父亲的坟旁坐了一夜，她把一瓶酒全部倒进肚子，想着不会再见到太阳了，那样比活着还好受些。弟弟妹妹疯找了一夜，把她从死的希望里拉了回来，死也不是那么容易的。

“你去看看，我家鲜花不吃不喝，脸瘦成条条了。劝她吃点饭吧。我都愁死了。”鲜花妈坐在周江峰的对面，额头上的皱纹如同犁过的一片田，穿着女儿的一条洗白了的紫色裤子，像个孩子似的咧着嘴哭。周江峰从鲜花妈的脸上一直看不到痛苦的影子，反而那个空落落的家时常令他心酸，不由自主地就在脑海里放映出风雨交加的夜晚鲜花一家孤苦无依的情景。那种心酸就像一把锋利的小刀，只要他看到或想到鲜花家就会被狠狠地割一下。

周江峰把更三环家周围的那些邻居都训斥过，只要更三环说谁欺负她，周江峰就带着更三环到谁家说事，你要是不嫌烦，我天天带着她来。他这样一镇，还真有些效果，更三环高兴得像个孩子。周围邻居见更三环的后台太硬，也只能有多远就离多远。更三环到派出所的次数少了，所长问他使的什么魔法，他只是笑了笑。

好像也没过多少日子，鲜花的脸像缩了水的苹果。凭嘴劝没用，得想个法子，他顺脚到了居委会找仇大妈商量。

“大妈，我也没好使的招，我们一起到鲜花分配的那个单位，找找负责的说说鲜花家的情况，你看行吗?”他从接手这一片后，也是靠仇大妈带着他天天在片区走访，三个多月就熟悉得差不多了。他有为难事，仇大妈就是他可以依靠的一棵树，总会伸枝展叶地护佑着。仇大妈经历的事多，办法也多。

“中，你说找，咱们就去找找。怪可怜的，你不好说的话，大妈说。”仇大妈在居委会的那些大妈中号称“仇大胆”，多大领导下来，她都不怯。实事求是地说话，又不乱说，怕啥！一脸的老谋深算，哪个居委会的主任都赶不上她。起初听办事处的陈主任这样说，他还有些不信，但很快就相信了。

“你们是她什么人?”听了仇大妈的介绍和事由，那个管事的抬头看了看，别的不说就问道。

“我不是说了嘛，这是鲜花家那片的管片民警，我们仨是居委会的。不是啥亲戚，就是我们的居民。鲜花家的情况特殊。我也是我们那片的人大代表。”仇大妈进门就收起了脸上的笑意，很正式地说。

“居民？人大代表？所有的居民家里有事你们都管？你们的能耐不小，可惜我没有这么大能力，也没有这个权力对她一个人降低或取消这个条件。商业——”

“就没有一点商量的余地?”仇大妈打断了他的话头，直奔主题。

把提前商量好的招数都用了一遍，人家就是油盐不进，咬着那个“骨头”就是不松口。周江峰还想再争取一下，仇大妈挥手就往外走。只好走下一步棋，到区上管学生分配的人事部门反映反映。磨了半个上午话，周江峰带着仇大妈几个到街上吃了点饭。他们下午找到区人事部门，看大门的老头说，这几天都开会，让他们过几天再来。

“江峰，你管好片里那一亩三分地的事就行了，鲜花家的事管管也没啥。学生分配的事，那是你能管得了的？你能耐不小啊，带着居委会的老太太去人事部门吵吵。老太太都是些家庭妇女，你是民警，怎么分不清轻重呢？要是让区上的领导告到局里，你承担得起这个责任吗？自作主张，连招呼也不给我打。”所长把他叫到办公室训了一顿。他没有告诉所里的任何人，所长怎么会知道？

“我觉得这没啥，又不是带着老太太们去上访，至于吗？”

“说得倒是轻松，你们和上访有啥区别？对分配工作不满意，这么明确的目的放在面前，谁会认为不是上访？还执迷不悟！就此一回，你给我长长记性！”所长满脸懊恼地拍在了桌子上，赶鸡似的哄他出去，“当初我怎么就要了你呢？多情不说，还多事！”

周江峰一听所长这么说，脸上有些挂不住了，扭头就说：“我怎么多事了？我这叫多事吗？”

就因为他这句话，所里整整开了一下午会。户籍室里来办事的群众围了不少，一会儿来一个，在会议室窗外晃一下。所长让值班的民警先把群众劝回去。就他带领居委会老太太上访一事，除了个别人没有发言，其余人都发表了看法。认识肤浅，没有政治敏锐性，思想觉悟低下，缺乏集体荣誉感……意见特别地统一。周江峰听了同事们的这些看法，心想，这么多人都认为自己做得不对，自己肯定是有问题。方式不对，还是出发点错误？他没有反驳，也轮不上他发言。所长没有给他申述理由的时间，也不可能让他解释什么，前提是你周江峰的行为是错误的。教导员建议让他写一份深刻的检查，在明天的晨会上做检讨，不能因为他的个人行为，给全所造成如此大的不良影响。必须进行反省！才来没几个月就敢捅这么大的娄子，还了得！

做检讨的事，周江峰没有给仇大妈她们说，只是说最近事多，过段日子再去找。拖了两个月后，鲜花告诉他，那个商业局下面的各大商场要破产重组，她的人事档案又退回到人事局去了。这是个坏消息，也是个好消息。可是又等了两个多月，分配还是没有结果。鲜花被她妈像拖袋子一样拖拉到派出所，周江峰已经前后说过好几次让她们再等等，鲜花不言不语地站在她妈的身后，她妈扯了半天就是扯不到前面。周江峰心里有些内疚，自己又不是管分配的，完全可以几句话把她们打发回去，可是那种内疚的心理把他放到了一个无法躲避的死胡同里，被逼到绝路的不是鲜花，反而好像是他自己。也只能再冒冒险了，他换上便装就悄悄带着仇大妈几个找到了区人事部门。

“像她这种情况的，还有不少分配不下去。赶到这个节骨眼上，也没办法。只能再等等看，没编制就是分下去，也没法给她开工资。”那个管分配的副局长说得也很无奈，“再等等吧，我们尽量争取。”

“领导，鲜花家的确太困难了，一家四口人靠那点遗属费生活，不怕你笑话，一个月连个肉星星都见不上。”仇大妈示意周江峰不要说话，“要不是困难到这个地步，你想，我们也不会来给领导添麻烦，您说是不？”

“刘局，局长让您带着人事科的下去调研，车在下面等着呢。”

人家要出去调研，仇大妈也就不再说啥了。

他们几个站在走廊里，不知道怎么办了。看来是没希望了，几个人议论起鲜花家的情况，唉声叹气的。从附近的一间办公室走出来一位中年妇女，问他们有啥事，把他们几个叫进办公室。周江峰抬头瞥了一眼，门牌上写着“副局长”三个字。

“你们说的这个情况的确特殊，不过，现在的分配真的很难。这样吧，你们把那个孩子带过来，我看看。”听了鲜花家的困难，那个中年女人的眼角里涌出了眼泪。仇大妈把周江峰的眼泪讲了出来，一个大男人都流泪了，女人还能忍得住？仇大妈讲得的确凄惨，虽然有些夸大了，可夸大的幅度还是在可能存在的限度之内的。

“我干人事工作也十几年了，第一次碰到不是为自己的孩子分配来找的，我会尽力的。”有她这句话，他们几个眼里都泪光闪闪，是因为这句话触动了他们内心的柔软。是感动还是想到了鲜花家的日子？好像都有。他们从人事部门走到街上，挺长的一段路好似变成了一步路。虽说已是初春的天气，寒意浓重，他们几个都如沐春风。周江峰的眼里看到了繁花似锦的美好春色，禁不住哼出歌来。他们说笑着错过了车站都没人知道，干脆就徒步返回。“这个仗打得有些艰难吧，不过还是胜利了。那个女干部说话多中听，我就说嘛，人心都是肉长的。”仇大妈一副大将的气度，六十多岁的人走起路来，他们几个得紧赶着追。

周江峰带着鲜花到了人事局，才知道那个女人是人事局刚提拔不久的局长，办公室的牌子还没有换。还不到一个月，鲜花就分配到了城关的卫生防疫所。鲜花妈不顾周江峰的再三叮嘱，还是把这个消息传播给了每一个邻居，这些邻居又传给了他们的邻居，水波一样向周围扩去。鲜花就像拔出的树苗又栽到了土里，立刻就活泛了起来。鲜花家那总是冬天的气氛，也有了四季的变化。

到了年终考核，全所的人都忙着整理各种考核需要的档案材料，装订完善案卷。那天下午，鲜花抱着一个大西瓜来到派出所，大冬天的抱着西瓜太显眼了。周江峰从居委会回来，所里的民警都围过来。

“江峰，可以呀，美女给你送西瓜来了。可惜，你回来得迟了，人家说了，‘这是送给我周哥的。’”同事们阴阳怪气地喊着，让他赶快把西瓜切了，正好整档案整得上火呢。

不用他们多说，周江峰就猜出是鲜花送来的。鲜花有了工作，家里的日子相对宽裕了许多。鲜花妈的脑子慢，大小事由鲜花做主。鲜花的脸上有了笑容，妹妹和弟弟比以前活泼了许多，进门就能感觉到那种鲜活的生活气息，家里有了笑声，再简陋的陈设都能渗透出家的温馨。当时，鲜花听到工作分配的消息，蹲在地上大哭不止，要不是他们拉着，她都要跪下来给那位女局长磕头了，可见她心里承受着多大的压力。在场的人看着都落泪不止。那位女局长还找了一包衣服，让鲜花带给她妈穿。周江峰正想着，听见所长在楼上喊他上去。

“你手里的档案和案卷都整完了？今年的考核比往年要严格，你做好心理准备。能不能考好就看你了，其他的都是老民警，不用教都知道怎么应对。你这个新手，我还真有点担心。”顿了顿，所长接着说，“更三环的女儿鲜花给你送西瓜了，这是咋说的？”

“档案整完了，案卷还有三个。您放心，我保证不拖大家的后腿。”

“还有呢？我第二个问题还没见着答案呢。”

“那啥，我刚回来就听他们吵吵说西瓜的事，我还没调查清楚咋回事呢。”

“别给我装。别人能装像，就你不能，啥都写在脸上了。我可告诉你，你带着居委会的老太太把鲜花的工作跑成了，你不要得意。上次所务会上你的检查是怎么说的，大家还没有忘记，信誓旦旦地说不会再给所里惹麻烦，你忘了？你知道更三环家的那些邻居们咋说的吗？”

“咋说的？”

“咋说的？我问你呢。你啥时候成了更三环的女婿？那些居民把闲话都传到所里来了！你还不觉得。我早就提醒过你，不要老往更三环家跑，你就是不听。影响造出去了，你怎么找对象？要是有人愿意接手你那片，我早就让你挪地方了。你说说，人家鲜花还是个姑娘，这影响多不好。”

其实，周江峰早就听更三环家那一片居民在传，说他想和鲜花搞对象，才帮鲜花跑工作的。不然，谁有那工夫管别人家的闲事。就更三环那样的家，谁都不想沾包，穷透了！看到他从更三环家出来，就有邻居故意找更三环问：“鲜花妈，你女婿今儿来又给你带啥礼物了？啥时定日子下聘礼呀？”鲜花妈张口就说：“就是我女婿，气死你们，眼红死！”她这样一说，那话就传得更有鼻子有眼了。还真没想到，这些话传到了所长的耳朵里。

所里准备考核的工作都停了下来，全所民警集中起来帮周江峰提高认识。所长让教导员先给他讲讲什么是大局意识，什么是集体观念。教导员讲完了理论讲事例，几乎都以他的行为作为反面教材。所长肯定了教导员的观点，让所里的民警发言。除了个别民警不疼不痒地说了几句，大部分民警都不发言。准备要开一天的会，民警发言不踊跃，有的民警提出要不抓紧时间档案怕整理不完了，也就匆匆结束了。不过，所长决定给予周江峰口头警告一次，取消他本年度评先选优的资格。

局里的考核组宣布了一项临时增加的考核内容，针对为民服务这一块要单独计分，有一件算一分，最高不超过五分。几个所在考核的分值上，往往关乎名次的就在一分半分的较量上。对比较偏僻一些的所来说，这项工作相对要薄弱一些。为民服务是要给群众解决实际问题的，没经济实力，也没法去解决。所长和教导员说了一大堆，考核组揪着标准一个都不认可，两个人就急得上火，让大家赶快集思广益。有人就把周江峰帮助鲜花分配工作的事说了出来。考核组按照考核标准加了两分，有的民警看着周江峰，周江峰只是低头整理着手里的考核案卷。所长和教导员讪讪地对视了一下，有的民警偷偷捂着嘴笑。

在鲜花家，周江峰碰见那个小伙子几次，他总觉得那个小伙子有些怪，像个混混似的。这个叫曲海洲的小伙子，是鲜花的高中同学。在上学时，有几个男女同学经常找鲜花的碴儿，收资料费、课本费时就奚落鲜花是“赤脚（迟缴）大仙”，刚开始曲海洲也没有想着为鲜花出头，和他一起玩的几个男生故意激他，说连同桌都保护不了算什么男子汉，他就有意或无意地帮鲜花说话。几次三番，两个人走得近了些。曲海洲那时还真没有和鲜花搞对象的意思，他不喜欢鲜花这个类型的。

高中毕业后，鲜花考上了卫校，曲海洲没考上，到矿上成了一名采煤工。曲海洲刚开始还多少给鲜花一点资助，后来学会了喝酒赌博，自顾不暇，还伸手向鲜花要钱。鲜花毕业后，工作没有着落，也时不时地到曲海洲家。进了曲家，她什么都干，完全不拿自己当外人。曲海洲的父母最初坚决反对儿子和鲜花处对象。等鲜花的工作落实了，夫妻俩立马换了一张脸皮，招呼吃招呼喝的，什么活都不让鲜花沾手。这天上地下的，鲜花也不在乎。曲海洲有了经济后盾，喝酒抽烟赌博的劲头空前高涨。鲜花家的情况就那样，没法给他多少钱，时间长了，要不上钱他就对鲜花动手动脚。

“你劝劝鲜花，她听你的。姓曲的就是个龟贼，我早看透了。我说她，这个傻子就是不听。”鲜花妈先前就为这事找过周江峰，那时鲜花的工作还没有安排好。他问过鲜花，鲜花还说她妈多事。听说曲海洲打鲜花，鲜花死活不承认，你还能说啥。鲜朵也偷偷告诉过他鲜花挨打的事，还说鲜花有时回家很晚。

“我本来就不想找她，她死缠烂打不放手，我还怕她把肝炎传给我呢，不信你问她。”周江峰到曲海洲的单位去找他。见他那副满不在乎的神情，周江峰差点把拳头挥了过去。“她那个傻妈，苍蝇一样，烦都烦死了！我巴不得她赶快离开我，屁钱没有。”

“鲜花，你得肝炎了吗？”周江峰觉得无论如何要劝鲜花离开曲海洲，嫁给他也不会有啥好结果。关键是人家不想娶，你又何必呢。

“周哥，我知道他不怎么样。可我没有办法了，实在是没有办法！”鲜花低着头就这句话，“我的肝炎不严重，也不传染，我吃着药呢。他爸妈就不相信，曲海洲问我要钱，就我家那个情况，也没法给他。不给钱，他就说不结婚。”

鲜花说，她没有办法了，就如同此时站在悬崖边上，不跳都没有理由。决绝到这个地步了，还怎么阻拦？居民们的传言，所长的叮咛，更三环再来所里找周江峰劝鲜花离开曲海洲，他也只能是劝劝更三环不要那么固执了。他下片时几乎碰不到鲜花，鲜花妈见到他就拉着不放手，说鲜花被曲家那小子又骂了，鲜花死脑筋不听话……他想，要是再阻拦，那就真显得自己有啥想法似的。后来，他下片时就尽量绕开鲜花家。

鲜花怎么能死呢？

灵堂里，鲜花身上穿的还是半新不旧的那几件衣服，一张粗糙的黄表纸蒙在脸上，三个花圈孤零零地立在墙边，就像姊妹三人站在冷冽的寒风中，翘首等待着该回家来的父亲。更三环围着女儿鲜花转来转去，女儿就躺在眼前，她却已经望得见摸不着了，木然的眼睛里只是那一圈塑料花，她就像张着喑哑无声的嘴，扭着头寻找走失了孩子的母驼，眼里成股的泪滴落到胸口。她抄着不知道是该伸展还是蜷起来的胳膊，间或挤出丝丝缕缕的哭泣声。那张从来没有看到过痛苦的脸，似乎一下子把所有的痛苦都释放了出来，那种苍老的痛苦改变了她的容貌和发色，整个人如同一只封了一层寒霜的破烂了面容的旧布鞋。鲜朵和弟弟趴在鲜花的供桌前哭成了一团，冷清的供桌让周江峰想到了她家简陋的饭桌上那些简单的饭食。那炷香头上清瘦瑟缩的烟缕，被穿梭的风掳来掠去，鲜花似乎就是那缕似断似连的烟。鲜花单位来的两个人紧裹着大衣悄声地聊着自家的闲事，好似在街面闲逛碰到一块儿的熟人。躺在冰冷的灵堂里的鲜花又知道些什么呢？

鲜花家的亲戚把曲海洲和他父母都推进了灵堂。曲海洲一出现，鲜朵和弟弟就扑了上去，被曲海洲的两条胳膊顺势一挥就摔倒在地。曲海洲还没有反应过来，鲜花妈的双手已经到了他的脸上，他脸上被抓挠出三道拱着血珠的痕迹，如同从他眼里流出的血泪。鲜花的小叔和姨妈们将曲海洲举起的手反剪，将他摁倒在供桌前。他挣扎了半天头被捺得更低了。尽管他一再以躯体的挣扎反抗来表达自己的无所谓，可他强掩惶恐的眼睛还是渗透出了惊惧的心境，扭头看他父母的表情里布满求救的讯息。曲海洲父母脸上只有一点点愧色，像上了薄薄一层赭红色，看着儿子被推了过去，腿还没有从身子上迈出去，就被几个人挡住了。

鲜花的工作安排好了以后，曲海洲的父母心里窃喜，就自己儿子那副不成器的样子，能娶上鲜花这样有工作的媳妇，那是很上算的。他们觉得，鲜花家条件差，她也不会提出让他们接受不了的结婚标准，于是，催促着儿子赶快和鲜花把婚结了，以防鲜花变卦。

谁知，鲜花快毕业时得了肝炎，家里也没钱治，参加工作后就赶快吃药治疗。她包里的药被曲海洲找钱时翻了出来，他看了药瓶上的说明就骂鲜花，有肝炎不说，明摆着要害他。鲜花给他解释说，自己是病毒携带者，不会传染。曲海洲不相信，回家又告诉了父母。他父母一听鲜花有病，也就有点迟疑了。好好的一块蛋糕生了霉斑，留也不是，不留还有些舍不得。他们还听人说有肝炎不能生孩子，就让儿子和鲜花断了来往。鲜花给他们解释，他们不信，连门也不让鲜花进了。

曲海洲整天躲避着鲜花，她在路上拦截了他几次，曲海洲烦了，干脆请假外出了一段时间。周江峰和仇大妈她们轮番去劝，可说破天，鲜花就是一句话：没办法！问死也不说什么原因。曲海洲本想着要靠鲜花的工资方便自己吃喝玩乐，可他要尽手腕鲜花还是不听他的，钱拿不到手里他就以不结婚要挟鲜花。鲜花不可能不管家里的日子，还说，就是结了婚也要管弟弟妹妹上学，曲海洲就更不愿意了。

曲海洲的假期到了，不得不回来上班。

"你到底是结还是不结？我最后问你一遍。"鲜花悄悄买了一瓶敌敌畏，再次追到曲海洲家。她从包里掏出瓶子，打开盖子，将瓶口对着嘴问道。

"不结，你再问多少遍也没用！"曲海洲看到鲜花拿的是一瓶敌敌畏，就伸手抢过来摔到了地上。

鲜朵无意中发现了鲜花包里的敌敌畏瓶子，看她脸上的表情也不对劲，问了又问，鲜花就说，是给别人代买的。晚饭后，鲜花背着包出门，也不说去哪里。鲜朵写了一会儿作业，心里突然一惊，赶紧出门去追鲜花。凭直觉她一路追到曲海洲家，看到鲜花坐在曲海洲家门口的地上哭，地上是破碎的瓶子和洒了一地的敌敌畏。鲜朵扯着嗓子骂了半天曲海洲，然后拉着鲜花往回走。

"姐，你要不管这个家了，我也喝药陪你一块儿去死。"姐妹俩坐在巷子口，说说哭哭。在鲜朵的哭泣和哀求下，鲜花答应不会再喝药。

她们没有让母亲更三环知道这事，假如更三环知道这事，说啥都会到派出所去找周江峰的。或许，事情就不会是现在这个结果。

曲海洲家就住在派出所的后面，隔着一条大沙河沟的那片居民区里。值班的同事说，整晚都能听到从那一片传来的时断时续的哭泣声，细听又好像是刮风的声音。这种声音在前段时间出现过不止一次，周江峰值班时也听到过，可是，出警时从那一片过来过去，也没发现有啥异常情况。管那片的民警下片时问居民，居民们都说没有听到什么声音。年龄大的人说，那一片最早是坟场，有点奇怪的声音也没啥稀奇的。要在平时，一晚上至少要出三四次警，说不准就会拐过去看看。那晚就怪了，值班室的电话只响过一次，但接起来里面没人说话，只听见喘气声，随后又挂了。再没有接到其他报警电话。值班还不敢睡得太沉，就听见那声音了。唉，要知道是鲜花在哭，说什么都会去看看。听到这些话，周江峰没有流泪。同事们猜测着鲜花自杀的各种可能。所长有些奇怪地看了看他的脸，拍了拍他的后背，就上楼去了。

周江峰到刑侦队送卷宗时，法医小郑告诉他说，他片上的那个叫鲜花的姑娘死时已经怀孕至少两个月了。

（原载中国公安文学精选网 2015 年 5 月 14 日）

美狄亚的敌人们

漆雕醒

一

在课堂上，我问了宋茹一个关于忠诚的问题。

她回答我说，忠诚是弱者的盾牌——当你要求忠诚的时候，便是在要求别人为你的不安全感负责；当你决定对什么宣誓忠诚的时候，你正在给自己套上枷锁——这种枷锁也是用来增强安全感的。然而，人类是最善变的生物，忠诚在某种程度上是反人性的；当然，这种说法是从天性的角度，而不是从道德的角度。

宋茹总是会提出一些令人乍听之下感到惊叹的观点，她是心理学专家，又是老师，这样的职业需要有一语惊人的能力。

所以，我不知道这是不是她的心里话。如果是，我便能理解她为什么可以如此平静地面对所发生过的事情，情商高到不食烟火的境界；如果这些不是她的心里话，那她便是我见过的最善于隐藏自己的女人，没有之一。

我在心里叹了口气，梅丽雅有一个可怕的情敌，她注定要输掉这场战争。不，应该说，战争还没开始，她就已经输了。

宋茹虽然年近五十，但看上去只有三十出头，应该花了大价钱保养，不过物有所值——她依然是一位漂亮的女性。和梅丽雅的漂亮完全不同，后者的漂亮会让男人们的眼睛发光，但不会让男人们义无反顾。当然，宋茹的漂亮也不能，可是她的智慧会让男人们更认真地衡量她的价值，尤其是聪明的男人。活得漂亮与长得漂亮，这是两种层次的能力。

年轻漂亮固然是值得炫耀的，但年轻漂亮和水果一样保鲜期有限，而且是流水线产品，大把大把的年轻漂亮每天都在涌现，所以这炫耀看上去更像是促销。男人们的精明和挑剔是被这些促销催生出来的，女人们却还在盲目地自信着，自信地将自己高估、标价，这是商品的自信却不是女性的自信，很多人都不明白。

我早警告过梅丽雅不要抱有幻想，卢昌隆不会和宋茹离婚——卢昌隆是大学教授，他需要一个与他社会地位和声名都匹配的妻子，他的事业需要人人称道的佳话而不是身败名裂。

据说宋茹嫁给他的时候，他一文不名，他最艰难的岁月都是宋茹陪着他熬过来的，宋茹甚至在卢昌隆失业时供养了他全家人的生活。她兼职做三份工，还要照顾卢昌隆重病的养母，整整五年，直到宋茹打赢了一场官司，继承了其祖父的遗产，情况才有所好转。卢昌隆如果抛弃她，那必定要被千夫所指。

如果卢昌隆不是大学教授，而只是一个商人，或许并无关系，但是卢昌隆的前途是和他的名誉完全捆绑在一起的。

二十岁的男人也许会为女人承担一无所有的风险，只因为他们没什么可失去的。但四十多岁的男人绝对不会，他们花了二十年的时间才得到的东西，不是用来失去的；而且他们很清楚，一旦失去这些，便意味着失去所有，包括爱情。

梅丽雅对自己的认识不如卢昌隆犀利，所以她一直不信，一直到卢昌隆亲口说出来的时候才相信了——关于梅丽雅的死因，警察的调查结果是自杀，但我认为她其实是被真相杀死的。

她在死前给我打了个电话，因为卢昌隆打电话向她提出分手。梅丽雅哭了一个多小时，历数她在这段感情中的付出和创伤，她说没想到男人比女人还善变，头一天还在海誓山盟、温存缠绵，第二天就可以冷血冷心冷口，仿佛从来没有爱过。我说，就当这是个梦，醒来后她还年轻，有大把的时间痊愈，这世界原本就没有什么东西是永远属于谁的，尤其是人。梅丽雅说，她明白这个道理，她只是为自己难过，她只是想找到一个希望。我说，希望这东西只能是自己给自己。她说，她会努力。我以为这代表她真的没事了，但是我错了。

人总说，最可怕的是欺骗，但事实上最可怕的往往是真相。

作为一个本应该以真相为信仰的记者，这么说或许是缺乏职业道德的，但事实确实如此。在记者生涯中，我已经见识过太多例子：假如人们愿意老老实实地待在自欺欺人的囚笼里，便不会被那些他们没有能力接受的真相击得粉身碎骨。

还在大学的时候，我们管梅丽雅叫美狄亚，因为她既漂亮又聪明，男人很容易喜欢上她。如果她高兴，也可以是一个极好的贤内助，而且颇有旺夫运，与她交往过的几任男友都在交往期平步青云，事业有成。然而梅丽雅却从来无缘享受她的劳动果实，因为她有女人最致命的缺点：善妒。这个缺点与希腊神话里的美狄亚十分相似，美狄亚聪明绝顶，最后却因为妒忌杀死了爱人伊阿宋的新欢，又杀死了自己的孩子作为对背叛者的报复。聪明人犯起蠢来，后果格外严重。梅丽雅的程度虽不及美狄亚，可也会让男人头疼不已，通常激情与新鲜感过去之后，也就没有能包容这头疼的理由了。

梅丽雅吸取了教训，一直在卢昌隆的面前小心翼翼地藏起她的妒忌与控制欲。她藏得很辛苦，而这种勉强的结果就是，当她依然失败时，会更痛苦。

她甚至没有与宋茹见过面，我在梅丽雅的记事本上看见了她的计划。她安排自己在周五与宋茹见一次面，估计是想做最后一搏，周六她本来应该飞往云南，丽江的酒店房间都订好了。我分析，她大概是想，不管成不成功，都暂时离开一段时间——阳光、古镇、风景——让它们来占据她的思想。据说那个地方到处都能捡得到艳遇。

然而她却死在周二的晚上——自杀是个临时决定，我们总是有很多计划，却总是被突如其来的念头打乱了计划，甚至决定了一生。计划往往很难计划人生，倒是意外却常常得到特权。

我真觉得梅丽雅不值，她的性命竟然由一个电话就决定了。

二

我所参加的心理咨询培训班，宋茹正是主讲讲师之一，我对自己这样做的原因也有些困惑——我并不想为梅丽雅报仇，我只是觉得她死得太窝囊；我想要做些什么，但又不知道该做些什么，也没有资格做些什么。宋茹在某种意义上是另一个受害人，不需要我告诉她，她已经从警察口里知道了一切，她亦经历了屈辱与失败，但是她活着。

有时候卢昌隆会来接她下课，他们的婚姻没有因为梅丽雅的死而瓦解，至少表面上，他们仍然在坚持做一对模范夫妻。

这种对比让我更为梅丽雅难过。卢昌隆的话杀死了梅丽雅，但他没有错，人们会说那叫悬崖勒马。而梅丽雅的死却不能换来好名声，人们需要在道德上痛打落水狗，梅丽雅们不被允许得到同情。

如果她不是我的朋友，就连我也会在我的文章里唾弃她。

人总是要选择一个立场，一旦选择了，就不可能有绝对的公平。我选择了友谊，就必须放弃道德评判。让我后悔的是，在梅丽雅最需要我的时候，我选择了留在电话旁，而不是赶到她的身边。

如果我像对待工作一般敬业而敏锐地对待梅丽雅，如果我一直陪着她，也许她能够绕过那个钻了牛角尖的念头，也许她就不必死。

我本来应该那么做，可是我没有。

是的，我工作繁忙，我腰酸腿疼，我自己也有一大堆烦心事——我的男友要去国外，我的感情又要没了着落，我自顾不暇，我年近三十了还没有功成名就只是个受人吆喝的小记者……我不想从沙发上爬起来，我对自己说，这是她的事，不是我的义务。她得自己想清楚自己负责，我对自己说，我花了一个小时听她唠叨诉苦已经仁至义尽，我把道理都讲尽了，可是她竟然死了。

她给我打电话的时候，声音里已经带了醉意，毒药正在侵蚀她的生命。

她临死之前向我伸出手，独独向我伸出手，要把我当作救命稻草抓住，我却把那只手放开了。

现在我想把欠她的时间和关心都补上，可是她死了，我不知道要到哪里去补。

我见到了宋茹，但是我依旧无能为力，什么也不能做。

我唯一能做的，就是在梅丽雅的坟前放上一把雏菊。

三

宋茹躺在病床上，经过医生奋力抢救，她已经脱离了危险。

如果她死了，这会是一条大新闻——至少可以上社会版的头条：知名心理女博士在结婚三十周年之际被人投毒。

毒药是甲醇，被加在了红酒里——和杀死梅丽雅的毒药是一样的，连红酒的牌子都是一样的，都是 2005 年法国玛歌酒庄出产的正牌干红。玛歌酒庄是世界五大酒庄之一，2005 年是其产酒的最佳年份之一，这一年出产的红酒，葡萄几乎达到了完美的成熟度，酒香里散发着紫罗兰的香气，余味深长，现在一瓶市场售价在两万元人民币左右。

红酒是当天中午由快递员送到宋茹手里的。她以为这是卢昌隆送的结婚周年礼物——宋茹是红酒迷，换了谁也不会想到这样昂贵的红酒会有问题。她一个人几乎喝光了一整瓶红酒，我可以想象出她的愤怒：她从中午等到晚上，卢昌隆却没有出现；他在学校里写一篇论文，压根儿把这事儿给忘了——他坚决否认红酒是自己送的。

在快递公司的运单上查到的登记人的信息确实是卢昌隆，手机号码也是对的，笔迹很像。但是经专家鉴定之后确认是伪造的，负责接件的快递员也可以证明此“卢昌隆”并非彼卢昌隆，前者是个戴墨镜的女士，长发披肩，画着浓妆。卸了妆之后，我很怀疑快递员能否再次认出她。

很明显，是有人冒充卢昌隆给宋茹送了红酒。

技术人员证明，红酒的木塞并不是玛歌酒庄所用的原装木塞。很明显，投毒者为了加入毒药不得不破坏原来的木塞，然后换上一个新的木塞。

宋茹对红酒是有研究的，她原本应该在第一时间发觉红酒的口味是有问题的，但她没有——那一天她的过敏性鼻炎刚好发作了，而对卢昌隆的失望让她失去了品鉴的兴致，一气喝完那瓶红酒完全是为了泄愤。

幸运的是，她及时打出了求救电话。

我没有把这些辛苦探知来的消息发到报纸上，不仅是因为警方的要求——这一瓶红酒让所有的事情都变得复杂起来，就连梅丽雅的案子也进入了重新调查的模式。

两个案子的细节有着惊人的相似之处。

如果宋茹是被人谋杀，那么梅丽雅也可能是被人谋杀，虽然后者有一个自杀的理由。

我知道，梅丽雅的那瓶红酒是卢昌隆送给她的生日礼物，为了对得起这份礼物，她还专门去恶补了红酒的知识和品鉴方法。她不想被卢昌隆看不起，更不想被拿来做比较。女人是很容易被男人用来比较的，主要是脸蛋、身材、气质，其次是学历、知识、谈吐，对于选不选这个女人，外在之类的也许只是次要元素，但它决定了男人会带这个女人出入卧室之外的哪些场合。梅丽雅拼了命地想要进入卢昌隆的生活圈子，她是那种在平常人家里很拿得出手的女友，但在卢昌隆的朋友圈里，却有些寒酸——她的思想与眼界都太狭窄，这不是填鸭式教育所能弥补的。

在梅丽雅自杀前，那瓶酒已经被喝过多次，其中一次，梅丽雅是与我分享的——虽然我鄙视它的来源，但还是没能抗拒它的魅力，这是我一辈子喝过的最昂贵的酒。

正因如此，所以警察才会认为是梅丽雅自己后来将毒药加入了酒瓶里。另外，甲醇是梅丽雅自己在当天购买的，她的钱包里有购买收据，在她的房间里还有残余的大半瓶，化学试剂的售卖商家也证实，购买者正是梅丽雅本人。

梅丽雅的死亡时间是在晚上 8 点，那一日，卢昌隆一直在学校待到半夜 12 点，和他的学生一起对其研究项目进行讨论——那是一个关于新能源开发的项目，卢昌隆是学术负责人，他有绝对的不在场证明。

第二天早上，卢昌隆打不通梅丽雅的电话，又没办法用钥匙打开从内部反锁的房门，便叫来物业保安刘东一起破门而入，而此时梅丽雅的尸身已经僵硬了……卢昌隆报了警，这个行为在某种程度上证明了他的清白——如果他因为害怕暴露自己与梅丽雅的关系而杀死后者，那么他绝对不会回到现场报警——报警就意味着他会被调查，而这个丑闻也肯定会被他的妻子和外人所知。事实上，他的名誉确实受到了一定损害，只是没有被大肆传播而已。

电梯监控录像表明：在梅丽雅死亡前后并没有可疑人员出入——当然，也不排除有人避开电梯从楼梯间甚至窗户进入梅丽雅的家中作案，只是这活儿很不轻松：梅丽雅住在二十七楼。

门锁都是完好无损的，窗户是反锁的，要破除自杀的推论也需要相当的证据。

我为梅丽雅寻找着她的敌人。

她只是一个普通的女人，家境普通，没有被人觊觎的巨大财富；她是公司里普普通通的行政小白领，没有足够的能力争权夺利，她纵使得罪过人，也最多不过是言语上不小心的八卦或冒犯；有过几段失败的感情，都是别人提出分手；年近三十，一不小心爱上了有妇之夫做了不光彩的“小三”。恨她的人固然是有的，但罪不至死，并且无须宋茹出手，卢昌隆就已经回了头，两个女人甚至都没有见过面，她的死几乎不能让任何人获利，连一张保险单都没有。

谁会花心思杀死这样一个女人？

电视里有很多变态杀手，生活中事实上并不常见——大多数人都被生存压力压得喘不过气来，把杀人作为爱好也是需要本钱的。

假如梅丽雅死于谋杀，那么谁会耗时耗力费钱地进行这样一场谋杀——有的人花两万元喝一瓶酒，但有的时候，两万元也许可以买到一个廉价的杀手了。但是这个案子里陌生人作案投毒的可能性很小：对方需要偷偷潜入梅丽雅的家里，不被任何人发现，他要把毒投在红酒里——这瓶红酒被梅丽雅储存在厨房的橱柜暗格里，如果不是特别熟悉她的人，根本不大可能发现那个地方。除非事先在梅丽雅的家里安装了监控设备，而警方并没有发现支持这一点的任何证据。

宋茹原本是唯一的嫌疑人，但是她有不在场证据——梅丽雅死亡的时候，她正在和一群人吃饭。当然，不排除她买凶杀人，虽然我认为这个可能性较小。首先，宋茹是聪明人，她应该很清楚卢昌隆与梅丽雅的关系不会持久；其次，杀人是个最笨的办法，而且会给自己惹来无穷后患；最后，梅丽雅死在和卢昌隆分手之后，卢昌隆的证供表示，他们分手后立刻就将结果告知了宋茹。

现在，宋茹也成了受害人，她的死对谁有利呢？

宋茹是一个心理学博士，有一家心理咨询工作室，出过书，常年与培训机构合作。作为心理学讲师，在本市有一定的知名度，收入丰厚；她年过五十，婚姻曾经出现过危机，但有婚外情的不是她，而且老公回心转意，情敌已经死去。

用常规的方法来分析，似乎只有卢昌隆勉强有一个动机，通常情况下，配偶被谋杀，另一半常常会作为首要的怀疑对象。假如宋茹要和前者离婚，那么卢昌隆很可能要分出不少财产给宋茹；如果宋茹死了，她倒能有一笔遗产留给卢昌隆——虽然这笔遗产对于拥有百分之五十五股份的上市公司股东卢昌隆来说，只能算是九牛一毛。

图利的动机不存在，那么就是图自由了。

卢昌隆与梅丽雅发生婚外情，也说明他和宋茹的感情有问题，至少他是不知足的。我看过渡边淳一的书，深信男人捕猎的本性，是很难有例外的。

但是卢昌隆为什么要用同样的手法来引起警察的注意呢？以他的智商，不会想不到警察会把两个案子联系起来，他也不至于犯这样的低级错误。

倒更像是有人刻意要将他置于这样的处境。

——宋茹出事之后，他在大学的职务已经被暂停了。

两个女人的一死一伤，刚好把卢昌隆逼进一条死胡同，从某种意义上说，他的事业基本完蛋了。

那么，对方的目标会是卢昌隆吗？

大学会安排其他人接替卢昌隆的研究课题，或是全面终止？这是一个不定数。所以我认为不应该是为了争夺项目而设下这样的局，代价太大，而且成功的概率太小。

况且，即便失去大学的工作，卢昌隆倒也不会饿死——十年前，他继承了父亲卢文城的一大笔遗产，卢文城创办了一家大型建筑材料公司：昆朋有限责任公司，已经上市；卢昌隆占有大约百分之五十五的股份，即便卢昌隆不工作，股份所带来的分红，也是一笔十分可观的收入。

我把手里的资料一一分类。梅丽雅从没有说起过卢昌隆的这一部分经历：卢文城在困窘时曾经将作为长子的卢昌隆过继给别人，卢昌隆曾一度不为卢家人所认可。卢文城过世之后，卢家拒绝承认卢昌隆有继承权，卢昌隆凭着手里几封与卢文城的书信和他的弟弟卢昌硕打了三年的官司。后来卢昌硕因突发心脏病去世，而根据卢文城的遗书，假如卢昌硕先于卢昌隆死亡，且其子未成年，那么卢昌隆便可拥有公司的大部分股份，有权管理公司。至此，这场官司才最后有了个了断。

卢昌隆致力于学术，虽然拥有百分之五十五的股份，却把公司交给了卢昌硕的儿子卢俊青全权管理。可以说在这件事的处理上他是仁义的，不计前嫌的，他与弟媳曾敏秀和侄子卢俊青的关系也十分融洽。

总的来说，卢昌隆是一个智商颇高却优柔寡断的人，这样的人很难遭遇到真正的敌人，事实上，我也没有找到什么可疑的人可以称得上他的敌人。

其实，敌人和朋友一样难得，需要有足够的理由，才会令一个人时时惦记着要置另一个人于死地。

四

可惜梅丽雅没有写日记的习惯，否则事情一定会简单很多。

现在的人都习惯用电脑和手机，用微博微信晒生活晒心情秀恩爱，一目了然。梅丽雅不能秀恩爱，便用秀美食秀身材代偿，她是那种怎么吃也吃不胖的类型，这也是她生活里最值得炫耀的东西。

警察让我在她的笔记本电脑里寻找对案件有帮助的信息——事实证明这个举动是明智的，我没有找到什么有价值的信息，但是我发现有些地方确实不对劲。

我发现我和梅丽雅喝红酒时的照片不见了。那一天，梅丽雅很高兴，我帮她拍了几张很漂亮的内衣照，这些照片自然不适宜上网，她便把照片存在了电脑里。梅丽雅存储文件的方式很特别，她会在电脑里建立一个以日期为名字的大文件夹，比如，“2015 年 2 月”、“2015 年 3 月”等，在这些大的文件夹下面，又会建立一些小的文件夹，比如，这个月照的照片、这个月的日程安排、这个月的账单、这个月做的文件，等等。这些照片是 3 月拍的，但是它们都不见了，事实上，整个 3 月她没有存储过一张照片，但在微博上，整个 3 月她分享了 47 张照片，这些照片在她的电脑里都消失了——事实很明显，它们都被删除了，连同整个文件夹一起。

梅丽雅似乎没有任何理由这么做，如果要隐瞒什么，那么微博上的照片也应该一起删除才是。我翻来覆去地看着我给梅丽雅拍的内衣照——在我的相机里还有备份，警察也拷贝了一份。

梅丽雅在床上搔首弄姿，风情万种，有些做作，但不下流。这只是两个喝醉了酒的女人的胡闹，我在照片背景中也没有发现什么异常，墙是空白的，红牡丹花色的床单枕头，白色的床头柜上放着两本书：一本是《源氏物语》，这是梅丽雅看的；另一本是康德的《纯粹理性批判》，那是卢昌隆看的。这两本书可以透露出两人的性格，但是没什么秘密。这两本书被警察拿走了。

卢昌隆的照片并没有在梅丽雅的电脑里绝迹，他和梅丽雅的亲密合照在其他月份的文件夹里都还存有，没有被删掉。这说明“2015 年 3 月”这个文件夹被删除，并不是为了防止这段恋情的曝光。

也许有些照片刺激了她，但是理智的做法应该是仅仅删除那些照片。不过女人经常有不理智的时候，女人在情绪化的时候会毁掉一些她们不喜欢的东西，不排除梅丽雅只是因为情绪失控而毁掉整个文件夹，但这么做多少有些奇怪。

我看着微博上的梅丽雅。虚拟世界里的她看上去是如此阳光快乐，她的生命仿佛仍是鲜活的，值得很多人羡慕和点赞。

我却哭了起来。

五

卢昌隆坐在我的对面。

这是我们第一次正式见面，之前，他只在梅丽雅的口里听说过我，也许还见过照片，但是他没能认出我。

“我很抱歉，”他说，“我没想到事情会变成这样。”

说抱歉的人都有相似的台词。

梅丽雅的父母没有去找他算账，他们为自己的女儿感到羞愧，不肯去见他。因此，卢昌隆一直没有机会说出他的抱歉。

我单刀直入。但卢昌隆并不认为梅丽雅死于谋杀，他很严谨地分析了所有的细节，得出了和我一样的结论：梅丽雅没有敌人。

“宋茹没有理由杀她，”卢昌隆说，“她很聪明，她不会做出威胁自己名誉的事情。”

“女人爱一个男人爱到某种程度，是会失去理智的。”我说。

“男人也会，”卢昌隆说，“只是我和她，都没有那种爱了。我们年纪大了，激情对我们来说并不那么重要，而且我们有孩子。”

我明白他的意思。卢俊晖马上要出国留学，哈佛大学，毕业后他会有一个光明的前途。如果他的父母能再给予一些支持，他也许会很有作为。

他们是那种父母，为了子女的前途，可以做一切事去成全。

“他很爱他的母亲。”

如果卢昌隆不放弃梅丽雅，那么卢俊晖就会放弃他。

“她是一个很好的女人，”卢昌隆心虚地说，“我想这样对她也许更好，她会找到更好的对象。”

“别以为你说几句漂亮话就能把债都还清了！那是一个爱你的女人，如果你没有招惹她，如果你没有给她承诺，她也就不会落到那个地步！人在做，天在看，你往头上瞧一瞧，你害怕不害怕?”我站起身，给了卢昌隆一记耳光。餐厅里的绝大多数人都转头看着我们。

其实，在理智上我并不那么厌恶他，只是站在朋友的立场上，我必须替梅丽雅打出这一耳光。

卢昌隆没有往头上瞧，他灰溜溜地离开了。

警察第二天找到我。

自然不是因为我打了卢昌隆一记耳光。

是因为卢昌隆死了。

警察也并非怀疑我，他的死亡时间被确定在晚上9点，即我见过他的两小时后。见完他之后，我就怒气冲冲地去找了我的前男友孙淼，他也要出国了，我把我没有发泄完的怒火都撒到了他的头上，我也打了他一记耳光。

那家伙说过和卢昌隆同样的话。

我是当天最后一个看到卢昌隆的证人。他的尸体是在东郊附近被发现的。他死在车里，车窗紧闭，体液内酒精浓度超标，死于窒息。

自杀还是意外，实在难以界定。但不管是自杀还是意外，我都难辞其咎——我没办法不去想，他是不是因为我说了那些话才喝了那么多的酒；如果他没有喝那么多的酒，也许就不会死。

言辞也是会杀人的，事实上，言辞杀死的人从不比刀枪少。我往我的头上看，看到我的恶毒，我感到害怕。

这个世界是一面镜子，你给出什么，便会得到什么。

六

在餐厅的监控录像里，我意外地发现了一张熟悉的面孔——卢俊青，卢昌隆的侄子，他是在我们进入餐厅五分钟后进来的。时间如此巧合，让我很难不怀疑他是在跟踪，但是当卢昌隆离开的时候，他却没有跟着离开。录像显示，他很认真地享受了他的晚餐，在我们离开一个多小时后才起身走向门口。

他的座位离我们很远，以至于我们完全没有发现他，而他也不可能听得到我们说话——除了那一记震撼全场的耳光。

假如他在跟踪，那目的是什么呢？

卢昌隆的死对于他来说没有什么利益。卢昌隆虽然被大学停职，但并没有表示要插手公司的事务，一切和以前并没有区别。倒是卢昌隆死了，那百分之五十五的股份将由他的妻子和儿子继承，而卢俊晖的专业是商务管理，将来倒可能是一个难以对付的对手。

但是，那也是将来的事，卢俊晖才十八岁。

警察显然也没有查出什么可疑之处，叫他前去做了协助调查的笔录，之后便把他放了出来。

宋茹没有再来讲课，她请了长假，要办丧事。

最后一次见到她的时候，她穿着黑色的西装套裙，脸上仍然化了妆，举止言行依旧优雅得体。有些人会很欣赏她在发生大变故时的镇定，人们都希望拥有一种力量能够熬过艰难时刻，当看到别人能做到时，也能受到鼓舞。可是我却恰恰相反，我认为，人应该给自己作为人的权利。喜怒哀乐是人之常情，这是人性，控制情绪不等于压抑人性。她做得太成功、太完美、太使劲，好到令我望而生畏。她在这种时候依旧没有忘记要把自己树立成某种典范，是的，她成功了，她是成功的心理学家，她进行了完美的自控。现在我终于明白为什么她和卢昌隆的婚姻会出现问题，为什么卢昌隆会喜欢上梅丽雅，后者没有宋茹完美，缺点一堆，但因此却比宋茹更像个人。

我也明白了为什么卢昌隆离不开她，这样的特质对于维持婚姻来说很好，它只是对于爱情有害。

我不再去上心理课了，知识或许可以缩减焦虑，但我并不想成为宋茹。

七

人们都说，丽江是个可以治愈心灵创伤的地方，我来到这里之后发现，它只是对过高的期望有一定的疗效。

用物质衡量精神，或者用外物填补内在，都是缘木求鱼的愚行。

值得欣慰的是，和我一样的愚人还不少。当一群人犯同样的错误时，便不会感到太难受，我们还可以把它称为流行。

我安慰自己说，我是替梅丽雅来的。

这本来就是个错误，这个世界上没有任何人可以代替别人，当活人说替死人去做某件事的时候，通常是活人需要去做这件事。

孙淼临走的时候说：“我很高兴你打了我一记耳光，这样我就不会那么内疚了。”

滚吧！鬼才需要他的内疚。

我活着，不是用来被人说对不起的。

我给自己胃里灌了一大杯酒。酒吧里挤满了萍水相逢与交浅言深的人，大家在陌生人面前撕开伤疤或是伪造伤疤，寻求抚慰或是假装给出安慰，抑或有人真的得到了安慰，但大多数安慰都在黎明来临时蒸发殆尽。这里的酒吧和其他城市并没有什么两样，只是在丽江的盛名之下，沾了些貌似浪漫的光芒罢了。

没有人来找我搭讪，我长得不难看。但是我想人都是有直觉的，他们知道我不好惹，他们到这里来，也不是来找后遗症的。

于是我可以安静地喝酒，用我的醉眼去看醉醺醺的世界，在这里没有道德评判，人们需要的是宽容和纵容。

当我也喝得醉醺醺的时候，酒保推了推我。

“女士，有人给了你一封信。”

果真有了艳遇吗？我觉得好笑，撕开信封，里面却是两张照片，照片上是一对我不认识的男女，正亲密地接吻。

第二张照片与第一张照片相同，只是刻意放大了背景——背景中赫然出现一张熟悉的人脸！我睁大了眼睛，那竟然是宋茹！

照片上的宋茹穿着一件米黄色的衬衫，明显比现在的宋茹要年轻许多，但是由于后者保养得当的缘故，还是一眼就能被认出来。

第一张照片的右下角打印着拍照的日期：2005 年 9 月 15 日。

我奔回旅馆。

电脑里还存有之前我所收集的资料，很快我就找到了我所需要的：卢昌硕死于 2005 年 9 月 18 日，他死在丽江，他原本是到丽江散心的，同时躲避卢昌隆的纠缠——兄弟俩当时还在打官司。

卢昌硕的心脏病是在夜里发作的，直到第二天早上清洁工来打扫房间时才发现他已经去世。

不论如何，宋茹都不该出现在丽江——卢昌隆当时正失业，他的养母又病重住院，八岁的儿子卢俊晖正需要人照顾——她白天给心理咨询师做助理，周末去做婚庆化妆，晚上还要兼职翻译，怎么可能有时间来丽江？

我的脑袋嗡嗡作响。

她出现在一个不该出现的地方，而卢昌硕恰巧便心脏病发死了——这个结果直接改变了她和卢昌隆的命运。

我不想以小人之心度君子之腹——但我忍不住要去猜想，我被自己的猜想给吓着了。

照片上的宋茹虽然年轻，但是很憔悴，一个女人，打三份工，扛着全家人的担子——她会想什么？官司漫漫无期，如果是我，我也会想办法解脱。

但我更加疑惑的是竟然有人会把这张照片直接送给我——此人的目的是什么？

不可能送错，对方对我不仅有一定的了解，而且明显在跟踪我。我进入哪家酒吧完全是随机行为，不可能被预知。一想到这点我便头皮发麻。

除此之外，这张照片是十年前的，主角是两个游客，而宋茹是完全偶然被摄入其中的，对方竟然能找到这样一张照片，不知道费了多少功夫多少金钱，没有足够的理由，是不可能这样做的。当然，还要有足够的经济实力。

我想起那瓶送给宋茹的红酒。两万多元的诱饵，会不会是同一个人？

卢俊青——这个名字从我的脑海里闪过去。

十年前，他的父亲死在丽江，从此他的生活也改变了。卢昌隆貌似做了一件仁义的事，但是，假如卢昌硕的死并不是意外呢？

心脏病是一个刺激就能致命的。

那个时候的宋茹，已经是心理学硕士了，要找到一种“合适”的刺激，对她来说并非没有可能。

可是，单凭一张照片只能说明宋茹可疑，却不能指证她，没有任何法律会单凭这张照片就让宋茹入罪。

我不清楚对方的全部目的，但是有一点可以肯定，他知道我想要查出梅丽雅案子的真相，他想让我知道宋茹可疑。

宋茹，卢昌硕，卢昌隆。

我把三个人的名字写在纸上。他们和梅丽雅的死有什么关系？

梅丽雅去年才认识卢昌隆。

或许，对方是想提醒我，宋茹可能用同样的手法杀死了梅丽雅。难道梅丽雅的自杀是一个诱导的结果？宋茹用某种不可知的方法击垮了她的心理防线，让她自我了结？

催眠?！哈，我觉得太荒诞了，那是电影或小说里才有的情节吧？如果催眠术真的如此厉害，那么心怀叵测者就会趋之若鹜，天下早就大乱了。

更何况宋茹根本没必要这样做，因为在梅丽雅自杀之前，卢昌隆就已经提出分手了，她为什么还要多此一举？

酒保说，送信给我的人戴着眼镜，大络腮胡——这样的长相到处泛滥，假如是伪装，那就更不可能被找到了。

我暂时不打算把照片交给警方。如果此人真有足够的证据，直接送到公安局岂不是更好？我不想被人利用。

更何况有卢昌隆这个前车之鉴，我不想再贸然行事了。

我委托同事帮我调查卢俊青的动态，令人失望的是，他并没有来云南——这段时间他一直在医院陪着他的母亲，后者患晚期肺癌。

但这并不表示他能撇清。有钱能使鬼推磨，这世界缺钱，不缺鬼。

八

周一是梅丽雅的七七之日。

我很惊讶：“她要你查宋茹什么？”

徐德很犹豫，没有回答。

一个念头从我脑海里跳出来：“她要你查宋茹在丽江做了什么吗？”

这个问题让徐德开口了：“她跟你提过？”

我撒谎，点头：“宋茹和卢昌硕的死有关吗？”

徐德开始拉生意：“我刚接了案子，梅女士就去世了，所以还没有动手。你要继续查下去吗？”

他将两人签的委托合同给我看，酬金五万元，预付定金一万元，事成后支付余下四万元。

我认得出梅丽雅的签名，可以肯定这件事是真的。

签订合同的日期是 3 月 30 日，也就是说，周一的时候她雇人开始调查宋茹，周二卢昌隆跟她分手，梅丽雅便自杀了。

这其中似乎有着某种联系。

梅丽雅不可能无缘无故地去调查宋茹。

徐德证实了这一点，梅丽雅给了他一个 U 盘，U 盘里正是那张宋茹在丽江的照片。

“U 盘是装在信封里放进她门口的信箱的，”徐德说，“但是没有留下任何其他信息。”

我想起那个电脑中被删掉的文件夹，她收到 U 盘是 3 月 28 日晚上，她需要通过电脑打开 U 盘，她会把照片存进 3 月的文件夹里。这是不是就是文件夹被删除的原因呢？其实对方只是要删掉这张照片！

我的心跳加快了。梅丽雅的电脑密码很复杂，如果删掉照片的不是梅丽雅本人，只能是她比较亲近和信任的人。难道会是卢昌隆？

是的，他知道梅丽雅的电脑密码，他了解梅丽雅的生活习惯，他完全有机会删除她电脑中的东西。我回忆着梅丽雅给我打电话时所说的话，她说，卢昌隆周二早上还好好的，到傍晚就突然要分手——我进入了她的语境，只把这看作是个寻常的变故，却没有深思背后的原因：卢昌隆为什么要突然分手？这不到一天的时间里会发生什么？

如果卢昌隆发现梅丽雅在调查宋茹呢？我打了个寒战。假如宋茹真的与卢昌硕的死有关，卢昌隆会怎么办？他不得不选择一个立场，要么大义灭亲，要么知情不报，甚至还有第三种可能性：这事压根儿就是两人合谋的！

毕竟卢昌硕死了，卢昌隆是最大的受益人。

就算卢昌隆当初不知情，那么现在……我在脑子里模拟着卢昌隆的思维，不，不，他无论如何都不会揭发宋茹，即便知道后者可疑，他不会任由自己被牵扯进谋杀案，也不会让妻子去坐牢——哪怕只是为儿子考虑，他也不会那么做。

他只会千方百计地遮掩。

天啦！梅丽雅，我在心里哀叹，傻姑娘，你跳进了怎样的一个旋涡啊！你认为查出宋茹是凶手，卢昌隆就一定会离开她到你的身边来吗？她只想到卢昌隆是一个男人，却忘记了他也是一个父亲。

梅丽雅没有做过母亲，她不知道父母会为了孩子做出怎样的事。

要掩藏真相，必须销毁一切证据。

梅丽雅的遗物里没有合同。

是的，合同应该是一式两份。警察那里肯定没有合同，不然徐德早就被叫去做证人了。

“没错，”徐德同意我的分析，“我也很奇怪警察为什么没找我。”

“你们之间没有通过手机联络过吗？”我问。

徐德仔细地回忆了一番：“没有，她是直接到事务所来找我的。我在报纸上打了个小广告，签了合同之后，我没打过电话给她，她也没打过电话给我。她死后，有人用公用电话打来告诉我说，委托取消了，定金不必退还。打电话的是个男人，故意压着嗓子说话。”

徐德觉得十分可疑，但他没有把梅丽雅委托他调查这个情况告诉警察。他的职业在某些手段上也是会违法的，他不想给自己找麻烦。

“其实你可以不退定金。”我说。

徐德的回答让我立刻对他好感倍增：“我不占死人的便宜，还有，来解除委托的又不是梅女士本人。”

但他不是笨蛋，他在墓地等来了我，他希望我成为他的下一个客户。

“除了销毁证据之外，杀人灭口才是最彻底的，”徐德说，“假如梅丽雅不同意停手，你说卢昌隆会怎么办？”

“他有不在场证明。”

徐德说：“下毒杀人不一定要在场。”

“可是毒药是梅丽雅自己买的。”我还是觉得不可思议，“她如果不打算自杀，买毒药做什么？还有，毒药是星期二才买的，而卢昌隆从星期二起就根本没去过她家里，他根本没有机会下毒！”

徐德不说话了，我明白他的意思。

查案的费用是五万元，对我来说不是小数目，但这犹豫反而刺激了我，我不喜欢自己在这种事情上计较太多，会让我觉得我把钱看得比朋友重要，会让我内疚。

我讨厌内疚。在与徐德签订新的委托合同之前，我先去了梅丽雅的父母家，我希望知道他们的意见。他们拒绝了我，他们希望这件事到此为止，他们不想知道更多的真相，他们连上一个真相都还没有完全接受。

活人想要继续活着。

九

“这个局很简单。卢昌隆在星期一的时候便向红酒里投了毒，在星期二早晨离开了梅丽雅的公寓。他们那时候还没有分手。卢昌隆要做化学实验，男朋友要女朋友帮忙购买一瓶化学试剂，按理说女朋友不会拒绝，他只需要说：‘你帮我买瓶甲醇吧，我晚上回来拿。晚上有个好消息跟你说，你把红酒拿出来，咱们庆祝庆祝。’这样就可以了。”

徐德的分析让我打了个寒战：卢昌隆早在星期二以前就发现了梅丽雅在调查宋茹，也许还是梅丽雅自己跟卢昌隆说的。卢昌隆先用好话稳住梅丽雅，而他很可能在星期一的半夜就已经删除了那个文件夹，偷偷拿走了那份合同。星期二上午，梅丽雅忙着去给卢昌隆购买化学试剂，下午又忙着准备晚餐，没有时间发现她的电脑被动了手脚。他在傍晚的时候打去电话说要分手，那时候梅丽雅已经打开了红酒，做好了晚餐，可是等来的却是一个噩梦，她可能会砸掉红酒，也可能借酒浇愁——梅丽雅每次失恋都会喝酒，只是最后一次，她喝下的是昂贵的毒酒。

卢昌隆的计划不一定成功，但一旦成功，却是万无一失的。

“物业打电话报警的时候，他也有机会在电脑里动手脚，只需要不到一分钟。梅丽雅死后，他又打电话来取消委托，”徐德说，“他肯定不会有人做赔本的买卖。”

但这一切都只能成为猜测了，因为卢昌隆死了，死人没办法承认指控。

“你有录下他的声音吗？”卢昌隆是教授，学校一定有开会时候的录像或是讲课的录像，只要和他的声音做对比，便可以确定打电话的人是不是卢昌隆。

徐德已经对比过了：不是卢昌隆。

“但不代表不是他。他只需要付钱找人打这个电话就行了。”徐德说，“警察要找出这个陌生人来，简直就是大海捞针。”

“还是猜测。没有证据。”我很不满，“我付钱给你，是要警察那里能用得上的证据，不是猜测。”

“我相信，送红酒给宋茹的这个人肯定也在怀疑卢昌隆。”徐德说，“这个计划很冒险，但如果成功了便是一箭双雕。宋茹死了，卢昌隆会是嫌疑犯，而且警察会把这个案子与梅丽雅的案子联系起来；宋茹没死，警察也会调查卢昌隆。你觉得，谁有动机做这件事？”

“当然是卢俊青。”我想起卢昌隆死的那个晚上，“他一定是在跟踪他的猎物吧？”

徐德终于出示了他现在能给出的唯一证据：“这个 U 盘现在虽然只有照片这一个文件，但它过去被使用过，虽然被格式化了，但我还是尽力恢复了这个 U 盘里过去曾被删除的一份文件。这份文件是昆朋有限公司的一份财务报表，核心机密，只有总经理和财务总监才有权限打开。这份文件还设置了密码，密码是卢俊青女朋友的生日——所以我肯定，这个U盘是卢俊青的。”

也就是说，我的猜测是对的。卢俊青把照片给了梅丽雅，梅丽雅成了他对付卢昌隆和宋茹的棋子。卢昌隆杀了梅丽雅灭口，他又给宋茹送去毒酒，将警方的视线引到卢昌隆的身上。现在，卢昌隆死了，他知道我也在查这个案子，又想利用我去对付宋茹。

“这个胆小鬼！我们可以把U盘交给警察。”我咬着牙说，“从某种意义上说，梅丽雅是他害死的。”

徐德不太同意这个建议，因为，如此一来，他就会被牵扯进去：“就算最后证明杀死梅丽雅的人是卢昌隆又怎样？卢俊青只是送出了一张照片而已。”

是的，如果真的是卢昌隆杀死了梅丽雅，现在卢昌隆也死了，卢俊青只是送出了一张照片而已。

“还有一瓶毒酒是送给宋茹的，那一定也是卢俊青干的！”我说，“只要找到了那个寄出红酒的女人，就可以抓住卢俊青了。”

徐德幽幽地看着我：“你的目的是抓住卢俊青吗？为什么？”

我被他问住了，只能沉默。

“卢俊青很狡猾，他如果想要冒险杀人早就动手了。那他何必给梅丽雅和你照片，不是多此一举吗？”徐德拿出一张拼图，这是他花钱让那个快递员做的，警察那里也有同样的一份，拼图上的女人我不认识，徐德在上面标注了女人的身高，大约一米六。“快递员记得她的手，那双手暴露出这个女人的年龄起码在四十岁以上。我们再来看这个签名，这些地址的字迹，模仿得相当神似，很可能是卢昌隆的熟人，而且练习了相当长的时间。”

我还是一头雾水，唯一可以肯定的是绝不是卢俊青的女友，他的女友是个年轻模特，身高在一米七五以上。

“再给你一个提示：她恨卢昌隆，她很熟悉卢昌隆，也很清楚宋茹的小爱好。她不怕后果。她希望亲手解决仇人。”

我张大了嘴：“卢俊青的妈妈曾敏秀！”

十

曾敏秀已经说不出话来。医生说，也就是这一两天的事了。

我没能得到探视的机会，即便得到了，也注定什么都问不出来。

从卢俊青的眼睛里，我能看出他知道我的来意，但他却装作什么都不知道。

“我希望你不要用无端的猜疑去打扰一个老人最后的平静。”他提醒我，“这是最起码的道德底线，我希望你好自为之。”

冠冕堂皇的话，谁都会说。

就算告诉警察，警察也无法立刻证明她就是那个寄出红酒的女人，即便证明了，也无法抓她坐牢——死人是不必坐牢的。

卢俊青只要咬死了他什么都不知道，那么，他也不必去坐牢。

我的目的并不是给自己找一个敌人。

尤其是这么可怕的敌人。

他没有做任何犯法的事，就已经有两个人死去了。

我不知道卢昌隆的死是否与他直接有关，但至少，是他的逼迫使卢昌隆成了一个凶手。

但我也无法真的憎恨卢俊青，他是在为他的父亲报仇。梅丽雅之死揭开了一个真相，但是他无法提供更多的证据使杀死他父亲的凶手走上审判台。如果卢昌隆没有罪过，他的方法也不可能生效。

我问徐德：“宋茹是否有可能参与了谋杀梅丽雅？”

徐德摇头：“说不好。但按照卢昌隆的计划，一个人足够了。你需要继续查她是否杀死了卢昌硕吗？”

我苦笑：“这件事如果容易查出真相，卢俊青应该早就有收获了，他也就不必出这样的连环阴招了。”

“他把照片给你，就是为了利用你。”徐德说，“你要查宋茹，就等于你接受他的利用。你要真相，还是要拒绝被利用？”

徐德是个很奇怪的人，他可以用最不合理的理由说服我。

十一

我从没有想过要和一个心理学专家成为对手。

我的心情就好像是要去一个九死一生的战场，而那一“生”，只能靠运气而不是技术。

“她太有经验了。”徐德也头疼，“普通的诱饵根本没用。”

我们分析了半天，犹豫着要不要用那张照片去试探宋茹的反应，但是她露出马脚的可能性很小，我们反而会打草惊蛇。

我们手上什么筹码都没有，除了照片和卢俊青的U盘，其余全是猜测。

“卢昌隆肯定会猜到是卢俊青做的。”徐德说，“宋茹也应该知道，她会格外提防卢俊青。”

宋茹打算把所有的股票都卖给卢俊青——这说明她已经打算和卢家人脱离关系了。

“她最害怕卢俊青对付她的儿子。”我想起卢昌隆的话，“如果我没猜错的话，她会很快办理移民，带着她的儿子离开这个是非之地。”

她的软肋是她的儿子。

对于要做的事情，我依旧十分犹豫。

徐德说：“他儿子已经十八岁，除非真相永远不出现，不然他迟早得面对。”

我在卢俊晖常去的图书馆等他，把宋茹的那张照片交给他。

“这或许就是你母亲被人暗算的原因。”

几天之后，宋茹约了我面谈，卢俊晖也在场。后者面容憔悴，显然因为这件事寝食不安。他是个沉不住气的人，他需要答案。

“我的确去过丽江，那时候我们过得太难。我去丽江是想要求卢昌硕能够看在血缘关系的分儿上，不要太绝情，我希望能说服他。”宋茹说，“我们见了面，可是他还是拒绝了我，后来他死了，但他的死和我无关。昌隆很清楚这件事，可惜，就像别人没办法证明我有罪一样，我也没有办法证明自己的清白。这些年我们不管公司的事，也就是想要撇清，可惜，不管我们怎么做，别人都还是不相信。”

然后，她停下来盯着我的目光说：“其实，我已经猜到是谁想要杀我了。我没有告诉警察，是因为我理解她，她需要有人来为她的不幸负责，她需要有一个仇人。我怎么解释都没有用，我既然没有死，就原谅她吧——她反正也是个快死的人了。你想一想，如果我真的心虚，为什么不让警察把她抓起来？”

把卢俊晖拖下水，只是计划的第一步。

宋茹展示了她的狡辩能力，这是在我们的预料之中的。

她强调说，卢昌隆相信她没有杀人，如此卢昌隆也就没有了杀死梅丽雅的动机。

“你没有发现吗？”我对宋茹说道，“这张照片是伪造的。”

宋茹微微吃了一惊：“伪造的？”

徐德把一张真的照片改造了，加入了PS的痕迹，真照片也就成了假照片，我指出照片上光线不合逻辑的地方。“我是个记者，你如果不相信我的专业判断，可以去找别的专家问问。”

宋茹沉默了一会儿道：“我觉得谁都没有理由做这件事。”

“为什么没有？”我说，“卢俊青在调查你，有人弄了这样的照片给他，你觉得那个人的目的是什么？很明显是想借刀杀人。”

宋茹皱了皱眉头。

“如果他们一直怀疑你，就不会等到现在才动手了。”我继续说，“他们是因为这张照片才觉得你肯定是凶手的。”

“也就是说，有别的人想要害我妈？”卢俊晖沉不住气了，“是谁？！”

我耸了耸肩，瞄着宋茹：“你是不是得罪了什么人？”

宋茹与我对视着：“谁都免不了得罪人的。”

我几乎认为她快要识破我了，强作镇定地说：“是啊，但不是每个被得罪的人都会报复。我觉得，这人有些变态，而且很了解你的事。建议你最好报警。”

说完这句话我便离开了。

我知道宋茹不得不报警。我们为她制造了另一个虚拟的敌人，我不确定她是否会相信，也不知道她会做出怎样的事情来反应。我只能确定，即便她不想报警，儿子卢俊晖也一定会帮她报警的；宋茹要卢俊晖相信自己是无辜的，也只能同意报警。一旦报警，那么她就必然要讲出她十年前去过丽江的事，这一点她已经亲口承认了，我的录音笔已经录下了这一段。当然，她不会害怕警察，因为没有任何证据证明她与卢昌硕的死有关，但她和卢俊青的对立就会走到台面上来。在这种情况下，他们双方都不会轻举妄动。用徐德的话来说，这是帮他们不再多作孽。

在卢俊青气急败坏地找到我之前，我先上门拜访了他。

“或许我们可以合作，”我说，“我们都想要真相。我们有共同的目标。”

卢俊青的脑子里已经有一个真相了。

“那就证明它。”我用徐德教我的话说，“我们给你们留了一条和解的后路，你可以说你也受了别人的蒙蔽，也是别人寄了这张照片给你，而且可以把红酒的事撇得干干净净，都推到那个不存在的敌人身上去。”

卢俊青很谨慎：“我不知道你说的红酒的事指的是什么。我也不知道你想要干什么。”

“当她有了一个不知道是谁的敌人之后，她最想要做的是什么？”

“当然是把他找出来。”卢俊青更加困惑，“可是这个人不存在。”

“每个人都免不了要得罪人的。”

“你傻了吗？现在警察会看着她，她什么也不会做。”卢俊青对我们的计划嗤之以鼻，“就算她要做，也不会留下任何罪证。”

他给我放了一段录音，那是卢昌隆死前和宋茹的通话记录。

她给他打了一共十六个电话，其中前三个打通了。

第一通电话里，她通知卢昌隆，学校那边已经不打算再继续新能源的项目了。

第二通电话里，她安慰卢昌隆说，她不会计较以前的事，只是让卢昌隆吸取教训。但卢昌隆十分反感，两人吵了起来。

“你很清楚，所有的女人到最后都一样。”宋茹即便是争吵也保持着镇定，“如果她们不想要独占一份感情，那就不是真的爱你，她们需要的是你之外的东西，如果得不到，到最后也会离开的；如果她们只想独占你，你会更痛苦，你根本没有精力去应付她们的猜疑和嫉妒，你的生命会被毁掉——你只是在浪费时间和精力去抓你抓不住的罢了。而我们不同，我们有俊晖，你是他的父亲，我是他的母亲，这一点永远不会变。我们老了，还有他给我们养老送终。这是最重要的，他很孝顺，也很爱我们。”

卢昌隆在抓狂，他说：“我要的不只是这个！”

宋茹说：“那你要的太多了。这个世界不是围着你转的。你要学会现实一点儿。人生已经过去一半了，没有太多时间让你天真。”

卢昌隆说：“我不想像你一样活得像个机器……”

宋茹把电话挂断了。

卢昌隆又把电话打过去，但宋茹只说了一句话就又挂断了电话：“我们不需要有爱情，但我会一直陪着你。”

这一次之后她关了机，卢昌隆再也没打通她的电话。

我没有听出什么特别之处，这只是一对夫妻再寻常不过的争吵。

“这是在杀人。”卢俊青说，“卢昌隆就是被这些话杀死的。我比你了解卢昌隆，他对他的项目付出了太多心血，就这一个打击就足够摧毁他了。还有，你认为卢昌隆为什么出轨？他太需要爱情，宋茹太缺乏激情。我记得卢昌隆曾经跟我说过：他一想到人只是为了子女和责任活着，就感到绝望。他认为，人要为激情活着，否则就是行尸走肉。可是宋茹偏偏哪壶不开提哪壶。宋茹比我了解卢昌隆，她很清楚有些话对卢昌隆来说就是砒霜。双重打击，你觉得很平常的话，却会让卢昌隆钻进牛角尖！”

之后他又拿出一份调查记录。

"那段时间，宋茹几乎天天都打电话骚扰卢昌隆学校的领导，我说的骚扰，是指技术上的，表面上看来，好像是在为卢昌隆争取权益，实际上，却适得其反。这个女人实在太厉害了！你以为她是偶然跟卢昌隆说这些话的吗？那一天，她终于把学校的领导给惹毛了，所以才使卢昌隆彻底失去了那个项目，她故意让卢昌隆在一天之内受到最大的刺激——逼死他！"

这又是一个无法得到证实的推论，正因如此，它才格外可怕。

"她为什么要让卢昌隆死呢？"

"为了卢俊晖。她害怕警察总有一天会查出卢昌隆是凶手，而卢俊晖会受到刺激。只有人死了，才能终止调查。"

这也是我们要逼迫宋茹报警的原因。如此，警方就不得不继续追查毒红酒的事，并把注意力转移到宋茹身上，或许卢昌隆会留下什么蛛丝马迹。等到案件真相大白后，我也就对得住梅丽雅了。

"找你合作果然是对的。"我对卢俊青说，"你确实比我们了解宋茹，而且你有钱。"

十二

宋茹给自己留足了后路，她的所有行为都毫无破绽，可以自圆其说。

如果我们猜得不错，她无法确定卢昌隆也能万无一失，正如卢俊青所言，她最害怕的就是卢昌隆是凶手这件事会曝光——这样一来，她的声誉会受到影响，卢俊晖也会受不了打击。

可是卢昌隆很狡猾，他的计划也天衣无缝，警察到目前为止也没有查到任何有利的证据。

所以我们不得不制造出一个藏在暗处的敌人——宋茹无法知道他是否存在，也就无法确定"他是否拥有卢昌隆杀人的把柄"。

只有制造出这样一个敌人才有机会——如果卢俊青仍在暗处，或者他直接出面，宋茹都不可能上当。

在这个女人面前装神弄鬼是件难事，稍不注意就会被她识破。

卢俊青接受了我们的建议，在曾敏秀的葬礼后便飞往加拿大进行“商务考察”——那正是宋茹打算移民的国家。

“她一定会心虚，认为卢俊青做这件事是为了以后要报复她。”徐德为他的计划感到得意，“但是为了表示不心虚，她不敢换掉移民的目标，现在是她最脆弱的时候。”

我们开始给宋茹寄东西。

第一件东西是一张纸条的复印件，是我模仿梅丽雅的笔迹写的一句话：“张阿姨，很抱歉，把屋子弄得太乱。我实在太累了，明天会多加你钱的。”在纸条上还有一滴干掉了的红酒印记——为了逼真，我们在西餐厅专门点了一杯 2005 年的玛哥庄园干红，将红酒滴到纸条上，以防将来会用到原件。

张阿姨是梅丽雅请的钟点工，每天中午 11 点来打扫卫生和做午饭。梅丽雅死的第二天早上卢昌隆便“发现”了尸体——这张伪造的纸条可以表明梅丽雅“并不想自杀”，我们的目的就是让宋茹对这张纸条为什么没有被卢昌隆或者警察发现而感到疑惑。

第二件东西是卢昌隆的一件私人物品，他的一条旧领带——这个东西在梅丽雅的衣柜里。在梅丽雅电脑里的一张合影中，卢昌隆便是戴着这条领带，那天是 9 月 10 日。根据徐德的调查，那一次教师节宋茹和卢昌隆一起参加了一个宴会，所以我们确信宋茹一定见过这条领带。

第三件东西十分恶毒，那是一枚红色的胸针，是卢昌隆去香港时买回来的，我上课时看见宋茹戴过一个同款式的蓝色胸针，估计卢昌隆为了图省事给两个女人一人买了一个。梅丽雅直接把它转送给了我，她从没有戴过——我常常在想，如果她从那个时候起就悬崖勒马该有多好。

好了，三件东西，可以让宋茹发挥极大的想象力，她将很容易想象出卢昌隆的另一个情妇，这个本来并不存在的女人知道一切，卢昌隆彻底背叛了她。现在毫无疑问，那个女人准备出来敲诈了，这会是一个无底洞——嫉妒加上恐慌，她会如何对待这个敌人？

但是第三件东西刚寄出去我便后悔了。

我问徐德："这样做，我们和宋茹有什么区别？和卢俊青有什么区别？"

我们在诱惑一个人犯罪，卢俊青这样做了，梅丽雅成了牺牲品。

我以为自己在伸张正义，然后我变成了我的敌人的同类。

徐德张了张口，他没办法回答我。

但是他不情愿结束计划。前两件东西都收到了效果，他在垃圾桶里发现了一件被宋茹剪碎的西装，那是卢昌隆的遗物，那件西装正是卢昌隆在教师节穿的那一件。

"我们成功的概率很高。"他试图说服我，"只要再继续下去，她会有所行动的。"

我们总是这样，因为不甘心前面付出的代价被浪费掉，于是继续付出代价，明知道没有结果也会继续，明知道是错的也会继续。

梅丽雅便是因为不甘心她的期望落空而付出了生命的代价。

我不打算说服徐德，我直接做出结论："到此为止。"

十三

但我在跟踪宋茹。

我在为我做过的事承担后果——她在南郊公园里溜达了一整天，这是一个年老失修的公园，树木荒草像是很久没有剪过的指甲，长而邋遢，只有很少的人在公园里面散步。

她在为不可知的未来而惶惑。

我们没有寄出敲诈信，大概由于那把刀迟迟没有砍下来，所以让人更加焦虑。

找不到她的敌人，她没有办法实施出下一步行动。

这个时候的宋茹，她不需要讲台上的光鲜亮丽，她裹在黑色的风衣里，佝偻着背，拖沓着步子——人们走过她的身边，不会多看她一眼。

她一个人在湖边坐了很久，她喝了一罐啤酒，我一度害怕她会跳湖自杀。

快到傍晚的时候，她离开了公园。

正是下班的高峰期，各色车辆在马路上穿梭来往。宋茹突然冲向一辆正在行驶的黑色索纳塔！

索纳塔偏向一侧，与她擦身而过。

我意识到了她的计划，她准备为自己制造一场醉酒意外的交通事故，由自己来承担全责。

她想用这种方式解脱，同时保全名誉。

在下一辆车撞上她之前，我及时把她拉回了马路边上。

“你为什么要多管闲事！”大约是酒精起了作用，她近乎歇斯底里地大喊着。

我心里想的却是：真幸运，我很高兴我在这里。

她崩溃地坐到路边大哭。

“到此为止。”我对她说，“你放心，除了你自己，没有人能证明你做过什么，除了你自己，任何人都没办法审判你。”

宋茹是聪明人，她立刻猜到了，一切都是我做的。

她不点破，和我一样说着模棱两可的话：“人总是喜欢改变主意。”

我在她的旁边坐下来：“我是记者。以前我觉得真相最重要，可后来我觉得，比起内心的安宁来，真相也许并不那么重要。你的内心安宁吗？”

宋茹把目光投向马路上奔驰的车辆，它们看上去像是一只只盲目的虫子。

“我一直很努力，我觉得，女人一定要有自己的实力，才能真正赢得尊重，才不会被不忠或者背叛击倒。”她说，“男人这种生物，你为他做任何事，都不一定能保证他的忠诚。”

“所以，你说忠诚不是人的天性，”我说，“这样会让你好受一点儿。”

宋茹不再哭了：“人活着，总得给自己一个活下去的理由。活着是本能，你没办法跟本能对抗，所以不管怎样，你都得顺着本能。”

我抬头望着天空，夜幕正落下来。以前的夜空总是布满星星，现在几乎都看不见了，但只是看不见了，并不代表它们不在那里。

“在丛林里，没有道德法则，活着就是规则，可是这是城市，人类在这儿活着，人类是道德生物，道德是规则。”我指着自己的心脏，“它不在外面，它在这儿，在丛林里逃得掉，在这里逃不掉。”

“有时候真想把一切都忘掉。”宋茹叹了口气，“忘掉了，似乎就又清白了。”

“做过噩梦吗?”我问，“听说有罪恶感的人总是会做噩梦。”

宋茹说：“如果有一个很好的理由，是可以没有罪恶感的。”

“比如呢?”

“比如为了活下去，比如为了爱情，比如为了孩子能有个好的未来，比如为了不让事情发展到最坏的结果……”

“哪怕牺牲别人的生命也在所不惜吗?”我问。

“对我来说，我只在意我最在乎的人。别人，只是别人而已。”

“卢昌隆也是别人吗?”

宋茹犹豫了一下，然后说：“最开始的时候不是。”

她的答案几乎等于承认了一切，但同时也什么都没有承认——她知道我在录音，她也知道这没有办法作为呈堂证供。

宋茹就是宋茹。我不再是她的威胁了，我很确定她会继续活下去。只要她还能为自己找到一个理由。

这些理由或许可以让她脱离内疚，但正因为这样，它们将会是她永远的敌人。

——人性的敌人。

她更像是美狄亚，聪明绝顶，却被自己的聪明和本事囚禁着。她为了一个男人背叛了自己的人性，她为了爱情而残酷，于是她被自己深爱的人所畏惧，这畏惧毁掉了爱情，她便毁掉了那个男人。而她仍然活着。

“我从这件事里解脱了。”我离开时对她说，“你觉得你什么时候能解脱呢?"

她很清楚自己的命运:"当我找不到理由的时候吧。"

十四

再一次见到宋茹的时候，她已经在监狱里。

她在卢俊青的酒会上试图对后者下毒，被警察逮了个正着。

事实上，警察一直在怀疑她，只是和我们一样苦于没有证据，我和徐德玩的那些小花样根本没有逃过他们的眼睛。

"很高兴你能悬崖勒马。"负责这个案子的刑警队队长肖展对我说，"我还真为你捏了一把汗。"

我只能庆幸，我的决定拯救的不只是我的良心。

宋茹明知道自己正在被监视，却仍然冒险这样做，简直无异于自杀。于是我想，也许她是故意的。

后来我才知道，原来卢俊青一直在想办法刺激她，当然，用的还是不犯法的方法。

"我得绷紧了神经过每一天，你不知道那有多累，我很怕这样的日子永远不会结束。"我探视宋茹的时候，她如是说，"现在，至少我可以好好睡觉了。"

她仍然不为她所做过的事后悔。

我不知道这个结局算不算是成功。

"总有一些罪犯，是你们没有办法抓住的，道德和法律也没有办法惩罚他们。"我问肖展，"这种缺陷一直都会存在，我们该怎么做?"

肖展很高兴我提出这个问题。

"这就是这个世界要有警察但不止要有警察的原因。"

（原载《啄木鸟》2015年第7期）

老周的前世今生

杨新才

那座山很高，笔陡的路弯曲着，探向云端深处。

破旧的老吉普车扬起一路尘土，在山道上艰难爬行着，突然，车子像是中了邪，不听使唤，直直地栽向谷底……

许多同事来了，轮流照看老周，围在病床前窃窃私语。老周习过武，力大无穷，在病床上稍一动弹，几个人都架不住。

老周整整昏迷了一个星期，醒来后什么都不记得，妻子都成了陌生人。

在医院躺了半年，老周坚决要求出院。法医给作了鉴定，全身有几个伤残等级。

走在大街上，老周时不时拦住人，傻傻地问，我好像在哪儿见过你？有的摇头，有的微笑，老周一脸茫然。

没有人相信老周还能康复，他似乎从另一个世界而来。他就这样晃荡着，不时窜到机关问这问那。朋友们不厌其烦地解释，他慢慢地想起一些事，记起一些人。

老周生在土家一个小山村里。那里山很高，山两边人家喊得答应，见上一面却要走半天，去乡政府有几十里山路。老周就这样走了十几年，在煤油灯下苦读，终于跳出了农门，考取了省警校。

老周白净帅气，手脚勤快，人又高大，写得一手好字，干了办公室许多事，领导们都很喜欢他，警校毕业几年就当了副股级干部，后来一路升迁，挂职锻炼回来后，当上长字号一把手。在红红火火的工作中，在大家的期许中，老周却一头栽进了山谷里。

老周晃荡着，不时找领导汇报思想，要求安排岗位。这样子怎么上班？领导实在没办法，就把他打发到交警队。

老周当天就到交警中队报到，执勤值班，路检路查，接警处警，样样抢着做，仿佛有用不完的劲。他习惯了这种充实的生活。后来，他干脆把衣服、铺盖什么的统统搬进了中队，过上了以队为家的日子。

在忙忙碌碌中，老周原本苍白的脸渐渐有了血色，也有了点思绪。他试着练举重，力气天天见长，有空就拳击办公室的墙壁，震得山响。同事们胆战心惊，害怕出事。

毕竟遭遇了那么严重的车祸，老周的脑筋没有以前好使了，许多事发生没多久，他却怎么也记不起来了，处理问题时不时会有误会和冲突。有一段时间，领导都不让他处理事故。

老周于是开始记流水账，工作一年下来，满满地记了一本。

苦难的人苦难不断。在一次处理交通事故现场，老周再次遭遇车祸，断了肋骨，又在医院躺了两个月。出院后工作一累，他便感到胸口闷，冷汗不断。中队只有五个民警，很多事，他不办，没人管，没办法，他只得咬牙坚持。

老周在中队干了几年后，功劳苦劳领导心里清楚，于是在四十大几的时候，又当上了副中队长。他整天带着几个协警在外面执勤。和他在一起，协警们感觉很踏实，执行任务底气十足。

一次，一个肥肥大大的司机违章了，在大街上和老周顶了起来，叫骂不断，老周用一只手抓住那人手腕。几番挣扎，那厮无法动弹，只好求命告饶。还有一次，一个女子在大桥上寻死觅活，老周和特警一起去处警，在女子跳桥的瞬间，一把将女子生生抓住，从桥栏外救回一命。

老周一根筋，一些事转不过弯来。十多年前，他被人骗了一笔钱，那次，他扔掉工作，带着干粮上路追杀骗子，一周后才被师傅找了回来。他有一个"伟大"的梦想，可是梦想很丰满，现实很骨感。他已深陷其中，无法自拔。亲友们知道，那次车祸给他留下了难以弥补的创伤，他的头脑似乎还有问题，在为他深深惋惜之余，纷纷离他远去。

已经到了知天命的年纪，老周知道，自己的工作时间不长了，内心却更加难以割舍这份工作，不是因为曾经的辉煌，也不是因为如今的落寞。休假时，老周会坐上班车，从那让他九死一生的山道上，回到老家，在日渐衰败的老院子里，在荒草齐膝的父母坟前，慢慢回忆自己的前世今生……

（原载中国公安文学精选网 2015 年 10 月 16 日）

祥子的私房

刘政权

攒私房是个任重道远的事。

至少祥子这么认为，别的男人或许不，那是别的男人有基础。

什么是基础？有职有权当然是，会点儿手艺也算是，能写会画同样是。但祥子却一样也没有，祥子就想到两个字——悲哀！

没有私房的男人是悲哀的。祥子固执地认为，祥子的固执与他的职业有关，祥子是名刑警。

这年头刑警远没有交警吃香，交警跟司机都处得好，鱼水一样的关系，真正的警民情深，就连户籍警也比刑警混得体面。刑警就不行了，打交道的多是犯罪分子，你要跟谁说上三句话，别人一准在背后指指点点着谁说，这人有嫌疑呢，瞧，刑警都跟他谈话了。

祥子过得很沮丧，沮丧是藏在心里的，脸上不能挂，一挂，犯罪分子就嚣张了。谁见过警察一脸沮丧地抓罪犯来着？沮丧的应该是罪犯才对啊！

祥子眼下正走在大街上。瞅瞅对面再瞅瞅身后，确信没人了，祥子摸出两元一包的红金龙香烟，飞快弹出一支，塞嘴里点上，美美地吸上两口，又走他的路。大家都抽十元一包的烟呢，撞上他掏两元的红金龙，多不好！现在他不怕，有人问，就说碰见老乡了，硬塞的，不抽人家会说自己拿架子的。

认识祥子的人都知道，祥子家在乡下。乡下人一般不吸十元一包的烟，就把红金龙烟叼在嘴里过过瘾。

他正胡思乱想呢，肩膀被人拍了一下，眯眼一看，不熟也不生，反正是见过面的。有一点可以肯定，不是犯过案的人，祥子的熟人中，最熟的面孔是犯过案的。

那人却对他很熟。哟，想案子啊，这么投入？接着递过一张名片，原来是龙茂的经理王龙。祥子想起来了，龙茂去年的一宗失窃案是他给破的，当时王龙塞给他一条大中华呢。红包他没收，祥子胆小，不想为这事毁了前程。

尽管祥子眼下的前程很细很脆弱，2 月春风就能把它剪断，可祥子还是希望它在眼前飘着悬着，有总比没有强吧！人，多数是靠念想一步步活下去的，直至黄土埋了脖子，念想才断了根。

那条大中华，让祥子在腊月里回老家过年时很是风光了一阵子。祥子爹在乡邻的赞叹声中拍着胸口保证，下次过年，祥子照样请他们抽大中华！祥子当时恨不得用枪堵他爹的嘴，像对犯人一样大喝一声，少废话，双手抱头，蹲下！

结果蹲下的却是祥子，祥子知道自己没能力请这些看着他长大的叔伯们再抽一次大中华，除非他不想过日子啦。妻子下岗三年了，儿子正上高中，他那点儿工资糊口还行，享受？得，享受西北风去吧。

今年也邪乎，元旦跟春节挤一个月里来了。都是赶着用钱的日子，上哪儿去弄条大中华去？早先干交警时咋没想到攒点儿私房呢？祥子这才意识到私房的重要，可惜迟了。

看见王龙，祥子恨得牙痒。你当时吃饱了撑的，塞什么大中华？要是塞十条红金龙，我慢慢抽，不就攒上两百元私房钱了？

二百元能给爹打一壶酒，买一条烟，给娘买一身衣裤呢！更重要的是，爹不会冲乡邻们夸海口许诺什么大中华了。祥子恨从心头起，就恶狠狠地说了声，去你妈的大中华。

王龙吓一跳。他知道仲华犯事了？知道笪仲华在我那儿销赃？王龙就打哈哈说，哥们儿，过年了，我正寻思给你搞点儿土特产呢。

祥子一愣，说，要土特产干啥？我老家在乡下，我去找大中华。祥子自言自语冒出这句话，丢下王龙在那儿发呆，走了。

祥子被大中华给整糊涂了。

祥子是在晚上收到王龙的礼物的，有大中华烟，还有茅台酒，外加一个红包，三千元。

祥子吓一跳，说，无功不受禄呢！妻子白了他一眼，你给人家破了案，不是功是啥？人家这是念旧情呢。

祥子眼一瞪，这事太蹊跷，我得整明白了。祥子拎着东西去找王龙，王龙却不在家，祥子就守在暗处等王龙。今天是腊月二十四，小年，再忙的人也得回家。

果然，10点多钟的样子，王龙回来了，身后跟着一个人，东张西望的。王龙没好气地踢了那人一脚，骂，你个死仲华，销赃销我手里了，要不是我给人送了礼，人家这会儿准守在你家门前。

祥子一看，哟，那不是局里这两天正抓捕的盗窃犯笪仲华吗？

祥子掏出枪，摸出手铐，从黑暗中走了出来。

祥子走出来时，非常惋惜地看了一眼蹲在地上的茅台酒和大中华，依依不舍的样子。

过年这天，祥子爹又请人抽了一回大中华。局长对抓到笪仲华非常兴奋，问祥子要点儿啥奖励。祥子笑笑说，奖我一条大中华吧。

祥子爹说，抽吧抽吧，这是局长请咱们抽的大中华呢。

祥子摸了摸口袋，那包红金龙烟还在，硬邦邦的，让人很有底气的样子。

祥子心说，有红金龙做私房，倍儿棒。

（原载《啄木鸟》2014 年第 11 期）

死　案

王　爽

故事发生在20世纪60年代末。一大早，县公安局刑警队接到报警：二副食被盗了。“二副食”就是鹿鸣县第二副食商店。李广副大队长带着两个手下赶到了现场。商店经理说，初步发现，少了两木箱饼干和部分糖块。

这个案子很蹊跷。窗子上，去年冬季糊窗缝的纸还严实地贴着，钢筋防护窗十分坚固，墙壁和天棚都没有破损。门是用铁皮完全包严的两扇对开的板门，中间并排四个手指粗的铁鼻子，门闩是一根大号的铁棍子，一头是焊死的回弯圆柄，另一头有个眼儿，由一把大锁锁着。

李广紧锁着眉头想，这里没有任何蛛丝马迹，看来盗贼是从门进去的。在物资紧缺的年代里，这是个不大不小的案子。他回头对经理说：

“你们可以清点营业了，下午你到公安局找我。”

在刑警队的办公室里，李广又向商店经理了解了一些其他情况，然后问：“你怎么看这个案子？”

经理想了想，说：“李队长，我感觉盗贼是从门进去的。”

“对。”

“可商店的钥匙，从昨晚闭店后，一直都在值班的副经理手里，难道是值班人员监守自盗？”

李广没有表态，说：“你回去让昨晚值班的人过来一下。”

过了一会儿，昨晚在商店值班的副经理赵万成来了。

李广笑着说：“小时候钓鱼打麻雀你场场落不下，这回商店被盗也赶上你值班。”

赵万成可笑不出来，不仅是失职了，而且当晚钥匙就在他手里。

赵万成说：“新锁头刚换不久，两把钥匙并排串在钥匙链上。当晚我和单位的更夫一直在一起，前半夜没有睡，后半夜才眯了一会儿，我觉轻，没有听到隔壁营业室里有什么动静。”

见李广在那里不言语，赵万成有些着急，又说：“如果有人怀疑是我干的，我就说不清了。”

李广说：“你也别想那么多。”

李广和赵万成是从小一起长大的，情同手足。李广心里有数，赵万成饿死都不会偷，他是商业系统的劳模。

赵万成说：“怎么说我也逃脱不了干系呀！”

“你有失职的责任，但是不是你偷的，得看调查结果，最后由我认定，别人只能瞎猜。”李广说，“有时候确实可以把复杂的事情往简单想，比如谁的手里有另配的钥匙。”

送走赵万成，李广想，他和赵万成中学毕业后，一个分到公安局，一个分到商业口，事业上都是在爬坡的时候。自己在刑警队多次破获疑难案件，被周围人誉为“神探”，如今是主持工作的副队长，队长的位子由一位副局长兼任，其实就是在替他占着这个位置，只等他羽翼再丰满一些或再破个疑难的案子，便能顺理成章地“转正”。然而今天这个案子，极可能让他的名声逊色。如果仅仅以钥匙在赵万成手里为依据，就毁了一个好人，也有损于公安形象。

案件一直没有结果。

几个月后的一天，李广老婆问他：“钱匣子里那捆100张一元面值的钱，少了10张，是不是你拿走的？”

李广说：“没有啊。”

老婆说：“就咱们俩有钥匙。”

李广一下子兴奋起来：“好极了！”

“你神经病啊？”他老婆瞥了他一眼。

“你儿子干的，不过这事你先别问他。”

李广不动声色地思考到很晚，他觉得，儿子偷钱，背后应该有聪明人指点。第二天，他穿着便装来到儿子的好朋友亮子家附近转悠，终于发现了亮子。他说：“亮子，叔叔跟你说点儿事。”

亮子犹犹豫豫地走过来。李广什么也不说了，一直盯着他。亮子越来越紧张地躲避着李广的眼睛。

李广心里并没有十分的把握，但他还是说：“亮子，我知道你不是坏孩子，你不用怕，叔叔只是想知道，那锁头是怎么回事。”

亮子眼泪出来了：“叔叔，我会坐牢吗？”

李广为自己的推测暗喜，他认真地说：“放心，叔叔保证！”

亮子说：“我爸在学校挨批斗被打死后，我妈就回河南了。爷爷奶奶身体都不好，家里没有吃的，眼看就要饿死了。有一天早上，我在二副食门外往里看，看到很多好吃的。当时正赶上有个营业员开门，他把大锁头放在了窗台上。我一下子就有个想法，我捡了几天破烂，用卖破烂的钱买了一把一模一样的大锁头。趁没人注意，我就用我的锁头换下了商店窗台上的锁头……”

李广说：“晚上闭店时，他们就用你的锁头锁上了门，你偷完东西，又用商店的锁头给锁好。”

亮子使劲点头。

李广问："你那把锁头在哪儿?"

亮子说："扔到商店旁的水沟里了。"

李广说："这件事到此为止，不要再对任何人讲，把它忘了。以后一定不要再偷东西，有什么熬不过去的，就来找叔叔，让我儿子转告我也可以。"

"谢谢叔叔!"亮子抹着眼泪走了。

下午，李广在商店旁的水沟里用炉钩子捞出了那把锁头，然后叫商店的人来看。他把作案的人如何换了商店的锁头告诉了大家。

大家一下子明白了。

李广说："虽然暂时不知道是谁干的，但可以排除是当晚值班的人所为。"

赵万成感动地望着李广。

人们说，神探就是神探，咋想到的呢?

李广想，只能按死案上报了。神探不神探的无所谓，至少我还是一个警察。

（原载《小小说月刊》2015 年 5 月下半月）

换骨记

张　弛

1

车厢走道里挤满了人和行李，这趟终点通往边境小镇、一天只发一班的列车，一旦遇上季节性高峰，就会被塞得像人肉罐头一样瓷实。赵陵飞背着行李，在挤得密不透风的车厢里艰难穿行着。凭着他的体力和身手，他本可以利索地向前掘进，但一想到他这一身边防武警的制服，他就克制住了那种扒开人群勇往直前的冲动。他让自己消极地几乎可以说被前进的人流裹挟着慢慢朝前挪动着。人流像他一样，不愿停留在这节人肉罐头一样瓷实的车厢里，或许每个人都和他一样，盲目地相信下一节车厢会宽敞一些。而实际上，他被人流裹挟着已经挤过了三节车厢，毫无宽敞一点的迹象。他苦笑着想，人们或许要一直挤进火车头里才会死心吧。一张张疲惫、苍黄而又肮脏的脸从他眼前飘忽而过，这个季节还往那个边境小镇赶路的人，绝大部分是社会最底层的、可谓“一不怕苦，二不怕死”的民工兄弟们。这伙宁死不穷的乌合之众，有的或许会在清晨天蒙蒙亮的时候，乘着嘣嘣作响的柴油机船偷偷潜入那个著名的咸水湖里，打捞几千元一公斤的卤虫，卖给有钱人养高档观赏鱼。有的或许会沿着与这节车厢差不多宽窄的幽深巷道，钻进几千米以下的地层深处，打眼放炮，在太岁头上动土。常常发生这样的情况，忽然之间地层垮塌了，几个人甚至十几人会就此被埋在了地层深处。矿老板顿时消失得无影无踪，家属连尸首都挖不到。这些人的唯一价值，或许就是若干万年后作为人类化石被挖掘出来，供未来的科学家研究，赐予类似“尼安德特人”之类神圣的命名。这倒也是名垂青史的一种方式。不过，赵陵飞想，假如某一天他也沦落到民工兄弟们的境地，他宁可选择在咸水湖里打捞卤虫。尽管有被执法船跟踪追击，被追得人仰船翻的可能，但那片咸水湖是淹不死人的，因为盐度太高，人沉不了底，顶多只能把人腌咸。想到这里，赵陵飞沮丧的心情略微舒缓了一些。人活得幸福不幸福，看跟谁比了。跟民工兄弟们相比，他们这些边防派出所的警察们，已经算是过得很幸福了，工资有保障，住房公家帮着解决，晚年生活也有靠头。这时他又想起清晨临上车时父亲鼓励他的话：好好干！不说出人头地，最少也不能落到人后面去，给赵家丢人吧！他清晰地记得那一刻父亲留给他的最后印象，在清晨淡蓝色的晨光中，他那秃顶周遭围了一圈的花白头发被寒风撩乱，本来应当“地方支援中央”、盖住秃顶的一缕长发，完全被吹向另一侧，在风中飘忽不定地起舞。不知是一门心思想要安慰儿子那沮丧的心情还是怎么的，父亲对此毫无察觉，任由那缕故意让他出丑的长发在寒风中胡乱飘舞。那一刻，他想要伸手替父亲抚平那缕长发，可面对从他小时候就一贯保持着威严气度的父亲，他又无论如何伸不出手，张不开嘴。父亲却浑然不觉，依然绞尽脑汁地挑选着尽量温软的词句努力安慰着他，这对历来严厉的父亲来说，简直是赶鸭子上架，勉为其难。看着他笨嘴拙舌、断断续续地说着那些不符合他性格的温软的安慰话，看着他那双始终盯着自己不放的温暖慈爱的眼睛，那围着眼睛一圈的松弛的眼袋，陵飞再也忍不住酸热的眼泪。看到他流泪，父亲更慌了，一边伸手给他抹眼泪，一边在口中喃喃地责怪自己没有给他买上一张有座位的票，甚至破天荒地埋怨起了部队：这算什么探亲？儿子还没到家，要求归队的紧急电话就打来了。两年没见面，才住了一晚就要走。连买张座票的时间都不给。父亲的神情之中充满了对他的愧疚，可他哪里知道，真正愧疚的是陵飞。父亲那花白的头发，那缕出丑的、“地方支援中央”的长发，那一夜没睡好的、松弛肿胀的眼袋，还有昨天晚上因为没买到座票而挨母亲的那顿哭骂，都让他打心眼儿里愧疚。

陵飞再也不愿想下去了，他低下头，手捂着眼睛轻轻地按摩着，想把那股鼻酸眼热的劲头抚平。抚弄了一会儿，他感觉平静了些，仰起头张开嘴，长长地吐了一口气。他的眼睛重新回到了现实中，他已被人流裹挟着不知不觉来到了下一节车厢，他的前方不知什么时候出现了一辆售货小车，推车的售货员像穿山甲似的在人流中穿梭前进着。跟在小车后面，陵飞前进得快了一些，又走过了一节车厢，令人安慰的是，人渐渐稀少起来了。

陵飞终于在一节车厢靠近门的位置坐下来时，已经时近中午了。经过一上午的颠簸和折腾，陵飞感觉十分疲惫。他的双眼茫然地望着对面的车窗，窗外，高天上流云，天空已开始呈现出高海拔地区那澄澈空明的蔚蓝色。这种过去常常让他感到心旷神怡的蔚蓝色，此时却不能给他带来舒展的心情。他的目光淡然地离开车窗，散漫地在车厢里扫过，突然，中途感到了另一双眼睛的盯视，可等他的目光寻觅回去的时候，那双眼睛已经躲闪到一边，仿佛一直在望着窗外似的。

那是一个留大胡子穿棉衣的老汉，老汉神情专注地透过窗户凝视着茫茫的戈壁滩，仿佛他一直望着那里想什么心事，仿佛他从来就没有看过他，可刚才明明遇见的就是这双眼睛。

陵飞此刻无心思考这些旅途中常有的琐碎闲事。也许老汉对边防警察有着某种好奇心，也许刚才只是自己恍惚中的错觉。他很快把老汉抛在脑后，开始猜测是什么紧急情况把他召回部队的。一般来说，所长还是比较体恤他们这些手下的，毕竟大家一起长年坚守在偏远的高海拔地区，同甘共苦的感情是不言而喻的。如果不是有什么紧急情况的话，所长是不会忍心把刚到家的他叫回来的。也许有什么麻烦事在后面等着，他的心情不由得一阵低落，好不容易驱散的沮丧感，又像寒露一样凝结在心头。他的目光又开始空茫，失去了对现实的焦点。当他再回到现实中的时候，却又一次发现了那双眼睛，那双眼睛这次有点闪避不及，对他报以憨憨的一笑。错愕之间，陵飞也回了老汉一个微笑。这回他看清了老汉的正面，一把不稀不密的山羊胡，穿着件棉大衣，手揣在兜里。对于老汉的脸相，他产生了一种奇怪的感觉。到底怪在哪里，他一时也说不清楚，但总觉得他在面相上似乎有种把不协调的因素硬掺和在一起的感觉。为此，尽管老汉心事重重地转过脸去，但他依然把目光凝聚在老汉的侧脸上观察着，这回，连老汉似乎也察觉到陵飞在观察他。陵飞看起来漫不经心、实际上小心翼翼地慢慢转过脸，一双眼睛摸索着向老汉这边偷窥。那一刻，陵飞忽然忍不住产生了一种年轻人常有的恶作剧心理，他睁大眼睛，一眨不眨地盯着老汉肯定要转到他脸上来的那对儿眼睛。果然，老汉的眼睛转过来了，可是一遭遇到陵飞那多少有些犀利的目光，立刻就哆嗦了一下，接着马上化作了一片憨憨的笑意。那种受惊之后不知所措而流露出的憨憨的笑意，一瞬间把陵飞打动了。老汉定是个没见过什么世面的乡下人，或许他勉强识得大部队的人，但对他们这种穿边防武警制服的“当兵的”还从未见过，不免好奇，也不免有种小地方人的畏惧……

随着车轮的滚动，车厢轻微地颤动，一阵阵困意弥漫陵飞的周身。就在他脑袋点头、眼皮打架的时候，有人从他腿上跨了过去。他勉强睁开眼一看，正是刚才陪他玩偷窥游戏的老汉。他刚要合眼，听到右边发出“刺啦”一声布料被撕裂的声音，他抬头迷迷糊糊地看过去，看见老汉正低头拾起一个花花绿绿的塑料食品袋，从棉大衣撕裂的破口里塞了进去，然后慌慌张张地向下一节车厢走去。那一瞬间，他有些朦胧的头脑中还产生了这样一个疑问：一个没见过世面的乡下老头会把什么并不值钱的东西包了一层又一层？他不觉又对老汉产生了一种混杂着同情的好感，这时他发现车座底下还掉落着一包一模一样的塑料食品袋，他捡起来一看，是一包奶粉。他顺手塞进自己的旅行包，打算等老汉回来再还他，紧接着，他的脑袋就抵在膝盖上陷入了沉沉的梦乡。

清晨，陵飞醒后发现老汉的座位上已换了人，而终点站，那个边境小镇就要到了。老汉走了？或许一直没有回来？这些都不重要，重要的是他要赶快归队，看看紧急情况到底是什么。

2

回到单位，那个海拔已上 4000 米的边防派出所，他才知道了事情的严重性。经上级情报部门侦查，陵飞所服役的边防派出所辖区内可能有大量的毒品在交接转运，具体情况正在调查。为了不引起群众注意，上级仅为派出所调来了两位缉毒专家。陵飞刚放下行李便被安排了任务。近年来，一些团伙看中了这个边境小镇山高皇帝远、偏僻落后、不被传统侦察视线所注意的特点，在这里进行毒品的转运。从破获的案件来看，这种现象还有上升的趋势。这次的线报或许指向一起较大的案件，引起了上级的高度重视。

整个派出所配合缉毒专家高速运转着，一方面根据线报在辖区内明察暗访，另一方面通过上级协调，扎死了这个边境小镇通向外界的唯一通道，也就是那条铁路。凡是走铁路离开小镇的人员，都要经过严密的盘查。在根据线报反映的可疑地点蹲坑守候，甚至化装联络，但对方神出鬼没，与以往相比，显得心事重重，防范心理很重。有那么两次，几乎就要揪住对方的尾巴了，却在最后一刻功亏一篑。案件似乎到了山穷水尽的地步，民警似乎陷入黔驴技穷的境地。

在研究案情的会议上，满屋子烟雾腾腾。分析工作不利的症结时，上级派来的缉毒专家们与当地边防派出所的民警难免为了协调配合上出现的一些小问题发生摩擦，在一种焦虑急躁甚至气急败坏的氛围中，大家言语上难免出现些抬杠顶牛，一度濒临争吵的边缘。为了维持好团结协作的局面，所长不得不宣布提前休会。但两位缉毒专家却要求与所长单独谈话，这实际上是对大家的一种回避。事后，所里渐渐传出一种说法，说缉毒专家怀疑队伍里出现了“内鬼”。派出所里的气氛陡然紧张了起来。

这天，陵飞拖着疲惫的双腿从辖区回到派出所，走进自己那间办公室，觉得腹中一阵饥饿空虚。离食堂开饭还早，他便从行李包中取出了奶粉打算冲泡。当撕开奶粉袋的一瞬间，他闻到了一股怪味，而不是奶粉的味道。突然间他想起了这包奶粉的来历，脑海中浮现出火车上那个老汉的面孔。“奶粉失效了”，这是陵飞的第一反应。他又仔细闻了闻，这时一种沉睡的、危险的味觉记忆被唤醒了。这不是他们正在掘地三尺追查的“白面儿”的气味吗？他简直不敢相信，不禁又抽着鼻子闻了闻，没错，正是海洛因那熟悉的气味。他曾经亲自参与过查缴毒品。他该拿这袋“奶粉”怎么办？他的脑子在一瞬间有点儿乱，各种凶险的联想纷至沓来。如果贸然上缴，组织上会相信自己吗？自己摊上的这个故事未免有点儿过于传奇，过于巧合了。此时，“内鬼”的说法有如一颗早就潜伏在脑海里的定时炸弹，时间一到，骤然引爆，就会掀起滔天巨浪……

身后的门在这一刻突然响起，那“吱呀”的一声轻响，此刻却像天空滚过的闷雷，惊得陵飞一个哆嗦。他本能地把奶粉袋紧捂在手中，他没有意识到，就在他捂紧奶粉袋的一瞬间，一小股难以察觉的“白面儿”的粉尘从破口中喷射而出，就像滴入清水中的一滴牛奶，曼妙妖娆地在办公室的空气中弥散开来。他慢慢地回过头看来人，正是两位缉毒专家之一的王若谷。这让他心中不禁又是一惊，他紧张地舔了一下嘴唇，艰难地张口问候道：“吃……过啦？”声调之虚弱之颤抖，连他自己都后悔得要命。王若谷并没有立即回答，而是深深地看了他一眼，同时他的鼻翼不易察觉地抽动了一下，又抽动了一下，这才答道："开饭还早呢，赵警官。"

他这一眼看得意味深长，看得陵飞心中异常紧张。他勉强转回头，内心里在紧张地做着最后的两难选择：说？还是不说？给他说？还是给自己的所领导说？王若谷的那张脸，还有那意味深长的眼神在陵飞的脑海中闪烁着，平常只觉得他寡言少语，城府颇深，但今天他那张脸，那副表情，怎么看起来那么阴险，简直是深不可测。还有那盯着你看的意味深长的眼神，是那么富有穿透力，活像一个颤悠悠的铁钩子，要慢慢地从你的眼睛里伸进去，从脑子里往外钩东西。

王若谷从背后慢慢地踱过来了。陵飞紧张极了，内心的斗争达到白热化的程度，脑子里乱得几乎无法思考。在各种纷乱的念头中，他还努力挤出一条狭缝猜测着他会问些什么，想着自己该怎么回答。这时陵飞的余光发现王若谷已经站在了他的身旁，他竟然连侧头看看他的勇气都没有。他忽然意识到他的手把奶粉袋捂得太紧了，赶紧松开了一些，指缝之间顿时感到湿浸浸的凉意。这时，王若谷那毫无感情色彩的声音又在耳边响起："怎么？顶不住了？要泡包奶粉？"

他忽然觉得神经一松，几乎下意识地答道："嗯。"然而，转瞬之间，他脑子就转了过来，意识到他似乎上当了，上了一个大当！他已经当着王若谷的面认可了那只是一包奶粉，从现在开始，他已经毫无退路可言了。就在他心乱如麻的时候，王若谷那慢悠悠的、听不出任何感情色彩的声音又从身后飘了过来："那就泡着喝吧！"与此同时，一只手端着一个暖瓶从后边伸过来，把暖瓶咣的一声放在桌面上。那并不响亮的一声咣，却如同沉闷的丧钟在他耳边鸣响。他顿时明白，王若谷这是在把他往死角里逼。

在百爪挠心似的煎熬中，一个念头突然横空出世，三十六计走为上，先离开这间办公室再说，在这令人窒息的办公室再多待一分钟怕要死人。他假装拔开暖瓶塞，用手指试了试温度，强作镇定地嘟囔了一句："水不热，等开饭吧。"他拉开自己办公桌抽屉，把奶粉袋放进去，从腰带上摘下钥匙把抽屉锁好，快步离开了办公室，连招呼都没跟王若谷打。

他一离开办公室，就躲在楼道端容镜的后边朝办公室里窥视。他的心中还残存着一丝幻想：刚才的一切都是自己神经过敏的幻觉。王若谷并没有怀疑到什么，他也许并没有自己想象的那么精明或者阴险。然而，他的心揪起来了！该死的王若谷见他一走开，立刻过来把办公室的门关严了，他想干什么?！陵飞想起了抽屉里的奶粉袋！他真想冲进办公室里去，可是又一想，不行，那样只能让他更加怀疑自己。幸好还有一扇窗户，窗帘基本拉上了，只留下脑袋宽的一条缝。他满怀希望地来回寻找着角度，终于透过那条狭缝重新发现了王若谷在室内的动静，确切地说，那只是一只手的动静。手在试图打开他的抽屉，弄了两下弄不开，接着手不见了，一张脸，那张此时看起来格外阴险的脸，充满顽强的该死的探究欲的脸，凑到了抽屉跟前，鼻子像一条狗似的抽动着，贪婪地嗅着来自抽屉深处的气味信息。陵飞明白，那种气味对于一个缉毒专家来说意味着什么，他的心彻底凉了……脸又不见了，手又出现了，这回手是拔开了暖瓶塞，一根手指刚要伸进瓶口里试温度，却像被烫着了似的迅速抽了出来。陵飞立刻明白，王若谷是要探究他真实的心理，他想试试自己所谓的“水不热”是不是在撒谎。自己将来辩称以为奶粉袋里真是奶粉的时候，他可以突然抛出证据给自己致命一击……这是个滴水不漏的办案专家，一条不会放过任何猎物的猎犬……一想到自己已经误入这条猎犬布下的陷阱，陵飞感到不寒而栗。他忽然意识到，必须马上给所长打电话，硬着头皮说明情况，所长不比外人，毕竟是了解自己的，一旦王若谷抢先报告，到时自己就被动了，会成为一个浑身长嘴也讲不清的狡辩者。他哆嗦着手掏出手机，心头被不祥的预感笼罩着——果然，所长的手机占线！难道王若谷已经抢先了?！该死的处处抢先，要把人往死里逼！他不停地拨手机，不停地听见那个女人在手机里不慌不忙地说“您拨打的用户正忙”。他从未如此恨这个女人。他一边不停地拨手机，一边满头大汗地朝窗缝里观察，终于，王若谷的身影从窗缝间移过，尽管只是一瞬间，他却实实在在地看见他在打手机，神情严峻。那一刻，他觉得在这里也待不下去了，他必须离开，他只想离开，先离开再说！如果留下，他无法想象该如何应对接下来的情况，他的脑子里乱极了。

然而，当他仓皇地走到派出所大门口时，正好迎头碰上从值班室里匆匆而出的两位兄弟。两位兄弟伸手拦住他的去路，告诉他所长要跟他谈话。他们的神情异常古怪，那熟悉的脸庞突然间变得陌生了，那陌生的杀伤力如此之大，让他不敢正视，像个真的罪犯一样，带着沉重的负罪感低下了头。

3

陵飞在关押他的户籍室里来回踱步——他已经一刻不停地踱了三个多小时了。他的腿都发酸了，但他就是停不下来。他现在算是明白了过去观察到的一个现象，为什么从野外刚刚被关进笼子里的野兽，比如草原狼或狐狸什么的，会一刻不停地在笼子里踱步。那是因为，只要一停下来，内心的那种焦虑很可能会把你折磨得发狂。他还不停地捋头发，抠头皮，或许这些小动作都有从潜意识的层面抚平焦虑情绪的作用。因此，当他偶然从墙上的镜子里看到自己的时候，他看到的是一张胡子拉碴的脸，头发蓬乱如野草，两眼布满血丝，他突然意识到，自己从长相上看都越来越像一个罪犯了。

现在唯一能说明他身份的就剩下这身边防武警制服了。枪支、手机等关键物品都被他们搜走了，武警制服他们或许暂时还没顾得上吧，他的事也许正在向支队汇报的途中吧。当时他向所长交代情况时，两位缉毒专家都在场。所长铁青着脸，表面上看不出任何倾向性。但当陵飞交代完毕开始接受质询时，各自的倾向性和分歧立刻就图穷匕见了。所长重点查问那个火车上的老汉，问他详细的体貌特征，问最后一次见到他，也就是奶粉袋掉落时是几点钟，火车大致行驶在哪个区间段，到本镇还有几个站点等一系列问题。这明显是在采信他的说法，他用感激的甚至乞怜的目光看着自己的所长，结结巴巴然而又无比真诚甚至赌咒发誓地回答着所长的问题，说着说着，竟像受了冤屈的孩子一般带着哭音。但他偷眼观察两位缉毒专家时，却发现，对于他和所长之间的对话，他们似乎压根儿就不打算相信。他们带着一种不耐烦的、不得不履行某种程序的态度来听所长的调查。有时他们的目光和神情甚至表现出，他们看到的只是一场拙劣的表演。尤其是那个王若谷，作为重大线索的发现者，显得胸有成竹，他的发问很凌厉，那种掘地三尺的劲头十分高，一连抛出了几个致命的问题：

“假定你的说法都是真的，先假定，那么我问你，”他边说边在这临时的审讯室里扬扬得意地踱起了步，然后突然把犀利的目光盯在他脸上，“你什么时候发现这奶粉是毒品的?”

在这三堂会审的氛围中，陵飞再也不敢隐瞒什么了，更何况他对于当时的那种选择已经悔得要死了。他如实供述了发现奶粉有问题的时间。

“为什么不汇报?！为什么不向我汇报?!”

“事情太突然……况且……现在所里形势这么复杂，我有顾虑。”他艰难地舔了一下嘴唇，终于下决心把内心的真实想法说了出来，“当时，我想先给所长汇报。”

他看到王若谷又用那种意味深长的目光看了所长一眼。

所长铁青着脸喝道：“混账话！给谁汇报不是一样?！就你是共产党的人，王科长不是共产党的人啦?!”

他心里一哆嗦，知道这话给所长惹了麻烦。

王若谷并未停止他的凌厉攻势：“不主动汇报也就罢了，我给你端水让你冲奶粉的时候，为什么要撒谎？找个什么水不烫的理由就想走，你想走到哪里去?”

他索性横下心来，不再绞尽脑汁地分析什么利弊得失了，一律以实情应对：“我就是害怕，想出去躲会儿再说，我怕你怀疑我，怀疑我们派出所……”

“你怕个屁呀！我咋带了你这么个窝囊废！”这回所长抢先呵斥起来。

从一向爱护自己甚至对自己不无器重的所长嘴里听到这样的呵斥，陵飞的心都要碎了。他的头脑中一片巨大的轰鸣声，不争气的泪水在脸颊上恣肆横流。所长他们又说了些什么，他已经很难集中精力倾听了。但他隐约听出，所长仍然坚定采信他的说法，因为他已经开始按照他的说法对二位专家分析起案情，甚至想要安排部署下一步工作了。

按照所长的分析，从陵飞最后见到老汉的柳树泉那一站算起，到终点之间只有四棵树和干沟两个站点，这两个站点都纯粹是由于道班养护和矿石运输而设置的极小的只牵扯个别行业、特定人群的站点。再结合近两年的发案情况来看，毒贩在这两站下车的可能性微乎其微，最大可能就是在终点站下车。而本镇也并不大，常住人口不到千人，只有一条主街。加之最近通外道路盘查严格，那个老汉很可能还滞留在本镇或附近山区的牧业点的什么地方。只要加大搜索力度，很可能在这次行动中将其抓获。

但所长的分析安排颇有点自说自话的意味，两位专家关心的仍然是他赵陵飞这条“在手线索”，仍然揪住他不放：他撒谎之后，准备往哪里跑？跑出去准备跟谁联系？干什么？

双方之间的气氛又开始剑拔弩张起来，很快，陵飞就不适合继续待在那里了。他被押往了户籍室，一开始对他采取的应该是禁闭措施。但很快就有人开门进来，给他戴上了手铐。他知道，那一定是两位专家的主意。他这会儿已经彻底明白了所长的心意，所长是坚定地准备相信自己带的兵的。他甚至听见从楼道那头传来的咆哮，双方已经彻底撕破脸争吵起来。他听见王若谷那尖细而又执着的嘶喊声：“灯下黑！你这是灯下黑！”

楼道里终于归于深寂。耳朵张得再大也听不见任何声响了。此时的陵飞陷入了有生以来从未经历过的孤独和无助之中。他脑子里又浮现出那天早晨送别时的父亲，那围着秃顶的一圈儿花白的头发，那一夜没睡好的、松弛肿胀的眼袋，还有那双眼睛中透出的温暖慈爱的眼神……还有，为了没给他买到座票而流泪责骂父亲的母亲。或许此生再也不能与他们见面了，如果他们知道他们的儿子此刻正戴着手铐被关在这禁闭室里受罪，而且是因为莫须有的罪名，他们会有什么反应……陵飞的一颗心如同被塞进绞肉机里一般疼痛，但奇怪的是，这回他却没有流泪，他的喉头一耸一耸的，很快就把那鼻酸眼热，想要流泪的感觉强压下去了，因为就在这个节骨眼上，所长的那声呵斥把他警醒了："你怕个屁呀！我咋带了你这么个窝囊废！"他觉得，正是所长的这声骂把他的眼泪骂回去了，或许把他此生的眼泪统统骂回去了。他想，所长骂得对！自己之所以陷入今天这种痛苦尴尬的境地，不就是因为一个"怕"字吗？君子坦荡，天地可鉴，怕什么呢?！一些有利的因素逐渐进入他的头脑中，开始占据上风，所长是相信自己的，所长的分析是有道理的，只要那个老汉进入本镇地界，他就插翅难飞。他的思维逐渐转移到那个老汉的身上，心想，自己真正应该恨的是他，是他让自己陷入如此绝境！那张脸，数度对他憨笑的脸，此刻就像蒙着画皮的恶魔，显得极为阴险狰狞。他恨自己当时那么疏忽大意，竟然没有察觉到憨笑背后隐藏的阴险狡诈。如果所长分析的不差，那么这个老汉现在依然隐藏在本镇的某个角落里，他只恨不能亲自参加对他的搜捕……

傍晚时分，他慢慢地平静下来。楼道里寂然无声，同事们不知去了哪里。他边思索着该怎么向即将接触的审查人员解释清楚，如何才能让他们相信自己，边茫然地打量着窗外的街道。突然间一张熟悉的面孔闯进了他的视线，让他浑身一激灵！那是一张中年人的脸，似曾相识，那五官的特征，那眉眼的走势，电光石火之间，他的脑海里浮现出了憨笑老汉的脸……没错！就是他！怪不得那天在火车上，总觉得那张老脸有什么地方不协调，原来他是由一个中年人假扮的！不能再犹豫了，他拼命地敲打起门板，可咣咣的敲门声只在楼道里激起空洞的回响，没有任何人走到这扇锁着的门跟前。他慌忙转身奔向临街的窗子，把脸贴在玻璃上向西面张望。那个中年人已渐行渐远，快要走出他的视线。那一刻，他感到全身一阵冰凉，他感到自己就像一只被关在笼中船运的野兽，船就要沉了，求生的最后一线希望渐渐湮灭。这时，他从眼角极限边缘的一丝余光看见，那中年人走进了一家店铺。最后的一丝希望仿佛死灰复燃似的微微冒出几颗火星。一个念头石破天惊一般钻入脑海，他来不及再想什么了，双手急切地动起来。那是刚入警时他们常玩的解铐游戏，那游戏已玩到滚瓜烂熟的程度。肌肉中沉睡的记忆都被唤醒，先是左手，后是右手，依次从铐子中解脱出来。他一拳砸破窗玻璃，两手握紧钢筋，调动求生的力量和意志，咬碎钢牙猛一发力，两根钢筋之间顿时弯出一段宽敞的象征自由的括弧，玻璃碴儿上的淋漓鲜血就像在西班牙斗牛场上那样，激起了他挑战自我、挑战对手的热情和兴奋。跳窗而出的最后一瞬，陵飞的目光偶然触及地上的铐子，他小心地拾起铐子，塞入了怀中。

4

陵飞以百米冲刺的速度冲进了玉素甫家的杂货铺，杂货铺里只有店主玉素甫。陵飞一阵失望，他不甘心地打量着杂货铺的角角落落。昏黄的灯光下，那种20世纪80年代的黄油漆木框镶玻璃的柜台散发着幽幽的光泽。木格子式的老式货架上，每个格子里各摆放着一种商品。这样的店铺忽然让人产生一种时空穿梭一般的陌生而怀旧的感觉。唯有摆在门口的冰柜和贴在木门上的花哨的广告招贴还能让人联想到当下的世界。玉素甫带着20世纪的表情，半张着嘴惊愕地看着陵飞："所长，这么慌，咋啦？"质朴憨厚的小镇居民把穿派出所制服的统称为所长。

"玉大叔，刚才到你店里的，认识吗？"

"外地的，不认识。"

"买啥东西？"

"矿泉水，买得多，十瓶。"

耳边传来汽车引擎声，陵飞掉过头透过窗户向派出所方向望去，只见所长的坐骑从街上驶进派出所大院，车轮和叶子板上满是泥浆，看来所长第一时间到支队去汇报情况回来了。很快要提审自己了。陵飞心一紧，脸伸过去问了玉素甫最后一个问题："还说啥了，那个人？”

“打听打馕的人呢，我给说了，依不拉音家。”

“我到你这后面上个厕所。”

陵飞没有从前门出来，他不敢从正街上走。他穿过玉素甫家杂货铺的后院，凭着临街建筑物的遮挡，快步朝镇子北边走去。

5

在派出所食堂里，邱所长人陪着副支队长，可他哪有心思吃饭呀。他的心思全都在关押着的陵飞身上。下午在支队汇报情况，就没有他想象的那么乐观了。官大一级，考虑问题的角度和方式就不一样了。用支队长的话说，要有大局意识。什么叫大局意识？就是不能光站在你边防支队的立场上考虑问题。因此，支队长的立场显得不偏不倚：两个方向都要调查，既要搜捕陵飞嘴里的憨笑老汉，也要对陵飞这个“在手线索”加大审讯深挖力度。当“加大审讯深挖力度”这句话从支队长口中吐出的那一刻，邱所长心中不禁哆嗦了一下，感到不寒而栗。回来的路上，两位缉毒专家的心情明显舒畅了，一路上聒噪着商量下一步对策，实际上是在对邱所长旁敲侧击，让他别再干扰他们的审讯。邱所长一路上心事重重，想得很多。支队长不比他，毕竟离基层的兵太远了，他压根儿就不了解他们，既然不了解，又怎么敢信任呢？心里没底，又怎敢选边站队？只好来个不偏不倚。而那二位呢？他们就更不了解这些基层一线的边防警察了。他们的办案能力是没说的，可也正因为长年办案，接触的阴暗面太多，使他们养成了怀疑一切的思维定式，谁一旦让他们怀疑上，尤其是再抓住那么点儿所谓的证据，他们的怀疑本能就被充分地调动起来，像荷尔蒙一样兴奋起来难以遏制。作为一个侦查员，敢于怀疑、善于怀疑，并且顺着自己的怀疑不屈不挠地求证、探究，这本是个好品质，可是物极必反，某种品质一旦极端化，甚至畸形地发展，就会遏制住其他一些必要品质的发育，使人陷入片面和偏执，丧失客观全面看待事物的能力，甚至会对常识和普遍逻辑也视而不见。他们沉浸在自己的偏执之中难以自拔，而且因为聪明，他们还总能为自己的偏执找到理由，自圆其说。比如当他提出，如果赵陵飞参与贩毒，他怎么敢把毒品带到办公室的时候，他们就拿什么“最危险的地方最安全”、什么“灯下黑”之类的小说语言来强辩。如果按照他们这种逻辑硬办下去，就是好人也会被逼成罪犯。

邱所长疲惫地抹了一把脸。副支队长等人也吃完饭了。几个人回到办公室稍事休息，就吩咐把赵陵飞带上来讯问。

片刻之后，值班民警慌慌张张地跑来报告：“赵陵飞他……他、他跳窗逃跑啦！！”

几双眼睛唰地盯在邱所长脸上，邱所长的黑红脸膛刹那间一片霉绿，他一把拍在桌子上，说：“混账东西！给我抓捕！立即组织抓捕！”

6

陵飞来到小镇唯一的那座两排平房中间搭着明瓦天棚的简陋市场，略略观察一番后，进了唯一那家卖衣服的店铺。此时太阳已落山，天光一片黯淡。店主四川小个子也准备关门了。这里实际上主要针对民工们卖些劳保棉衣棉裤大头鞋之类的物品。陵飞被关时，身上只剩下 150 元零花钱，除去刚才比照着憨笑老汉的标准买了 10 瓶矿泉水之外，现在还剩下 135 元，而一套劳保棉衣棉裤最少也要 130 元。陵飞还能在小镇上停留的时间已经不多了，他还要到打馕的依不拉音那里了解情况。小个子那拗口的四川方言让他再也无心把讨价还价坚持下去。如果不用这套民工身上最常见的劳保棉衣棉裤把武警制服替换下来，也许明天日落之前他就会被派出所抓获。

出了店铺，陵飞找了个背人的墙角，脱掉武警制服，小心折叠好，跟矿泉水一起塞进老板给的黑色塑料袋，换上劳保棉衣棉裤，戴上老板作为赠品给的毛线帽。从二十米之外看过去，除了衣服簇新之外，陵飞与镇子上的民工们几乎没什么区别。他的心里略感踏实了一些。

夜色在小镇里四处弥漫，黑暗从天空中笼罩下来。陵飞头一次感到，黑夜的来临让他如此踏实，他突然想到，犯罪心理正在他的心中慢慢地成长，罪犯的角色感正一点一点地侵蚀着置换着他多年形成的自我认知。他用力晃了晃脑袋，把这些荒诞不经的想法从头脑里驱逐出去。他努力地说服自己：我在办案，只不过以一种特殊的方式办案。不需要领导，不需要指挥，得不到任何帮助，还要排除种种干扰，为了我的名誉，为了我的自由，我要挑战自我，挑战一切敢于阻挡我的力量！

他慢慢地潜入矿业点的宿舍区，依不拉音的馕坑子就在通向宿舍区的北巷巷口。他在南巷刚一露头，一辆警车的车头从狭窄的北巷巷口突然冒出来，向右拐去，刺眼的光柱从他脸上一扫而过。他闪电般地捂住脸，心脏一瞬间提到了嗓子眼。他转身向南巷折回头狂奔，耳膜里轰响着“怦怦”的心跳声。直跑到南巷的尽头，他也没见什么人追上来。他站住，继续观察了一会儿，依然没什么动静，这才意识到，他在外人眼中已经纯粹一民工了。他慢慢地折了回去，一边庆幸自己的衣服换得多么及时，一边暗暗惊惧派出所的动作竟如此之快，连矿业点这边都布置到了。依不拉音的馕坑子还安全吗？但是，从憨笑老汉一次买 10 瓶矿泉水，又打听馕坑子来看，很可能他在镇子里已经待不住了。铁路线已被扎死，他只能选择越境外逃。过去办理的毒品案件中不乏这种先例。假如真是这种情况，那么陵飞的搜索就有了方向，而且也有了他的优势。他迫切地需要确证这一点。他反复地盘算着，就算布置，他们也顶多在矿业点的内保部门布置一下，还不至于细化到依不拉音的馕坑。更何况，凭他和依不拉音的交情，他相信依不拉音会听他的。

他再次来到南巷巷口，朝对面的北巷巷口观察。依不拉音的馕坑上用几根木棍支撑起的红色篷布在寒风中猎猎舞动，悬吊在篷布下的一只灯泡随风晃动，随着灯泡的晃动，馕坑、铺板、立柱、和面的馕房在地面上投下的阴影都摇荡飘舞起来了，依不拉音这小小的馕房仿佛在夜色的海洋中漂泊动荡的一只小船，盯时间长了竟让人有一丝眩晕感。依不拉音当年是从南疆过来的流浪汉，流落小镇以打馕为生。当年的馕房是一间一下雨屋里屋外淌泥水的土坯房，有一面墙用几根木头桩子斜撑着，活像90岁的老汉用拐棍撑着一般颤颤巍巍。陵飞接任管区后实在看不下去，利用派出所搞基建剩下的砖头水泥，发动几个战士和依不拉音一起砌了现在这座带一个套间的砖房，又找矿业点说情给拉上电，接上水，还送了一台派出所淘汰的旧电视。依不拉音靠着这几样东拼西凑的家当竟说服从南疆来的一个姑娘跟他过起了日子，如今连孩子都有了。陵飞透过馕房正面镶的玻璃窗，隐约看见这一家子正在灯下吃晚饭呢，一缕缕热气在窗玻璃后面袅袅升腾。陵飞干咽了一口吐沫，一时间竟有些羡慕依不拉音这一家子，一股酸楚的情绪刚刚冒头，就被他强压下去了。他学会了强悍，这种以前从未品味过的心理状态如今频频从心底升腾而起，使他镇定、冷静，在极端困难之中令他鼓起勇往直前的勇气，他越来越喜欢这种不知从心灵深处的哪个地方滋生出来的精神气质。

依不拉音突然看到如此打扮、胡子拉碴的陵飞，吃了一惊，不过他立刻就转惊为喜，过去他曾多次邀陵飞到家里吃饭，一直未能如愿。

“所长，坐，吃揪片子。”

依不拉音边邀陵飞坐下吃饭，边拉过一只小木箱用袖子擦擦。

陵飞望着小饭桌上三碗花花绿绿的羊肉酸汤揪片子，深深地咽了一口口水。

“不了，今天有急事。刚才有没有一个买馕的过来？上身穿黑棉袄，下身穿灰裤子。馕买得多。”

“有！有！买了20个馕。”

“认不认识？”

“认识，收皮子的。”

“叫啥名字？”

“名字不知道，外地的，年年来收皮子。”

“往哪儿去了？”

“哪儿去不知道，反正近不了。”

陵飞心里有了底。

“给我也拿20个馕，”陵飞一摸口袋，只摸出了最后的那张5元纸币，他拍到依不拉音手里，“剩下的过几天给！”

“说啥的呢哎！”依不拉音把纸币硬塞进陵飞口袋里，让老婆取塑料袋装馕。老婆正要到外面铺板上装馕，依不拉音朝她喊道：“哎——这儿的，这儿的。”说着要过塑料袋，从桌下拉出一个纸箱，一边从里面往外掏馕，一边扭过脸对陵飞说：“牛奶和面的，营养好！”

临出门前，依不拉音俯耳对陵飞低语道：“所长，小心点，他们找你呢。”

陵飞未动声色，紧紧地握了一下依不拉音的手，转身消失在茫茫夜色中。

7

黑暗、寒冷，无边的黑暗和寒冷，这就是梦境中绵延不绝的感受。陵飞竭力想从这梦境中逃脱出来，当他终于挣扎到半梦半醒的边缘地带时，本能却又让他退缩了，因为梦境之外同样是黑暗、寒冷，无边的黑暗和寒冷。寒冷首先从暴露在空气中的皮肤和所有覆盖单薄的部位侵袭进来，接着就像水银一样无孔不入，渐渐渗入身体的每个角落，渗入血液，甚至渗入骨髓之中。但奇怪的是，脑袋里面却又是火烫火烫的。脑袋和躯体，一个火热、滞重、昏沉，另一个冰冷、清醒、畏缩。这种冰火两重天集于一身的陌生的痛苦体验，陵飞从来没有经历过。在梦境和现实两不相容的无奈挣扎中，他朦朦胧胧地睁开了双眼，意识到了他当下的处境：

昨夜，他沿着矿业点向北离开了镇子，走上了那条人迹罕至的古牧道。憨笑老汉既然数年来以收皮子来做掩护，那么他要外逃必然也会沿着他收皮子所走熟的路线逐渐接近边境线，这是保障生命安全的唯一选择。边控巡逻严格密集的地区他是不敢去的，哪条线路既有皮子可收，又能接近那些边控巡逻难以覆盖的通外山口呢？在反复思索、分析判断之下，乌尊布拉克山口渐渐在陵飞的脑海中浮现出来。要走到那个山口，首先要走一截人迹罕至的古牧道，在到达骆驼泉子这个补给点之后，古牧道就又向南折回境内了。他曾听老牧人说过，从骆驼泉子再往北走 20 余公里，有个叫白石墩的地方，能找到一处渗泉，极个别牧民也喜欢把那里作为转场途中的休息点，那是越境之前最后一个补给点，再往前不远就是乌尊布拉克山口了。如果搁在以前，所谓正常情况下，陵飞会犹豫不决，很难下定决心，但如今，不知是由于非常情境的锻造锤炼，还是求生本能的驱使，陵飞的意志陡然强悍起来，断然选择了这条路线。

“想要自救，这就是目前所能探索到的可能性最大的一条道路！别再犹豫了！干吧！”一种从未体味过的自信从他身体深处像蘑菇云一样升腾而起，溢满全身，溢满了“自我”的小宇宙。

陵飞步行了十余公里之后，月亮躲进了厚重的乌云之中。在黑沉沉的旷野之中，本来就模糊不清的古牧道越发难以辨认。由于担心迷路，在遇到一处探矿工人废弃的简易房子时，陵飞停下了脚步，在那座片石垒砌的冰冷的简易房子里蜷缩了一夜，一夜无眠。

第二天早晨，在阳光的照耀下，陵飞在辽阔的半荒漠戈壁上，从近处永远稀疏、远处永远茂密的戈壁荒草之间，隐约看出一条牧道蜿蜒伸向遥远北方的一带蓝山。陵飞背起沉重的行囊，开始向远方的蓝山进发。累得快要走不动的时候，他边喘气边紧盯着远方的山脉想，大不了就是走到那蓝山脚下。那一带蓝山，在视野之中仿佛也逐渐清晰起来，一些山的皱褶也渐渐可以辨认了。让陵飞焦虑的是，牧道模糊，走着走着就难以辨认，经常在偏离一大段之后才能重新找见。他就这样一边走一边搜索着牲畜的蹄印和人的脚印，但这条古牧道一直在半荒漠戈壁滩上蜿蜒前行，沙砾石子的道路上，很难留下什么清晰的足印。这一直在考验和煎熬着陵飞的信心和毅力。当走到太阳偏西的时候，陵飞的精神有些动摇了：传说中的骆驼泉子究竟在哪儿？在那里能补充到珍贵的饮用水吗？能遇上一两户牧民的毡房，吃口热饭，打听打听情况吗？肩膀上的背囊越来越沉重，勒得那里生疼，腿脚也渐渐地酸软，脚底的水泡像肉里扎进去的刺，一触到就引起一阵钻心的疼痛。嘴唇干裂了，口腔和咽喉也干涩得难受，咽下一口馕就像用砂纸顺着咽喉一路打磨下去，可是剩下的几瓶矿泉水要一直坚持到传说中的骆驼泉子……个人的生命在这浩瀚无边、寒冷荒凉的大自然中是多么脆弱！可是，此时他又无法向集体求助，甚至连手机都没有。但一个人顽强的生存意志和超常的生存能力，恰恰在这样的时刻才能被激发出来，像陨石一样在天幕上划过璀璨的光芒，也许一个人终其一生都得不到这样一个让生命在瞬间绽放灿烂光芒的机会……在第一个白天，陵飞最终没能按计划到达骆驼泉子，天黑透之后，他在旷野上找到一个洼坑，把自己疲惫酸软的身体安置进去。他没有料到自己会在半夜发起高烧，他也不愿再想那么多，甚至连他追踪的憨笑老汉也不再去想了，他只想着骆驼泉子，传说中的骆驼泉子……

脑袋里依旧是火热、昏沉、滞重，脸皮却清晰地感受到高原夜风吹过的寒冷。嗓子眼儿里干涩疼痛，陵飞的手摸索着伸进背囊里，但只摸到了最后两瓶矿泉水。他犹豫了一下，终于掏出一瓶，硬撑起身子，拧开盖，小心地吮吸了一口。一小股清凉的矿泉水，就像草茎上挂不住的露珠似的，顺着干涩疼痛的喉咙蜿蜒下滑，陵飞火热的头脑中也流入了一丝清凉。他躺下来，仰望着高原的星空。星空纯净而璀璨，满天星斗高低错落地悬垂在夜空之中，天穹与旷野仿佛构建了一座崇高肃穆的大教堂，那些明亮低矮的星斗就像教堂穹顶下垂挂下来的灯盏一般，把那银色的微光流泻到陵飞的心里去，让他一阵感动。忽然之间，他想起了成龙的那首歌：仰望星空，谁是真的英雄，平凡的你让我如此感动……他感到有一股力量从灵魂深处奔涌而出，贯注到身体里，让他一时间忘记了肉体的痛苦。他慢慢地爬起来，背上行囊。星光之下，那条灰白色的牧道突然显得十分清晰，引导着陵飞坚定地向前走去……

当淡青色的晨光从山峰的尖端呈现出来的时候，远处山脚下的一块洼地里，一小块像镜子一般闪闪发光的水面镶嵌在大地上，仿佛在向陵飞召唤……

8

一周之后，一位转场的牧民在靠近边境线的白石墩一带扎下毡包准备休息时，无意中发现远处的荒原上空有无数的老鹰在盘旋。牧民知道那里没什么好事，犹豫了一番，最后决定过去看看，或许可以剥下一张像样的皮毛。但他骑马到了跟前，才发现情况比他想象的还要糟糕。老鹰簇拥着的是两具尸体。这两具尸体显得非常奇怪，用一副手铐铐在一起，其中一具看起来像是本地牧民打扮，穿着黑棉袄和灰裤子。另一具则是一副民工打扮，穿着在镇上常见到的劳保棉衣棉裤。那么，手铐又是怎么回事？这两具尸体或许跟公家的事有关。牧民顾不上那么多了，他迅速拆下毡包赶着羊群向南走，来到有手机信号的骆驼泉子报警。

警方勘查现场后确认，两具尸体一具是边防派出所潜逃多日的警察赵陵飞，另一具经调查是近两年来常在这一带收皮子的皮货商贩马尤布。赵陵飞身体上有多处刀伤，而马尤布头部有钝器伤。民警找到了致马尤布头部钝器伤的石块，也找到了致赵陵飞身上锐器伤的匕首。经法医鉴定，赵陵飞身上刀伤都是马尤布左手持刀所为，根据其右手与赵陵飞左手铐在一起来推断，搏斗是在赵陵飞将马尤布铐住后发生的。无论钝器伤还是锐器伤都很轻浅，绝非致命伤。法医推断，当赵陵飞铐住马尤布时，其实双方都已精疲力竭，甚至可以大胆推想，双方都已奄奄一息。他们的真正死因其实是：他们在无给养、无休息、无治疗的状态下连日奔命在荒寒严酷、海拔达 4000 多米的高原。

警方根据马尤布手机中储存的联系人信息，终于抓获了一年多来在本镇活跃的贩毒团伙。

（原载《山花》2015 年第 1 期）

俗　套

张遂涛

1

手机响起的时候，张琮正在采访一个面目光鲜的女人，这个女人是本地一家著名上市公司的董事长，她谈得很动情，不是讲她的成功，而是讲成功背后的艰辛。但是张琮听得有点昏昏欲睡，昨晚看火箭队跟热火队的比赛看到凌晨，现在困意尚未消除。如果不是已经约好了时间，他真不想来了。那个女人说着的时候，张琮一个劲在肚子里摇头，没劲，没劲，这记者越当越没劲，听到的都是一些陈词滥调，写出来的也注定是一些俗套的东西。就如这个女人，她谈小时候没钱读书，谈创业时的艰难，一分钱恨不得掰成两半花，住地下室，上当受骗，处处求人。似乎所有成功的企业家都是这样走过来的。他已经开始想文章的构思了：该起什么题目呢？文章该如何起承转合呢？这是社长亲自交代的任务，肯定要写好，但是想来想去，能想到的都是一些已经写过不知多少遍的东西。每一句都那么熟悉，不要说读者，他自己看着都要打哈欠。他想到这里不由自主地真就打了个呵欠。他悚然一惊。那个女人似乎意识到了他的不耐烦，神色有点不满，但她压抑住了，仍继续说下去。张琮赶紧正襟危坐，做出认真听讲而且深为感动的样子，但是很快他就对自己这副作态厌恶了。他暗暗看了看时间，已过去两个小时，应该是要结束的时间了。但是女人似乎仍在兴头上，他不好打断她，他在想着该怎么措辞，才能不让她尴尬和不满，因而不影响她在他们报社的广告投入。

就在这时张琮的手机响了。

张琮的手机调的是振动，一开始张琮没理它，但那个女人注意到了，虽然是振动，但有嗡嗡嗡像苍蝇振翅的声音。女人停住了话头，盯着发出声音的地方看。张琮抬了一下屁股，把手机从口袋里掏出来，看了一眼，对女人说，对不起，我先接个电话。女人宽容大度地点了点头，趁着这个空暇端起桌上的咖啡啜了一小口。

张琮把手机贴近耳边出去，嘴里一边说着喂喂喂，那边似乎很吵闹，但是很快一个响亮的声音就传过来了，张大记者，想跟你说句话这么难呀，这么长时间才接？

张琮笑了，罪过罪过，不知是你林大处长的电话，所以怠慢了。

在采访？

可不是。干记者这行的，采访就是生命。

要的就是你这句话，很好，我这边也有一个采访需要你帮忙。你那边什么时间结束？

张琮露出一副苦相，林处，你不会是想让我现在就赶过去吧？

现在能过来当然最好。

怕是没办法了，我这边这位刚说到兴头上，恐怕——至少——

张琮抬腕看了一下手表，突然改口了，我看还是改天吧，我这边采访完，回去还要写采访稿，领导急着要——这是个大户——说到后面这几个字，张琮压低了声音，音调里带着一丝戏谑。

那好吧。对方显得也很宽容大度。给你两天时间，写完赶快跟我联系，我这边这位也很重要，虽然我们没法给你们带来什么利益。

电话挂了。张琮看着电话，露出一脸苦笑。透过玻璃门，他看到那个女人正手持咖啡杯摆出一副优雅的姿态往这边看，但是神色里明显透着一股焦急和不耐烦。他暗暗深吸一口气，冲着那张面孔挤出一脸微笑，那张面孔突然松弛了，也还给他一个微笑。

2

几天后，张琮见到电话中那个林大处长时，对方正忙着准备一个新闻发布会。这个城市前两天刚发生一起恶性杀人案件，一个放学回家的小女孩被人拖进一个小林子里先奸后杀，被报纸报出来后，群情共愤。要不是因为这个新闻发布会，张琮还会再拖两天与林大处长会面，既然对方不急，他当然更不着急。但话是这么说，几天来林毅没再给他打电话，他反倒觉得蹊跷起来，这不像这个市公安局宣传处长的作风。跟另外一个跑政法口的记者问起，才知道林毅正忙着应对这起杀人案件。他这几天一直忙于整理采访稿，忙着昏天黑地看球赛，反倒没注意到这起震动全城的恶性案件。现在既然知道了，就赶忙找来报纸看，看完也是咬牙切齿。

新闻发布会本是不用他去的，但是想了想，还是去了。在会场上远远看到林毅，感觉这个新闻发言人似乎比上次见到时瘦了。上次见到是什么时间？想了想，已经快两个月了。自从不再跑政法口，与警察打交道确实少了。但是毕竟跑了那么多年，与林毅早已从工作上的对立、合作关系演变成了兄弟、哥们儿。张琮是名牌大学新闻专业毕业，真正的科班出身，高才生，一度感觉让他跑政法口有点大材小用，但是跑下来，发现政法口也蛮好的，故事多，新闻多，稿子写出来总感觉像是在写小说。那帮警察兄弟一开始虽然有点排斥——当然是因为有成见，还是负面新闻看多了——但接触久了，发现一个个都蛮朴实、蛮重情义的，印象竟然完全改观了。这点表现在林毅身上最为明显。一开始两个人相互试探，相互防备，林毅总怕张琮拆台，张琮总觉得林毅做官员的肯定城府深，心机重，怕被利用，但接触下来，发现并没有想象中那么可怕，特别是几次合作过后，彼此竟然相互交心，相互肯定，成了哥们儿。张琮的拿手好戏是人物通讯，前几年几乎写一个红一个，写得情真意切，感人至深，连被写的人看了都流泪。那几年有好几个公安英雄都是因为张琮这支笔才广为人知，并获得上级颁发的荣誉的。那时张琮还有激情，不像如今这样开始厌倦，但说起来他的厌倦也是因为写得太多了。写来写去，他发现开始重复，不是他要重复，而是被写的人没有了特点，没有了新意，任他再有创意，也难以想出新点子、新视角，这样时间长了，就厌倦了。当然这点他谁也没告诉，他只是心知肚明。在单位里，在社会上，他仍是公认的报社第一支笔，相对于那些连基本功都还没掌握扎实的人来说，他随便炮制一篇都够那些人学习半年的。也就是因为他的这个本事，他被调离了政法口，按林毅在欢送酒席上的话说，是高升了。

高升个屁。当时张琮是这样说的，嘴里不屑，其实心里挺高兴。

按说我应该为你高兴，可是你走了之后，我们这块工作难做啊。林毅举着酒杯，说得意味深长。

没事，以后有用到兄弟的地方，只管吱声。张琮说得很豪迈。当然这是酒话，酒醒后就有点后悔了。

要的就是你这句话，说过的话不准赖。来，干了。说完，林毅自己先干了，干完还把白酒杯的杯底倒过来，让张琮看。桌上的人都伸长了脑袋，等着数掉下来的酒滴，等了半天，一滴都没掉下来，不禁一阵惊呼，哗啦哗啦地鼓起掌来。

这种气氛感染了张琮，他也是一仰脖，一杯五十多度的白酒入了喉，杯底也朝下，让大家看，但脸部扭曲，一副被谁在肚子上捶了一拳的表情。果然也是一滴没掉，又是一阵掌声。

张琮本以为酒桌上的话只是林毅的场面话，谁知道林毅是认真的，不久就给他打电话让他帮着写篇人物通讯，是写一个管理菜市场的社区民警。社区民警很普通，没有什么轰轰烈烈的大事，只是工作兢兢业业，每天早上 4 点多就起床出门，骑着破摩托到菜市场，处理各种纠纷摩擦。一开始群众不理解，风凉话一大通，时间久了，该民警的口碑竟然好了起来，还有人写信给局长要求给他记功。张琮拿着电话有点发蒙，他问，不是有新的跑政法口的记者了吗？干吗不让他写？

林毅在电话里笑笑，那是个刚毕业的大学生，说句不好听的，写个豆腐块新闻都写不好，能写好这种大文章？这件事我们局长很重视，说一定要仰仗你的大笔，把他的先进事迹写出来，要把他树为一个为民爱民的先进典型。这块牌子能不能竖起来，就看兄弟你的了，你可一定要帮老哥一把。

张琮听了不置可否。

林毅猜出了他的疑虑，将了他一军，在酒桌上你可是答应过我有事只管吱声，现在我真吱声了，你可不要说话不算话呀，那天那杯酒酒桌上的人可都看到了。

张琮还想装傻，哪天的酒桌，我怎么不记得？

呵呵，你跟我装傻。

张琮最后还是写了，采访了几天，这个民警在社区里口碑确实很好，但是张琮对如何切入确实犯难。社区民警不同于刑警，写刑警破案，把破案过程写出来就很精彩，吸引人读，社区民警做的事都是婆婆妈妈的，要想写好不容易。最后张琮想到了那个民警脚上穿的雨鞋。别的民警穿警服都穿皮鞋，他却穿雨鞋，采访他那天他也穿，问他为什么，他说，他管的是菜市场，不同于一般社区，菜市场里水多，穿皮鞋很快就湿了，所以他就穿雨鞋，方便。他这个人干瘦，貌不惊人，甚至可以说没什么特点，但是一双雨鞋倒把他跟一般的民警区分开了，甚至把他工作的环境也点出来了。张琮决定从这里入手，根据群众对他的昵称，将他命名为“雨鞋哥”，专访的大标题就是《寨上有个“雨鞋哥”》。没想到文章发表后，“雨鞋哥”一炮走红，这个亲昵的称呼拉近了民警与群众的关系。局长看完后连声赞叹，亲自请张琮吃了一顿饭，就是这顿饭，按张琮的话说，让他再也下不了公安这条“贼船”。

3

张琮没有跟林毅打招呼，自己找了个角落的位置坐了下来。他这次来没有任务，完全是旁听。宣传处一个小民警认出了他，要去叫林毅，张琮劝住了他，说发布会后自己会去找他。新闻发布会开了不到半个小时就结束了，主要是公布案情，介绍目前侦查的进度。林毅在台上侃侃而谈，但表情凝重。他说，案发后，公安机关已对被害人家属做了大量安抚工作，侦查方面已初步锁定犯罪嫌疑人，是一个外来打工的中年人，此人现已外逃，公安机关已发布通缉令并派人追逃。

不用等到发布会后，发布会进行当中张琮就与林毅接上了头。林毅的目光在张琮身上顿了一下，张琮就明白林毅看到自己了。发布会后，记者散去，林毅走到张琮面前伸出了手。张琮握着这只伸来的手使劲摇了摇，嘴里本还想开个玩笑，但看到林毅略显疲惫的眼神就打消了念头，因为只准备了开玩笑的话，一时转换不及，竟然说不出话来。林毅似乎也没什么话，放下手，只是说了句，到我办公室谈吧，就转身走了。

张琮跟着，感觉面前这个林毅似乎有点陌生，开始后悔自己今天自作多情：干吗非要来参加这个跟自己无关的新闻发布会？说到底，其实还是跟林毅提到的那个人物通讯有关。但是现在看来林毅的心似乎根本就不在人物通讯身上，这个也可以理解，发生这么大的案子，当然案子更重要。

在办公室里坐下，林毅开始烧水、泡茶，等一切停当，过去的那个林毅似乎又回来了。张琮明白了，刚才林毅还没有从新闻发布会的氛围里释放出来。林毅给张琮把茶倒上，等张琮抿了一口，才问，张大记者终于有空了？

张琮说，没空也要给你挤出空呀。

林毅笑笑，脸上仍有一丝疲惫，说，唉，突然发生这样一起案件，弄得两天来连轴转，人真累得不行。

张琮笑笑，表示可以理解。

林毅也喝了一杯茶下去，喝茶的时候眉头紧皱，似乎在考虑如何措辞，放下茶杯，眉头舒展了，说，虽然当前案子重要，但人物通讯还是要抓紧。这次无论如何还是要拜托你，争取把这个人物写好，写红，这是我们局长亲自点名要抓的又一个先进典型。我们局长本来说要亲自拜访你，但现在工作繁忙，你也是知道的，就让我捎话，请你谅解。

到底是什么人物？张琮问。

是一个法医。

法医？张琮有点意外。

这就是我们局长的高明之处。一般的地方，都是在宣传刑警，刑警当然要宣传，但是我们公安各行各业，其实都有英雄，比如户政，比如法制，你们记者的视野一般不会到这些部门，因为他们的工作确实比较单一，不好写，但是并不能说因为不好宣传就把他们忘掉。他们中有些民警确实兢兢业业，付出很多。我们局长意识到这个问题，准备在每行每业都树立一个典型，一个标兵，这个典型、标兵不仅要让内部知道，也要让全社会的人都看得到，感受得到。能不能做到，就看你张大记者的功力了。

我没这个功力。

你不要谦虚了。就像上次你写“雨鞋哥”，一个本来也不好写的人物被你写得那么生动、感人，我们要的就是这种效果。

说实话，虽然跟你们警察打了这么多年交道，但法医我还真没怎么接触过，能不能写好我心中还真的没底。

你肯定能写好，我对你有信心。

关键是我对自己没信心啊。张琮苦笑了一声。

4

法医名叫马先进。第一次听到这个名字，张琮愣了一下，问林毅，这是他的原名吗？

是呀，怎么了？

怎么听起来像是改过的？先进，先进，看来不先进都不行了。

坐在张琮面前的马先进是个四十多岁的中年民警，面目憨厚，略显拘谨。他看到张琮进来时，急忙欠起屁股向张琮点头示意。张琮用手摆了一下，马先进才又坐了下去。张琮坐下后感觉有点不好意思，自己怎么弄得像领导似的。

谈话是在林毅的办公室里进行的，林毅就坐在旁边。也许就是因为林毅在场，马先进才会表现得那么紧张。一看就知道，马先进很少跟宣传部门的人打交道。

张琮让马先进放松，说，没什么，就是随便聊聊，你想聊什么就聊什么。他看看正在一旁专心致志泡茶的林毅，又说，你问问林处就知道，我也不算外人。

林毅接话，那是，张记者多年跑政法口，早已跟我们是一家人了。

但是马先进仍低垂着头不说话，时不时抬一下头，神色有点惶惑。

张琮等着，等了片刻，见马先进仍不开口，心想，可能是“随便聊”这个字眼反倒让马先进不知该说什么了，遂开始主动提问。

谈谈你的经历吧。

不问不知道，一问吓一跳。原来马先进是著名医科大学毕业的。

那你干吗没进医院？

阴差阳错呗。马先进瓮声瓮气地说。

这个答案不是很理想，但是真实。张琮由此可以看出，这个马先进确实是个老实人。之前林毅也没教他说什么。

干法医后悔过吗？张琮又抛出一枚重磅炸弹。林毅在旁边听了连连瞅他，他装作没看到，林毅也没说话，只是默默泡茶。张琮采访时不喜欢别人插话，林毅是知道的。

果然听到的是预想中的答案。

咋没后悔过！后悔又有啥法子，只能继续干呗。

为什么后悔？

这个问题倒让马先进一下子张口结舌说不出来了，愣了半天才叹口气说，人家看不起。

这倒是张琮没有想到的，他一下警觉起来：谁看不起，为什么？他注意到林毅的耳朵也竖了起来。

马先进又愣了片刻才说，都看不起，同事啊，家人呀。

同事会看不起？张琮有点疑惑。

也不是看不起啦，马先进有点语无伦次，就是，就是，别扭呗。

咋别扭？张琮紧追不舍。

比如吧，马先进面红耳赤地斟酌用语，吃饭时不跟你坐一桌，嫌你身上有味道，不过咱也知道，所以也不跟人家坐一桌。有人叫吃饭也不去，免得别人嫌你晦气。

哦，原来是这样。张琮舒了口气。

张琮本来想劝他一句，这也不一定就是看不起，但是想了想，还是不劝了，今天主要是采访，听听他的心声。

那家人呢？怎么看不起了？

也不是看不起。对不起，我不怎么会说话。马先进的脸涨得更红。我是说，是说，比如我每次出完现场回到家，我老婆都要我先把衣服脱掉泡好，必须全身用沐浴露洗干净才能进屋上床……

林毅在旁边突然嘿嘿地笑了起来，等他看到马先进尴尬的表情以及张琮斜射过来的冷冷的目光时，才意识到自己的失当，于是把笑憋了回去。

但是马先进不再说下去了。

5

等到办公室里只剩下林毅和张琮时，张琮有点气恼，你是干什么呀？林毅知道他指的是什么事，连忙道歉，不好意思，真没憋住。

那么好笑？

可不是好笑嘛。

张琮突然也大笑起来，笑得眼泪都流出来了。真想不到，他边擦眼泪边说，真想不到，还有这样的老婆。

你是没经历过，你不清楚。林毅说。

你经历过？

那当然。你忘了我当过五年的刑警？

林毅确实当过五年的刑警，他刚入警时被分在重案中队，也算是见过不少大场面。

但是跟他们法医比起来，我们那太小儿科了。

怎么说？张琮问。

你见过死人吧？

那谁没见过。

改天让你真正见识一下什么叫死人。

其实不用林毅说，张琮自己已经想到，要写好这篇人物通讯，必须亲自跟马先进出一趟现场。

机会很快来了，就在那次办公室采访的三天后，张琮突然接到一个陌生的电话，一接竟然是马先进。马先进在电话里说，张记者，听林处长说你要看死人，现在刚好有一个，你要不要来？

张琮急忙记下地址。放下电话，他在心里苦笑：我这是要去看死人吗？我是为采访你哟我的同志哥。

他赶到现场，远远看到停了几辆警车，都闪着灯。警车旁边还站着几个穿制服的警察，正在闲谈。走过去一问，现场就在里面，他问，为什么不进去？他们答，里面没我们什么事，技术员和法医在里面勘查现场呢。你是谁呀?

张琮出示了记者证。可能是现场的警察已经打过招呼，看是张琮，很热情地说，张记者呀，马法医在里面呢，赶快进去吧，不过你可要注意了，里面很臭，小心会吐。

张琮笑笑，以为他们在跟他说笑，没当一回事，便抬脚往里走，谁知往前刚走几步，就隐隐约约闻到一股酸不溜丢的臭味，再往前走，臭味更浓。身边有几个居民走过，一边走一边狐疑地捂着鼻子，看到张琮，盲目地问，这是哪里传来的臭味，这么臭?

按照刚才几个警察的指点，更准确地说，是循着臭味的方向，张琮很容易就找到了案发现场，二楼的一个三居室。他走到门口，里面开着灯，有人在窃窃私语，门窗紧闭着。张琮试探着推开了门，门刚一开，就像从里面伸出来一个拳头，一股浓烈的尸臭味一下子把张琮打倒了。张琮倒退几步，门咣当一声被他关严了。他感觉眼泪流了出来，是被臭味呛的。能被气味呛出眼泪，从张琮的经验，只有小时候跟着老爹撒化肥时有过。这种感觉实在太不好受了，张琮想撤退，这种味道真让人受不了，但走了两步，心想，马先进在里面，自己也是主动要求来的，这一走，不仅林毅知道了会笑话自己，马先进那种老实人也会看不起自己。还有，外面等着的那几个警察，他们看到自己这么快就出来了，肯定可以猜想到。他终于知道他们为什么躲那么远了。

哼，他们还敢嘲笑我?

但是他们仍会嘲笑，因为他们没有伸头说要看死人。张琮犹豫了一下，做足了思想准备，捏住鼻子开门冲了进去。鼻子捏紧，无法呼吸，心跳骤然加速。但看到屋内马先进正半蹲着检查地上的尸体，倒是显得很从容，旁边还有技术员在拍照。技术员是个年轻人，也是一脸痛苦表情，一只手端着相机，一只手捏着鼻子。马先进看到张琮来了，把脸上的口罩拉下来，露出嘴，笑着说，来了?说完，又把口罩拉上，继续检查尸体。

他竟然还能笑?张琮有点惊奇。

张琮循着马先进的视线看到了地上的尸体。尸体像是躺在血泊里，但他再凝神一看，原来是尸水，尸水中有些小东西，还一动一动的，再一看竟然是蛆虫。张琮感觉喉咙一紧，再看尸体的头部，包在一个塑料袋里，脸已经变黑，整个头部膨胀得像个气球。张琮又感觉喉咙一紧，赶快向外冲，下到一楼，见到一个花圃，就俯身呕吐了起来。吐干净了，他站起身，找出纸来擦嘴，嘴刚擦干净，又闻到空中飘散的死尸味，胃中一酸，又弯腰吐了起来。

这次没吐出什么东西，都是胆汁。吐完后，他感觉肚子里难受，踉踉跄跄地向警车走去。那几个人还在聊，看到他走过来，都停住说话，一齐看向他。他不搭理，经过他们要往前走。一个警察叫住他，张记者，怎么了，吐了？说话带着笑声。

他这么一说，张琮倒不走了，在警车旁边蹲下。他想在这里等马先进。

那几个警察走过来围住他，这次是问候和安慰，没事吧？很正常，谁看到谁吐，除了那个马先进。你没来之前，已经有人吐过了。

这样的安慰让张琮听了很受用。他接过他们递过来的一支香烟，从口袋里取出火，点燃了，深深吸了一口，似乎好受了点。

一支烟吸尽，他有点恢复过来了，开始和他们攀谈起来，这么臭马先进为什么不吐？

马先进是法医。一个人回答。

另一个警察似乎不满意他这样的回答，补充说，他见死人见太多了，什么样的没见过，要是都吐，那还当啥法医。

说得倒也是。张琮心里叹口气，一股崇敬之情油然而生。他突然想，可以趁这个机会采访一下这几位民警，就问，你们感觉马先进这个人怎么样？

不错呀，几个人都说，工作很认真，你也看到了，这么臭都不怕，这可不是谁都能受得了的。

那是。张琮点头承认。

不过，有时也过分认真了点。一个民警突然插话。

怎么说？张琮警觉了起来。

怎么说呢，那个民警倒迟疑了，吞吐了半天，终于说了，就是吧，比如让他做伤情鉴定，很急，我们也知道还不符合鉴定条件，但是你得办案呀，他不肯做，一定要等到符合鉴定条件再做，让他先写个初步意见，他也不肯写……

别的法医会写吗？

一般都会写……吧？那个民警说到后来又不肯定了。

其他的呢？

其他的他们倒说不上来了。他们说，除了工作，其实跟马先进很少打交道，就像这勘查现场，他们也不用进去，彼此也就是在工作场面上说几句话，要说有什么了解还真谈不上。

他们又开始闲谈。张琮也不再问，听他们聊，倒是初步知道了案件的情况。原来是有人报警说，这段时间总闻到一股臭臭的味道，一开始以为是死老鼠，因为味道不是很重，也就没太在意，谁知道味道越来越浓，又看到二楼这家住户门窗紧闭，从未见人出入，就起了疑心，报了警。警察来了，联系不上房主，闻到臭味确实浓烈，怀疑是不是有人死在里面了，就强行破门。谁知门一打开，几个围观的群众当即就跑了，一个协警也当即吐了。赶快重新把门封上，打电话让马法医来，现在就看马法医检查的结果了，希望不是他杀，但是看这情况——悬。

烟又吸了两支，才看到马法医拎着箱子一晃一晃地出来了，小技术员跟在他屁股后面。小技术员一走一弯腰，像是在吐什么东西。走近一看，小技术员的眼睛红红的，像是刚流过泪。一走到警车旁边，小技术员立刻把手里的勘查包扔在了地上，蹲了下去，摇着头，痛苦地叫，真他妈的受不了了！

几个等待的警察都笑，问，小谢，吐了？

小技术员抬起头，用痛苦的眼神回答，能不吐吗？

马先进脸上的口罩已经摘下，他面无表情，接过一个民警递过来的香烟，默默地抽着。几个人不说话，看他一支烟抽了一半了，才问，怎么样？自杀还是他杀？

自杀。

确定？几个人都很兴奋的样子。

确定。

怎么回事？老马，说来听听。一个民警说。

这个人可真够受罪的，不过也可以看出他自杀的决心有多么大，先是用锤子击头，可能力气不够大，没击死，又割腕，割得也不够深，有好几刀，最后就用塑料袋包住了头，缠住了脖子，窒息而死。死了有一段时间了，所以才会膨胀、流尸水，身上已生满了蛆虫。检查过门窗，都是从里面关上的，门窗还专门用胶布封住了，似乎怕臭味传出去。

几个人听得啧啧感叹。

直到这时，张琮才问了一句，老马，你真不觉得臭？

马先进憨憨地笑笑，咋会不觉得臭，不臭我会戴口罩？不臭我会在房间里洒白酒？

你就别提洒白酒了，小技术员突然插话，就是那白酒，让味道更加难闻，我死的心都有了。

6

回到家进门时，张琮突然停住了脚步，低头在身上闻了闻，感觉似乎有点臭味，再闻，又没有了，不知到底有还是没有。迟疑间他已进了家门，脱了鞋子。老婆莉莉正歪在客厅沙发上看电视，看到他了，瞅了他一眼，问，回来了，去哪里了，这么晚？说完继续看电视上的宫女后妃。

张琮不知该如何回答，嗯嗯地胡乱应着。他正准备从妻子身边走过进书房，莉莉突然吸了吸鼻子，狐疑地看着他，问，什么味？

什么味？张琮心里有点虚。

莉莉不看电视了，站起来，鼻子对准空中又吸了两下，说，有点臭臭的，刚才还没有。是不是你带回来的？她说着要往张琮身上凑。张琮急忙倒退回避，说，就你鼻子尖，有什么味？

你别动。莉莉拉住他，鼻子贴在他身上闻，闻了一下就跳开了。就是你身上的味。你去哪里了？怎么有一股死老鼠味？

张琮俯下身，也在自己身上闻，闻完了，装出无辜的样子，哪里有？没有呀。

就是有。莉莉抽着鼻子，似乎在躲避着他。你赶快去脱了衣服洗澡，衣服给我泡好，不要用洗衣机洗，免得把其他衣服也沾上这种味道。

你不要给我大惊小怪！张琮有点气愤，想了半天说出这样一句气话。

谁大惊小怪了？就是有气味嘛。你说说你到底去哪里了？

张琮不理她，进了卫生间，把衣服脱掉，泡在脸盆里，然后把淋浴打开，开始洗澡。在洗澡的过程中，他的情绪慢慢平复了下来，他开始理解马先进说的他老婆看不起他了。

自己这才刚进去一下就出来了，味道就被老婆发现了，他在里面待那么长时间，难怪他老婆会那样。

他洗完澡出来，换上新衣服，莉莉已经关掉电视进了卧室，正坐在床头看书。他靠上去，刚要说句温存的话，莉莉突然低头在他身上一顿猛嗅，嗅得他一下子没了感觉。莉莉嗅完，露出了满意的笑，说，还好，现在没味了，你不知道刚才那味多恶心。我现在想想都觉得……唉，你晚上还是别挨着我睡了，我有心理障碍。

张琮听了一下子抱着枕头出去了。

莉莉在背后叫，也不用到次卧，你别挨着我就行。

张琮仍是头也不回地出去了，进了次卧，嘭地把门关上，心里却很不是滋味。谁知他还没躺下，门却被打开了，莉莉站在门口。张琮以为莉莉回心转意了，要过来道歉，邀请他回去，谁知莉莉并不进来，身子靠在门框上，笑着说，怎么了，生气了？

张琮不理她。

莉莉又说，我是来问你，你刚才还没回答我呢，你跑到哪里去了，身上带回那么难闻的臭味？

张琮终于忍无可忍，骂出了一声，滚！

7

林毅给张琮打电话，怎么样，听说那天你吐了？说完嘿嘿地笑。

张琮轻骂了他一声，说，要是你去你也会吐。谁告诉你的？

林毅不说。张琮知道应该不是马先进，最有可能就是那几个闲聊的民警。

林毅说，怎么样，知道我们法医的不容易了吧？

确实。张琮心悦诚服。

还想不想再看看？林毅又打趣。

算了，还是放过我吧。张琮说。

这次不是看现场——林毅卖了个关子。

那是？

看解剖。

说来说去还不都是看死人。张琮没好气地说，你知道不知道那天回去……张琮本想把回家后跟老婆发生的矛盾告诉他，想了想，还是打住了。

什么？

没什么。

解剖尸体也是法医的一项重要工作，你真不想去看看？林毅没再追问，接着往下说。

张琮的心又动了，这次不会又像上次那样吧？

放心，这次的尸体是新鲜的。

说新鲜其实也并不是很新鲜了，至少在冰柜里已经冻了好几天。但解剖那天，张琮还是去了。这是一个肥头大耳的男人，死因不详，所以需要解剖来查找死因。他进解剖室时，人已经被抬到了解剖台上，还好，没有什么异味。几个法医已在磨刀霍霍。当尸体被切开时，张琮的心里还是一阵恶心，他强忍住了。接下来就是很血腥的场面，不过都还好，张琮认为自己的神经还是坚强的。肚子打开后，那个人的肚子里像装了个气球，鼓鼓囊囊的，突然不知谁不小心，把那个气球刺破了，一下子，就像海水倒灌一样，解剖室立刻被尸臭味湮没了。又是那天那种味道。张琮忍耐了一下，还是受不了了，不顾狼狈，当即逃窜。

跑出室外，张琮感到有点羞愧。这次他没再等马先进，直接走了。他回到家，因为是白天，莉莉不在家，他心里安稳很多，主动把衣服脱掉洗好，用沐浴露把全身洗干净。谁知晚上莉莉回家，还是发现了。莉莉用奇怪的眼神一遍又一遍打量着他，打量得他实在受不了了，问，你看什么呢？

看你做了什么亏心事没有。

我做什么亏心事了？

不做亏心事，干吗一天换两套衣服？

原来是这个。这点他倒忘了，平时他一套衣服可以连着穿好几天，今天早上出门一套，回到家又一套，脱下的又已洗好晾在阳台上，难怪莉莉起疑心。

说吧，你到底干什么去了？

真没干什么。张琮还想抵赖，脑筋快速转动想借口。

是不是跟哪个女人约会去了？说！莉莉已变了脸色，明显是看出了张琮的心虚。

真没有。我你还不知道吗？

就是不知道才问。现在的男人有几个值得信任的。

我告诉你，不要一棍子抡倒一片……

就抡了，你想怎么样？莉莉倒发起飙来。

张琮的手已经举起来了，想了想，还是垂了下来。思来想去，老实交代是唯一的出路。谁知他刚说出来，莉莉竟然跳了起来。你去看解剖尸体了？怎么样，刺激不刺激？

刺激你个头。张琮被她弄得又好气又好笑。

你忘了，我大学时差一点学医，一直想看看怎么解剖尸体呢，下次带我去看好不好？

张琮想起曾在纪录片里看到过的解剖尸体画面，尸体都是泡在福尔马林溶液里，他不知道泡过福尔马林溶液的尸体解剖起来会不会有臭味，透过电视屏幕，他闻不到。

8

感觉材料收集得差不多了，张琮准备开始写，但一写才发现对马先进的了解还是太少了。难道就写尸体臭？写马先进不怕臭？死人现场有几具尸体是不臭的，除了那些一死就被发现的？哪个法医怕臭？这点远远不足以说明马先进的先进性、典型性。

马先进平时加班吗？张琮问林毅。

怎么不加班，一个分局就一个法医，所有的现场都要他去看，不管是三更还是半夜，电话一响就要起床，不分平时和周末。跟家人、朋友吃个饭，都恨不得把出现场的工具箱带在身边，方便随时起身。

有没有这么夸张？

你跑这么多年政法口这点你还不信？

说得也是。张琮无语了。其实不只是法医，就他了解公安有不少岗位都是这么紧张，比如派出所，经常两三天就一个班，一个班就是二十四小时，碰到大案要案，不值班也要赶过来。很多民警多少年没有休过公休假了，虽然上级文件要求必须休，但是就像一个所长跟他掏心掏肺说的，谁不想休呀？关键是一个所就那么多人，还经常这个出差那个培训，你休了，班都没法排了。

法医还不同，林毅补充，其他岗位实在没办法，大家还可以顶一顶，法医这种岗位没人可以顶。

那碰到什么事怎么办？

实在没办法，只好请市局的法医或者其他分局的法医帮忙顶一下，不过，那样其他法医的任务就太重了，不到万不得已，不会轻易叫。

不会多招几个法医？

哪里像你说的那么简单。现在整个市局都缺警力，一直没有编制。再说了，法医也不好招。一般医学院的学生不愿来，嫌脏嫌累。一些警官学校法医专业的毕业生供不应求，大都去沿海发达城市或大城市了，谁愿意来我们这种三线城市？

看来还真是没办法了。要我说，人家既然这么累，你们应该给人家双倍工资……

谁给？你给呀？大家都是公务员，钱都是上面统一发的，你就是想给都没办法。

好了好了，不谈这个了。张琮投降，还是谈谈马先进吧。他还有哪里可写的？总不能上来还是老三篇，不怕苦、不怕累、带病坚持工作、经常加班加点吧？

呵，除了你说的这三点，还真想不出其他的了。林毅笑。

这样会让人家感觉俗套，不管什么先进典型，说来说去都是这三点。还有没有其他的，再想想。

林毅端着茶壶想了半天，最终还是没想出来，他一边把泡得已经没有味道的茶叶换掉，一边说要不你再找马先进谈谈，看看他能不能提供点什么新的东西。你们记者不是最敏感吗？就用你那敏锐的触角去感觉一下。说实话，是局领导布置的这个任务，我对马先进也不了解。

不了解你们怎么会选中他做典型？

是我们局长亲自点的，林毅突然一激灵，说起这个，我有没有跟你讲过他背死尸的事？

谁？马先进？没讲过。

哎呀，我还一直以为跟你讲过呢。

怎么回事？

是这么回事，有一次，在一个枯井里发现一具尸体，是一个村民发现的，村民报警后，马先进去看现场。尸体在井里，没法看，他就让人用绳子把他垂了进去。他看完后，又用袋子把尸体装了，背在身上，让人用绳子把他们拉了出来……

把尸体背在身上？张琮眼前立刻冒出一个画面：马先进把已经高度腐烂的尸体一点一点地移进袋子里，扎好口，缚到背上，然后把垂下的绳子在腰间捆好，摇摇绳子。上面的人一起发力，在喧闹声中，马先进和背上的尸体一起摇摇晃晃，脚慢慢离地……想到这里，张琮感觉头皮一阵发麻。

……我们局长那天刚好在现场看到了，对马先进称赞有加，当即下令宣传马先进……

尸体臭吗？想了半天，张琮问出这么一句。

已经高度腐烂了，你说会不会臭？

张琮忍不住又是一阵恶心。

9

有了下井背尸这个细节；张琮感觉素材丰富了许多，但再往深处写，仍感觉不够，素材同质化，说到底还是不怕臭。要想写好马先进，必须进一步挖掘，凭直觉，张琮觉得马先进身上还有故事。然而再约马先进，了解的结果却让他很失望。除了他已经掌握的，马先进再也提供不出什么新东西了，反倒一个劲地谦虚，劝张琮不要写他。我有什么好写的？真的，张记者，你不要写我了，写别人吧，别人比我强一千倍。你看，我又不会说不会道的，干的工作也只是本分。真的，不要写我了……

写不写你还真不是我能决定得了的，张琮说，这是你们局长亲自指定的。

听完这句话，马先进张大了嘴巴，半天没有合拢，等他合上嘴，就再也不说话了。

你当时下井背尸是怎么想的？张琮问。问完感觉自己问了一个傻问题，但虽然是傻问题，还是得问。生活有时就是这样悖谬。

下井背尸？马先进愣了一下，想起来了，你是说那次在蔡塘？

对。张琮记得林毅提到那个地方是叫蔡塘。

没怎么想。

怎么会没怎么想？那么臭，就没一点想法？张琮提示。

早习惯了。要说那还不算最臭的，毕竟是在野外。

虽然是在野外，可那是在井里，而且还要背……张琮替他力争。

是，背在身上确实有点恶心，可是你有啥办法呢？工作嘛。没办法。马先进一副无所谓的样子。

张琮有点替马先进抱委屈，但是无话可说，只好转换话题：你说那还不算最臭的，前段时间自杀那个算不算？

那个……可以算吧。

呵，张琮自嘲，看来我运气还不错，好事都被我赶上了。

马先进听了也咧嘴一笑，笑容带点孩子的憨傻气，让张琮看了心中不由一动。

你再想想，你的生活中还有什么值得写的？张琮想了半天还是问了这么直白的一句。

真的没有什么了……

再想想，有没有什么大家一致夸赞的？

平时大家还真没怎么夸赞过我……马先进有些羞涩。

不会吧？张琮心里说，但转瞬间就理解了，平时大家都是同事，干的都是差不多的活，谁没事夸奖谁呀。他自己写过通讯，写过报道，写过人物通讯，知道有些先进人物是怎么吹出来的。

你平时有什么爱好？张琮决定从拉家常入手，也许会有点不一样的发现。

现在没有什么爱好，平时没事也就喝点茶，看会儿书，偶尔练练字。

你练字？

写得不好，瞎练呗。就用街上卖的那种练书法的布，不用墨，也不用纸，既省钱又干净，挺好。

还有什么爱好？

以前吗？

以前也可以。

读书时还写过诗，弹过吉他……

你还写过诗，弹过吉他？张琮大惊，这可不像眼前的马先进。

都是二十多年前的事了，早不写也不弹了。马先进很羞涩。

不简单。

不简单什么呀？

张琮这时才感觉自己真正开始了解马先进了，以前了解的那个只是工作中的一个符号。每个人放到那个岗位，也许慢慢都会变成马先进这样的人，不过，有的人会做得好一点，比如马先进，有的人做得差一点，差别也许仅仅在于他们的责任心和事业心而已。

10

张琮再次见到林毅又是在新闻发布会上，发布的还是上次那个案件，不过这次是林毅邀请张琮去的。接到邀请电话，张琮愣了一下，干吗邀请我？林毅不说，跟他玩悬念，你来了就知道了。说完就要挂电话。张琮突然叫住他，哎，你知道吗？马先进读大学时竟然还写过诗歌、弹过吉他……

是吗？林毅似乎并不感到惊奇，你来了之后，我告诉你一个更大的秘密。

是关于马先进的吗？

当然是。

不知怎么的，张琮心里竟然激动起来，他简直有点坐卧不宁了，时不时看看手表，期待着时间能够快一点过去。好几次他差一点不管不顾，直接去找林毅了。但是每次走到门口，他还是理智地停住了脚步。

这次新闻发布会明显比上次时间长，主要是记者提问踊跃，而且林毅几乎是来者不拒，皆积极予以回应。发布会内容其实很简单，案犯到案了，而且供认不讳，证据充分，目前已侦查终结，准备移送起诉。在谈到侦破的过程时，张琮听到了一个熟悉的名字，没错，就是马先进。林毅提到，正是马先进认真检查死者身体，在死者身上提取到了犯罪嫌疑人的体液和毛发，才使侦查人员迅速锁定了犯罪嫌疑人，并使犯罪嫌疑人在充分的证据面前无力狡辩，警方及时突破其心理防线，获取有效的口供，从而使案件能够及时侦破。可以说，马先进在本案的侦破过程中功不可没。

这就是你要告诉我的秘密？在林毅办公室坐定，张琮调侃林毅。

你不要着急嘛，林毅一边烧水一边说，马先进有没有跟你讲他妻子是做什么的？

他说了，他妻子在一个学校当老师。

那他有没有给你讲他有一个脑瘫的女儿？

啊?！张琮像是被电击了一下，不会吧？

怎么不会，他本来不让我跟你讲，他不想让别人知道他有一个脑瘫的女儿。

张琮惊愕得说不出话来，心里酸酸的。

其实我也是刚知道的。我也疏忽了，是前几天跟他们政治处主任聊天，说到马先进，他告诉我的，还跟我讲了，千万不要在他面前提起，他不愿意别人知道。他这个人自尊心还是很强的。

那现在……这个女儿呢？

他们夫妻带她去过北京、上海，治了很多次，效果不大，现在主要是由他老婆和他妈帮忙带着，据说说话还是不清楚，走路也不利索。

现在多大了？

得有十几岁了吧，具体的我也不是很清楚。

我……

你看看要不要写。我觉得吧，写了肯定会引发大家的同情，效果会更好，但是他那边……

你说我要不要跟他提这个？

林毅看着张琮的眼睛，最后说，你自己决定吧，你是记者。

11

张琮最终决定还是正面跟马先进提一下，他已经做好了被拒绝的思想准备，但是他没有想到马先进反应会那么强烈。

你听谁说的？他首先发问，气势汹汹，让张琮一下子有点难堪。这不像他平素见到的马先进。

你先别管我是从哪里听到的……

张记者，你写我的工作可以，我不想让你写到我的家庭。我尊重你，也希望你能尊重我，好吗？马先进突然一百八十度转弯，向张琮求情，看起来可怜兮兮的。

张琮试图宽解他，你不用担心，我肯定会尊重你，但是你也不要太压抑自己，把什么都憋在肚子里，其实……他想说，其实得脑瘫的孩子也不少，并不只有你一家。但是这句话他说不出口。他可以想象得到马先进接下来会说什么，那是没有发生在你身上，发生在你身上你试试，你就不会再说这种话了。是的，他承认马先进说得对，正因为没有发生在他身上，所以他可以这样超脱地安慰别人。他现在和莉莉还没有孩子，他和莉莉都是丁克主义者，不愿意要孩子，但也保不住哪天会改变想法，等到那一天，假如，真的，他们也生了这样一个孩子，他们能承受得了吗？他能做得比马先进更好吗？他身边其实就有这样一个脑瘫孩子，是他的同事，女的，老公因为这个跟她离了婚，她自己一个人带孩子过，她也带孩子到处跑着治病，幸而她家里还比较有钱，父母都是做生意的，不至于穷困潦倒。他和这个女同事不熟，虽然属于同一报社集团，但不是同一家报纸，在报社院子里远远见过几回，三十多岁的女人，本应该是人生中最美好的季节，人却过早凋零了，显得很憔悴。这个城市举行“十佳妈妈评选”，得报社先天条件之优势，她当选了。大家都说她当之无愧，但是他知道这个荣誉对她来说无济于事，顶多算是个小小的安慰。或者，更加刺激她，让她在夜深人静时，多偷偷痛哭几场。

没想到现在又碰到这样一个家庭。虽然马先进不肯讲，他也可以想象得到他们生活中的不易。和那个同事的家庭不同的是，马先进并没有离开妻子女儿，正是这一点，让张琮对这个老实得简直有点木讷的男人，再一次肃然起敬。

谈话没能继续下去，马先进除了恳求还是恳求，最后直接拒绝采访，明确要求张琮不要再写他，因为他确实没有可写之处。这是他的原话。张琮感到有点狼狈。他在电话里把采访的情况跟林毅汇报了，请示还要不要写。他也谈了自己的担忧：实在不行，要不就尊重马先进的意思，算了吧。看来，马先进确实不是那种喜欢抛头露面的人。有没有其他更合适的人选？但是说到这里，张琮又感到遗憾，不是为自己，而是为马先进。如果真换成其他人，张琮还有激情去采访吗？

林毅听了，先是呵呵笑了，似乎早已预料到会是这样的结局，然后安慰他，你一个老记者了，还受不了这样一个小小的挫折？

不是这样……

好了，你只管放心，文章还是要写的。马先进这边的工作我来做。

放下话筒，张琮的心里七上八下，不知林毅会做什么样的工作。他不会强逼吧？如果是那样，自己就良心难安了。他有心想打电话回去，警告林毅千万不要采取不适当的方式，但是想了想，还是把电话又放下了。他自己也不知道该如何选择，只能听天由命了。

没想到过了几天，林毅就通知他，马先进的思想工作已经做通，张琮可以在文章里提到他的家庭，包括他脑瘫的女儿。马先进为了这个女儿确实花了不少心血，但并没有因此影响到工作，请假还是有的，带着女儿去北京、上海看病，也花了不少钱，马先进夫妻的两个家庭都不算宽裕，所以经济比较紧张。这个其实分局领导都有掌握，也曾想过发动捐款或者采取其他方式帮补一下，但马先进都拒绝了。你不是说马先进大学时写过诗吗？你们这些文人是不是自尊心都这么强呀？

你一个宣传处长，不也是文人吗？你自尊心强不强？张琮反问。

呵呵呵，林毅笑，跟你们相比，我算什么文人呀。不说了，反正，马先进这一点绝对值得写，就看你这大记者怎么写了。我已经迫不及待等着阅读你的大作了。

挂掉电话，张琮心神有点不安，他有心想给马先进打个电话，问问林毅到底是通过什么办法让他改变主意的，但是又怕听到他不想听的。刚才他问林毅，林毅只是笑就是不肯讲，给他打官腔，我的张大记者，你就不用管我们是通过什么办法，但有一点我可以向你保证，绝对不是逼的，这点你可以一千个一万个放心。他都说到这个地步了，你还能说什么呢。张琮只好放心，可是你又让他如何放心。

虽然感觉采访还没全部完成，但张琮已不想再采访下去了，他想就着目前这些材料写完这篇人物通讯。凭直觉，这篇人物通讯会是一篇不错的人物通讯，会让很多人看得激情澎湃、热泪纵横，这点自信他还是有的。但是有一点问题，那就是这样的东西并不新鲜，甚至显得有些老套了。不过，这次他不管了。

等他把文章写完，拿给林毅看，林毅连说好好好。这让本来不自信的他又开始自信了，但是问题出在了主任那里，主任看完，沉吟不语，张琮有点不安，问主任：是不是有什么问题？主任说，要说也没什么问题，写得挺好，人物也很感人，特别是下井背尸体那部分，很好，只是，写他工作忙，写他有脑瘫的女儿，写他不怕脏不怕累，是不是太俗套了？还有，你看，就连他的名字，起什么名字不好，叫马先进。他是真叫马先进吗？

张琮的血一下子冲上了头顶，你不信，你可以去问嘛。

你看看，这不是跟你商量嘛，年轻人就是容易气盛。我还不是考虑到我们的读者。他们会不会认为我们是在编造呢？

主任还要说，张琮的电话突然响了，是欢快的“江南 STYLE”，莉莉给他设的。主任停住不再说，看张琮把电话拿出来。张琮一看是林毅，本想挂掉，看主任似乎并不反对，就接了，边接边往外走，还没走到门口，突然愣住了，回过头，看了看主任。主任吃了一惊，看到张琮的眼角突然流下了两行眼泪，忙问，你怎么了——

张琮不说话，电话还放在耳边。电话里是林毅的声音，林毅正在重复刚才说过的话：马先进的女儿刚才出事了，被一辆车剐了一下，正在送往医院的路上……

这算不算也是一个俗套？

（原载《啄木鸟》2015 年第 7 期）

心　战

彭祖贻

这天早晨，老柴下楼的时候，看到一个男人正在电子门外站着，他隔着门栅瞅了一眼，心里愣了一下，直感那人身上透着一种说不出的古怪，他拉开门问：找谁？

那人冲他笑了笑，其实也就面部皮层动了几下，左侧嘴角向上扬右侧嘴角向下撇，一种很让人惊悚的表情。谷诚是住这个单元吧？那人问。

锻炼去了。老柴出门的时候警觉地将门顺手带上，又说：快回了吧，你等等。

那我就在外面等。那人说着，走向单元门前的香樟树下，树下有一组大理石材质的休闲的石桌石凳。

你们是亲戚还是朋友？老柴问。

熟人，老熟人。那人回答。

谷诚跑步回到小区院子的时候，湿透了的汗衫都贴在身上，迎面遇上了老柴。老柴说，老谷，你越来越性感了，乳房这么大，说着伸手去抓。谷诚闪开了，低头看看自己肌腱突出的胸脯笑了，说，再性感也没用，我又没媳妇要伺候。又去给媳妇买早餐？

我那臭小子晚上不想睡早晨不想起——楼下有人找你。老柴岔过对他不利的话题，往院子外走了几步又回头补了一句：说是你的老熟人。我看着怎么怪怪的，好像才从牢里出来的，我没让他进去。

谷诚哦了一声，小跑着到自家单元的楼梯口，果然见香樟树下站着一个黑黑瘦瘦的中年人，头发极短，头皮中央有一道狭长发亮的疤痕。谷诚看着有点眼熟，一时又想不起是谁，上前问：你找我？

那人回头上下打量了谷诚一番：你是谷干部？不会吧？

谷诚说：我是谷诚啊，如假包换，你是——

那人说：你怎么看上去比15年前还年轻？

没这样夸人的，除非我吃了防腐剂，那还得有蜕皮的功能。说吧，找我有什么事？——谷诚对第一印象不好的人一向不客套。

那人笑了笑，就在他两边嘴角蠕动的时候，谷诚的心里咯噔一下，心想，这家伙还真的来了。但他没露声色，双目直视对方，看着那人从西装短裤中摸出半包红金龙烟抽出一支递过来。戒了，谷诚用手掌抵了回去，有事说事吧。

就没打算请我到家里坐坐？那人自己点燃香烟。

我从不在家接待来历不明的人。

在你眼里我竟然成了来历不明的人？那人嘴角又在蠕动。

你要没事我就进去了，一身汗，得洗洗。谷诚说着就朝门走去。

看来你是真的没认出我。装的吧？那人显然有些失望，冲着他的背影叫道，没忘记15年前我说的话吧？我说过，只要我没死就一定会来找你的。

那人说话的声音不大，却让正透过电子门栅进入有些阴暗的楼道的谷诚身上起了鸡皮疙瘩。

手机响的时候，沈炼正蜷缩在办公室的长沙发上睡觉，他凌晨五点多才躺下，所以彩铃响了好一阵子他才拿起手机问了一声：哪位？

手机里传出谷诚的声音：问我哪位？你把我的号码删了？

没有没有，沈炼听出是谷诚的声音，连忙解释，正睡觉，我没看来电显示。老拐子，怎么想到给我打电话了？

拐子在湖北方言中是哥哥的意思，老拐子就是老哥的意思。沈炼从警校毕业就跟着谷诚干，谷诚既是他的领导又是他的师父，但后来沈炼成了谷诚的领导，为了表示对谷诚的尊重，就改称他为拐子，谷诚改为非领导职务后，沈炼又在拐子前面加了一个“老”字。

又熬通宵了吧？吵你睡觉了啊，听你的意思我不该打你电话？那我挂了，对不起啊。

别别别，沈炼说，我最近正准备抽时间去南江看你，本来计划今天动身，看来今天去不了了。前天发生了个凶杀案，到现在还一点头绪都没有，碎尸了，人头到现在还不知道在哪儿。老拐子，不瞒你说，一到这个时候我就特别想你——

沈大局长，说假话的时候最好打个草稿，起码得让人信，对吧？谷诚说，不跟你客套了，跟你说个事。还记得吴斌吗？

吴斌？哪个吴斌？

也是啊，叫这个名字的太多，就是那个自称既无文又无武就是有钱的那个吴斌。

哦哦哦，他呀？怎么啦？我记得他进去的时候说过一句话，只要他不死，就会来找我们。沈炼想起来了。一身肥膘一脸横肉的那家伙，老拐子，你怎么想起他来了？

你这个现任的公安局副局长他是不敢找，找到我这儿来了。他不是被判无期了吗？

出来了？还找到南江去了？反了他！沈炼翻身坐起来。

人现在就在我楼下，我假装没认出来，给你打这个电话。谷诚说。

我马上给南江的吕局打电话，让他派人——

不用不用，他当年一身横肉的时候我都能治他，现在瘦得跟麻秆似的，我更不怵了。我现在弄不清他想干吗，你查一下，他什么时候放的，是越狱还是减刑，出来以后都干吗了。知己知彼嘛，一会儿我再下楼去会会他，把他稳住。

我马上安排人查，尽快给你回话，老拐子，你可要小心。

放心吧，局长大人，我这一辈子净跟亡命徒打交道了。如果需要，小吕局长我会直接联系。真是啊，小吕都当局长了，我怎么不老呢。你刚才说想来看我？真的假的？

我是真的要去看你。是这样，最近局里开过会了，要求像你们这些一不退二不休的老同志重新上班，原来在哪个单位工作就由哪个单位通知。你也知道，这是上面有要求。刑侦的同志我跟他们说了，别打你电话，等我抽出时间跟秦支队一起去跑一趟，一来看望一下老拐子，请你喝喝酒，二来当面征求一下意见——

这事我知道了，我们老家伙之间也不是不联系，这几天打电话来来回回都在说这事。我还上个屁的班，差四个月就到龄了，要不你把我这四个月的工资全扣了？真是的，我去刑侦上班掺不掺和事？我要掺和了跟人小秦的意见不一样人家小秦怎么办？让我当哑巴，我是个当哑巴的人吗？我这臭德行你不清楚？——你那儿来人了吧？

沈炼看了一眼站在办公室门口的刑侦支队队长秦平，老拐子呀，你那耳朵真不是一般的耳朵，是秦支队。你放心吧，吴斌的事我现在就安排人查！

那我等你电话。谷诚话音一落，手机传出忙音。

谷支队电话？秦平问。

你马上安排人去查一个叫吴斌的家伙，要不干脆叫老曹去，他知道这人，我参警上的第一个大案子就是跟着谷支队和老曹他们搞吴斌这个团伙。

这人我知道，没少听你和老曹说，出来了？

不只出来了，现在就在谷支队楼下，好像要找谷支队麻烦。

啊？反了！沈局，这可不是小事，我马上打电话给南江县局——

不用，老拐子能应付，他真要用人，一个电话南江的吕局还不前面两条腿都放下来跑？这样，让老曹亲自去查，看吴斌是什么时候出来的，怎么出来的，出来后都在干什么。是不是案子有进展了？

人头找到了，在新民街的那个公共厕所，脸上的肉都给剐了，认不出来了。法医初步判断是碎尸的一部分，最终确认当然还需要一些时间。狗日的，太狠了，这得多大的仇啊！

如果最后确认碎尸是陈继祖，这家伙一个放高利贷的，仇人少不了。逼人家破人亡的有没有？卖房卖身的有没有？DNA 鉴定结果今天应该能出来吧？

应该能，一会儿一到上班时间我就催问一下。

鉴定也就那么个意思，人应该是陈继祖，在三个抛尸现场发现的那么多东西已经基本可以确认了，就差最后这一哆嗦了。前天晚上，我在案情分析会上就说了，这是这个案子的主攻方向。脸上肉都剐了？肯定是不想让人认出来呗。沈炼说，让法医和技术的同志们继续辛苦。外围查得怎么样？

还真像你说的，确实有人借了陈继祖的钱还不上跳楼了，是高坪镇的一个矿老板，姓刘。情况刚刚摸上来，本来我准备让老曹亲自去查的。我再安排吧。

这个线索非常重要，一定要安排得力的人选。沈炼严肃地说，我还是给南江的吕局打个电话吧。不知怎的，心里不踏实，老拐子没打给我电话还好说，现在他打电话了，你我都知道了，他要是出了什么事儿，你我就得在江城市找个地缝钻进去。

这个电话应该打。干脆我安排人跑一趟。老曹，你来得正好。秦平对刚刚进门的刑侦支队的重案大队长曹正说，沈局有重要任务交你办。

曹正说：任务放一下吧，我先说个情况：陈继祖的小三儿失踪了。

啊?! 秦平与沈炼面面相觑。

8 点多钟的时候，谷诚下楼了，一袭白绸唐装飘飘洒洒的，一手拎着一个琴盒，一手端着一个硕大的茶杯，出电子门的时候，他看到吴斌还坐在香樟树下，正在吃着一碗肥肠面，大理石桌子上还放着一小瓶枝江酒。看到谷诚出门朝这边走来，吴斌习惯性地蠕动了一下嘴角，起身做了个迎候的姿态。

坐坐，别客气，谷诚放下茶杯打了一个手势，拿起小酒瓶看了看，小日子过得不错嘛。我们南江这边早晨喝酒的人不多——你真是来找我的？别忙着说话，先吃先喝，吃饱了喝足了再说也不迟。他打开琴盒取出一把二胡，拉了两下试了试音，又很细心地往琴弓的马尾上抹了一些松香，整个过程有条不紊。

吴斌一仰脖子将小瓶中的酒喝干了，又呼哧呼哧地将餐盒中的面连汤带水吃干净，然后将酒瓶往餐盒中一放，随手一丢，抹了一下嘴，正准备说话，谷诚站起来，你看你这人，一点城市意识都没有。他起身捡起餐盒和酒瓶，扔进不远处的垃圾箱中，回头又教训对方：要讲文明，知道吗？文明要从点滴做起，知道吗？

吴斌说：我就是一个农民——

谷诚说：别侮辱农民，要说中国人的祖人就三种人：农民，渔民，猎人。你别自己干了不文明的事就说自己是农民，这是给农民抹黑。算了，不跟你说这些了。找我有什么事？说吧，我一会儿要出去练琴了啊。

吴斌说：你真想不起我了？

谷诚说：似乎有点面熟，想不起来。

吴斌说：我是从江城过来的。

谷诚说：我在市里工作差不多 30 年了，认识的人没有一万也有九千，哪记得那么多。

吴斌说：我是被你送进牢房的。

谷诚说：哦？是吗？还是想不起来。被我送进牢房的少说也有千儿八百的。

吴斌说：我说过，只要我活着就要来找你。还想不起来？

谷诚说：我听这类话多了去了。还有人说要杀我全家，我从来不往心上放。你就别拐弯抹角让我回忆了，直接自报家门吧，你叫什么？

吴斌说：看来你真是想不起我了。我原本以为自己还算个人物，没想到在你心里一点分量都没有，我白混了。我叫吴斌，进去之前在江城码头一带混，现在想起来了？

吴斌？呵呵呵，是你呀，谷诚似乎这才认真地看了对方一眼，微微一笑，你以前挺壮的，还有啤酒肚，现在怎么成这样了？生过大病？

吴斌也盯着谷诚看：坐牢坐的呗，你看头上的疤，牢饭不好吃啊——没想到我时隔 15 年还会找上门吧？

谷诚沉吟片刻：当年没枪毙你就算让你逃过一劫了。找我有什么事吗？

吴斌说：出狱之后我无法生存了，我想来想去还是得找你。当年我是被你送进监狱的，现在我回归社会了，你得帮助我生存下去呀。

谷诚说：这就是你找我的原因？那你算是找错人了，你应该找你户口所在地的派出所和社区，我现在就算是有心帮你也无能为力。我现在的状态，我想，在你找到我之前应该已经打听清楚了，对吧？

我承认，我出来之后就打听你，知道你退养了，回南江了，我就到南江来找你。不瞒你说，我在东门浴池旅社已经住五天了。

还真是功夫不负有心人呐，谷诚笑道，我想，你可以走了。我以前办你的案子，是一个公职行为不是个人行为，懂吗？我现在就是一个马上要退休的人，我要到南溪河边拉二胡去。要不你也过去听听？挺好的，真的。

你真的不管我的事了？

谷诚往琴盒里装好二胡，端起茶杯：我刚才的话说得还不清楚吗？

吴斌有点上火了：姓谷的，你还真别拿红薯不当粮食。

谷诚说：我告诉你，我不吃红薯，当知青的时候吃多了，吃伤了。

吴斌说：你就这样离开不怕我对你家里有什么不好的举动？

谷诚走了几步又回头说：吴斌啊，你怎么没点长进？既然要来威胁我就应该把我的家庭情况打听清楚嘛。告诉你吧，我儿子很争气，出国留学拿的是外国奖学金，还替我找了个洋媳妇，去年给我添了孙子，我老伴也过去看孙子去了。斯德哥尔摩，你知道那地方吗？去那边要先办护照、签证，手续挺麻烦的。

看到谷诚又要走，吴斌大声说：姓谷的，当年我托人送你20万，你收了，答应尽量帮我开脱我才投案的。你收钱的事应该不是公职行为吧？你就不怕我举报？

已经转身的谷诚脚步稍稍停滞了一下，头也不回地说：这事儿你最好去纪委、检察院说。对了，一会儿保安来撵你，你可别跟人使性子，我们这小区跟派出所是联网的。别才出来又进去了，日子好好过，还有几十年呢。

吴斌说：我知道还有几十年，你得让我活得下去呀。

谷诚往单元电子门那边瞟了一眼，又说：其实，吴斌，你应该知足。你心里应该清楚，当年你是应该被枪毙的，你算是逃过了一劫，不然的话，骨头早成灰了，既然还活着，就好好地珍惜生命，别没事找事。在我这儿，你占不到便宜，明白吗？

谷诚冷冷一笑，走了。单元的电子门开了，戴太阳帽、拿着钓竿包的老柴从门里出来，看看远去的谷诚的背影，又看看香樟树下的吴斌，犹犹豫豫地站了一会儿，还是走了过去。

南溪河是一条穿过南江县城的小河，河的两岸都修了很漂亮的护坡，南溪桥头有大片的修竹茂林，东桥头的一片楠竹林中，不时地传出袅袅的音乐声，二胡、扬琴、笛子各奏各的调，听上去有些零乱，显然，这是个业余音乐爱好者的聚散之地。

身着便装的南江县公安局局长吕辉和沈炼在竹林中看到谷诚的

时候，他正与几个拉二胡的练习《赛马》曲。看到吕辉和沈炼，他收起二胡走过来，三人一道走到竹林外。吕辉说，老领导的日子过得挺潇洒的啊。沈炼说，老拐子从来就是泰山崩于前而脸不变色的人。

谷诚走近：今天心都挺闲的嘛，专门跑来夸我？

吕辉说：老领导琴拉得不错嘛，都能赛马了。

谷诚说：狗屁，我这是80岁学吹鼓手，能好到哪儿去？你小吕局长不会笑话我，他沈大局长就不一定了——吴斌人呢？

吕辉说：你走后他也离开了小区，去把东门浴池旅社的账结了，收拾完行李又去你门口了，就在樟树下铺张席子睡下了。派出所的同志准备让保安撵他，我让他们先别动。现在就是撵他走了，转过身他还可以去，对吧？得想个一劳永逸的法子。

沈炼说：这家伙坐了几年牢怎么变成无赖了？他吴斌不是个耍无赖的人啊。老拐子，你怎么看？由着他耍无赖？

谷诚说：我去把琴收了。前面有个临江阁，咱们先喝茶，中午就在那儿喝两口酒。对了，你们中午不能喝，就喝茶代酒吧。我跟你们说呀，退了真好哇，想干吗干吗，随心所欲。哎，你们想想啊，不是无赖的人耍无赖不会是为了耍无赖而耍无赖吧？

看着谷诚进竹林的背景，吕辉说：老领导这话里有话啊。

沈炼笑笑：我看他身上的某种细胞又活动起来了。

你的意思是——

你也跟了他几年，他这人你还不知道？只要他不翻牌，里面扣的是什么牌鬼都不知道。

谷诚从竹林中走出来，他背着琴盒，端着茶杯，一只手在接电话：……在老地方啊，你过来吧，干脆，你直接往临江阁去吧，中午正好帮我陪陪客。没心情？喝两杯不就有心情了吗？市局的沈局、县局的吕局——

谷诚说着，突然被噎住了——邻居老柴就站在离沈炼、吕辉不远的地方。

老柴几乎是被谷诚强拉硬扯地带进了临江阁，于古色古香中找了一个临窗的位置落座。这地方不错吧？他对沈炼说，往窗外瞅，蓝天、白云、碧水、翠竹全都有了。现在知道我为什么不住市里要回南江住了吧？

沈炼说：小地方环境是好。

老柴说：老谷，我还是先跟你单独谈谈吧。我不害你，单独谈谈。

临江阁的老板娘走过来：老帅哥，有客呀？

谷诚说：让你叫叔怎么就改不了口呢？算了算了，我也不跟你计较了，反正现在社会上辈分也是乱的。先上一壶普洱吧，我们这四位，大概还有一两位要来。一会儿你到隔壁鱼庄给我叫几样儿，太贵的鱼就不要了，五六个人够吃就行。啤酒来一箱，冰冻的常温的一样一半。白酒也弄一瓶吧，9 年的就行了，不不不，还是 12 年的吧。就这，忙你的去吧，一会儿要过来敬酒啊。

一定来。老板娘笑笑，吕局还是第一次进我这小店。

吕辉一愣：你认识我？

你不是常在电视上露脸吗？老板娘嫣然一笑，一扭一扭地走了，走了几步又回头，老帅哥，水煮花生凉拌毛豆要不要哇？

你这不废话吗，这还用问？去去去，我们在谈正事。谷诚挥挥手。

你个老不死的老不退火的东西，老柴骂道，我说呢，有事没事拎把胡琴往河边跑，原来有这事儿。我说老伙计，你也算是一世英名——

打住，用不着你教育我，谷诚打了一个手势，就算是你猜想的那样你又能把我怎么样？我热爱生活，不行啊？小吕，忘了介绍，老柴，柴有明，也是咱们南江人，在县司法局、统战部都干过，退休以前在省纪委工作，算是个什么副厅级什么什么员吧，特别正直的一个人，就是爱絮叨，都退休好几年了，只要逮个机会就跟你讲大道理，烦着呢。你说我怎么跟他住楼上楼下了？老柴，你要么别说话，要说就当着我这两个兄弟面说，这位，沈炼，江城市公安局管侦查的局长，我的领导，现在他还管着我。

沈炼说：老领导，你要骂人别那么委婉好不好，直接骂。我管得了你？柴领导，你别听他的，老谷是我师父，我一参警就跟着他——

老柴，谷诚不客气地打断沈炼的话：这是小吕局长，吕辉，现在是咱们的父母官，以前也跟过我，我的事不瞒他们俩，有什么话，你要不想说就憋着，憋死你个老东西。等等，你先别着急说话，让我猜猜——是不是跟那个吴斌聊过了？

算你猜对了。你是不是跟那人说你老婆儿子在什么斯德哥尔摩？

哎哎哎，谷诚一下子站起来，你不会告诉他在武汉吧？

放心吧，我们干纪委的也办案子，我一个副厅级的水平能比你个处级干部差？

你不多管闲事能死啊？钓你的鱼多好！还，还站在楼道里不出来，偷听，你以为我眼瞎呀。老家伙，我跟你说，当官我当不过你，论眼力见儿，等等，我接个电话。老曹，在哪儿呢？已经在南江了是吧？行行行，你先办你的事，沈局、吕局这会儿都跟我在一起，忙完了你往临江阁来就是。谷诚接完电话，又冲着老柴使劲：你个老东西要是说漏了嘴，他吴斌知道我老婆儿子在武汉，你算是摊上事儿了，摊上大事了。

老拐子，儿子什么时候回来的？怎么没听你说？沈炼问。

去年，他供职的那家瑞典公司在武汉设了办事处，这不正好吗？谷诚说，上个月我那洋媳妇生了个小子，你嫂子就去武汉带孩子了。我跟你说，沈炼，那小杂种那是真漂亮，高鼻子，猫眼睛，那皮肤白的呀，我操，怎么看怎么像我。

混血儿聪明。你皮肤不白呀，鼻子也不高呀，沈炼笑道，怎么就像你了呢？

谷诚笑起来：你小子那么较真干吗，反正像我，越看越像。

哎哎哎，一说起孙子就没完了是不是？老柴叫道，有正事要跟你说呢。

我都花甲的人了，说孙子才是正事呢，谷诚说，说吧，是不是吴斌说我拿了他 20 万元？

你这人，我们私下先聊聊不行吗？你非要把祸撩大呀？老柴有点无可奈何了。

谷诚拿起手机看了看时间：这样，我还有点事要办，得出去一会儿。老柴，你替我陪陪二位领导。对了，沈局，你把吴斌的情况简单地跟他说说，省纪委的老领导，不算外人。我去去就来，等着我。

看着谷诚离去的背影，吕辉说，沈局，老领导好像真的进入状态了。

20 世纪 90 年代中期，江城市九码头附近有一家名叫楚天行的旅行社，这家赫赫有名的旅行社工商注册的老板是一个叫李震天的人，此人后来被公安机关认定为一个带黑社会性质的综合性犯罪团伙的主犯被枪毙了，与他一起被判刑的团伙成员共有 20 余人，其中包括被判无期徒刑的吴斌，在法院的判决书中排位第五，在他之前的四人包括李震天都是判的死刑，排位吴斌之后的团伙成员分别被处以长短不一的有期徒刑。这个团伙在九码头一带肆虐多年，凡在这一带营运的餐馆、旅社、停车场包括进出停车场的客车大多要忍气吞声地向他们缴纳保护费，连从事地下工作的小姐们都不例外，当然，稍有姿色能够被团伙成员看上的小姐可以用身体代替金钱。法院判决书认定这个团伙成员的罪名有 13 宗，涉及人命 3 条，身体受到伤害的达数十人，涉案金额法院认定的有 500 万余元，其实远远不止这个数。在这个团伙被彻底摧毁之前，也因为一些具体案件公安机关打击处理过一些人，公安机关也知道这些人与楚天行旅社有关，但在证据链上却始终连不上李震天等重要的团伙成员，九码头一带的社会治安因此也无法实现根本好转。

1997 年年底，从省公安厅下派的新局长上任，通过暗访知道了这个情况，于是组建了一个由他本人挂帅、实际工作由时任刑侦支队重案大队长的谷诚直接抓的专案组。谷诚在进入专案组的时候对新局长提了两个条件：一是直接对局长负责，二是专案组成员必须由他本人确定。新局长同意了他的要求，于是，除了从外市县区抽调的几名老干警之外，像沈炼这样的一批刚刚参警的警校毕业生进入了专案组。在谷诚的协调下，专案组进行了长达 9 个月的秘密侦查，终于在一次集中统一行动中，将这个团伙连锅端了，但也留下了瑕疵——李震天和吴斌因为意外的原因漏网了，后期的追捕又长达半年之久。最终，吴斌主动投案自首，并供出李震天的下落，但他在供出李震天下落之前提了一个要求，就是无论如何不能暴露李震天的下落是他供出来的，主持审讯的谷诚答应了他的要求。

后来吴斌没有被列入死刑阵容与此事有很大的关系。

沈炼在回忆这起案件时说，当年我就觉得吴斌这家伙不是一般人，在正式的刑事诉讼卷宗中，吴斌几乎没有什么交代，接近于零口供，法庭定他的罪靠的是其他证据，而且，这家伙一直扮演的是一个硬汉角色，每次接受提审前，他出号子都要换上干净的衣服，走路的时候都是昂首挺胸，在法庭上也是一问三不知，更绝的是，就算同伙在某个具体案件的情节中也涉及他，他既不辩驳也不指责对方，唯一的回应就是相信法律，所以他在同伙的眼中也是了不得的哥们儿。沈炼说，这个案件最后执行的时候，我们刑侦的人配合法院负责刑场警戒，当被五花大绑的李震天从谷诚跟前经过时，突然挣扎着说了一句话，当时他与谷诚还有一段距离，没听清李震天具体说的什么，他看到谷诚的身体似乎震动了一下。任务执行完后，谷诚的脸色一直不大好，他问谷诚，李震天说了什么。谷诚回答说，没听清楚。

当刑警的，一生要经历很多案件，一般来说，已经结了的案件包括案件的当事人，过去了就过去了，就算偶尔提及，大抵也只是茶余饭后的谈资，很少在脑子里留下多么深刻的记忆。唯有这个吴斌，在沈炼与谷诚后来的共事中，听到他多次提及，有一次，他甚至说很少有吴斌这么坏的人，有些人犯了罪，只是针对受害方的坏，可吴斌不一样，他对所有的人都坏，谁遇上他谁倒霉。

听过沈炼简要地介绍了过去的情况后，老柴说：照你这么说，吴斌的话完全不可信？

沈炼说：老领导，说句不该说的话，你要是信他的话恐怕年都会过错。

老柴说：那就好，我是怕老谷临到退休了犯错，别到老了连退休金都拿不到。

入夜了，灯光透过枝叶照着香樟树下的景物，摇曳的枝叶令树下的影像都很斑驳，包括吴斌的脸。此时，大理石桌子上摆着一钵红艳艳的油焖大虾、一盘水煮花生、一盘炒田螺和四小瓶枝江白酒，其中一瓶已经空了，一个半瓶他拿在手中喝着。桌上除了几个田螺壳、花生壳，菜基本上没怎么动，他不时地朝小区大门方向看去，神情中隐隐透着焦虑。

谷诚进小区的时候已经过晚上 8 点了，他的脚步有些虚浮，出门时带的茶杯和琴盒子都拎在一旁搀着他的老柴的手上。都 60 的人了，喝起酒还这么不要命，老柴埋怨着。谷诚说，这点酒算什么？倒退 20 年老、老子拿白酒当开水喝、喝。噫，还、还没走啊？他看到了香樟树下的吴斌，甩开老柴踉跄着走过去。嗬，喝上了？真拿我、我这儿当家了？

吴斌眼皮都没动一下，拿起一小瓶酒往谷诚面前一放：一直等着你呢，瞧，菜我基本没动，这虾我还是跑了老远的路去东门那边的老钱虾王庄端来的。尝尝？

尝尝就尝尝，我可喜欢吃这虾了。谷诚拿起一个大虾就剥壳。酒、酒我是不能再喝了，不信你问老柴，中午、晚上连喝两顿，几个小狗日的欺负我老了，想灌我，哈哈。老子还能走回来，他们、他们两个现场直播，一个当场就趴下了。老柴，你坐，我没说假话吧？

老柴打横坐下，说：都这么一大把年纪了，还赌狠，何苦来呢。拦都拦不住。要不你早点回去睡觉？

人家等我一天了，还是陪他坐坐吧。谷诚将快剥好的小龙虾放在大理石桌面上。吴斌，你打算缠我到、到什么时候？

不是缠，是求，求你帮我过这一道坎儿。吴斌说。

既然求我为什么要、要害我？谷诚指点着对方：你跟老柴说、说你送过我 20 万？他是省纪委的你知不知道？我要是被“双规”了你是不是特别开心？

双规？不会的。他退休了，我只是跟他随便聊聊。你们是邻居，他干吗要害你？吴斌扫了一眼对方面前那剥好的小龙虾和那一小瓶酒。

那你给他说说，我今天还、还真要较真一回。20 万是你亲手送给我的吗？

不是。托人。

托谁？

我不想说那人的名字，我是为你好。你要是真帮上我了，就算老柴举报你了，我可以说我是胡说的。那人名字我一说出来就麻烦了，对不？你懂的。来吧，喝一口？

一会儿一会儿，话得说清楚。你确认你说的那人把 20 万交我手上了？有证据吗？

没有。但我确实把 20 万交给他让他交给你，那人我信得过。吴斌自顾自地喝了一口酒，我现在还活着，也许就是因为……呵呵，你懂的。

因为那 20 万？呵呵，你是这样理解的？那你就不应该找我麻烦呐。谷诚拿起剥好的小龙虾准备往嘴里送，半途又停下了。这么好的油焖大虾你自己怎么不吃呀？

你怕我下毒？哈哈，你也怕死呀？吴斌接过谷诚手中的虾一口吃了。我在这儿毒死你不等于也要我自己的命吗？今天一天都在躲我吧？你现在无职无权了，跟我一样小老百姓一个。你们警察呀，脱了老虎皮什么都不是。

你说得很对，草民一枚。老柴，他连你是省纪委的退休领导都搞清楚了。我说这人可怕你还说他可怜，现在感觉到了？他太有心计了。哎，吴斌，你究竟要我怎样帮你你才不缠着我？你可别害得我连退休金都拿不上啊。

帮我找份我做得来的工作，或者帮我做点小生意能活个命，两样有一样就行。

我要是一样都帮不了呢？

那我就天天待在这儿呗，做你的眼中钉，让你活得不自在。这不犯法吧？吴斌说，我还没想到去举报你，说实话，我还真不知道黑……那小子钱给你没有？

哈哈，说漏嘴了吧？原来你是把钱交给黑皮了，让他来贿赂我？哎，出来见过黑皮没有？对了，你应该找他帮你呀，他现在是大老板。

我去求他？我还做人不？我求到我以前的小马仔面前了？

这么说你出来后没见过黑皮？应该见见的。

没有，我饿死了也不会求到一个小马仔面前。

可我听说你出来后黑皮专门为你摆过酒接风？

鬼话，没有的事，你听谁说的？

黑皮自己呀，昨天跟我说的。

昨天？不可能，吴斌摆摆手说，绝对不可能。

你这话怎么说得这么肯定？谷诚笑道。

因为、因为，你，吴斌突然结巴起来，你、你谷干部就是爱诈人嘛。

哈哈哈哈，谷诚突然大笑，好像一点酒意都没有了，随手又拿起一只虾剥壳。老钱虾王庄的虾特别好吃，一般去店里吃得排队等着翻台子呢，你等了好长时间吧？

小一个钟头呢。这不是想好好孝敬一下谷干部你嘛，吴斌讨好地说，我听说你爱吃虾。

真有你的。哎，黑皮没给你弄点钱花花？他对我说准备给你一家店经营？谷诚随口又转了一个话题，这不挺好嘛，一出来就有老板当。

什么呀，那是别人欠他钱，抵债给了他一个旅店，根本就经营不下去，吴斌有些气恼地说，他就是想对付我。我如果能经营好呢，等于帮他把死钱盘活了，得大头的是他，若经营不好呢，他算帮过我了，还过我情了，在江湖上也说得过去，我也不好意思再找他麻烦了。

这小子跟你还耍心眼儿，那还真不是人！哎，当年他在你手下当马仔的时候你就没看出来？谷诚说，真是士别三日当刮目相看啊。昨天我还说他来着，我说，你小子可以对不起别人，不能对不起吴斌啊，人家当年对你可是——

你昨天真见过他？在哪儿？你又蒙我不是？

看，他这不是来了吗？谷诚朝他身后一努嘴，黑皮，过来呀。

吴斌霍的一下站起来，猛然转身，只见灯影下，摇曳的香樟树荫中果然有一个穿花格子短袖衬衣的男子站在离他身后不远处，朦朦胧胧的，吴斌吓得后退了一大步。黑皮，你、你，你是人还是鬼？树荫下的人影没有回应而是无声地向前走来。啊，吴斌吓得大叫一声，拔腿就跑，跑出几步又自己停下，呆立片刻，回身冲谷诚狞笑：姓谷的，你又玩我？

谷诚端坐未动，冲老柴淡淡一笑：回过味儿来了。吴斌，你怎么知道黑皮已经是鬼了呢？

老柴却没回过味来。刚才在回来的路上，谷诚买了一小瓶酒，让他帮忙喷在身上，然后，教了几句话让他配合，只说是想办法将吴斌骗走，可刚才听他们的对话，好像有很多他不知道的内容似的，他更没想到，谷诚会在瞬间将吴斌吓得丧魂失魄。

不远处的吴斌说：姓谷的，我玩不过你，我不玩了，我走。

树荫下的那个人影发声了：吴斌，你以为你走得了吗？

吴斌大吃一惊：老曹？曹干部?!

再回头，又看到几条汉子从不同的方位朝他围过来。

不用这么如临大敌，他跑不了，谷诚站起来说，老曹，吴斌，过来，坐，这可是我生活的小区，我可不想弄得我的邻居们不安。这虾不错，浪费了可惜。老柴，谷诚掏出自家的钥匙，麻烦你老人家上个楼，我家酒柜里有两瓶五粮液，一直没舍得喝。搞两杯？

你知道我只喝点红酒。老柴说。

有哇，就看你眼力见了，酒柜里有国产的，有合资的，还有我儿子从斯德哥尔摩给我带回来的，就看那些洋码子你会不会认。吴斌，你不知道吧？曹干部的外号也叫黑皮。

重新落座的吴斌已经垂头丧气了。穿花格子衬衫的老曹说，我就不明白了，吴斌你小子怎么就把我当成陈继祖了，我哪点像他？我有他那么黑吗？

还别说，你往那黑处一站，那身影还真有几分像黑皮，狼腰，背有点驼，谷诚说着，叹了一口气，好久没跟人斗心眼儿了，真累。老曹，我跟你说啊，能退早点退，什么正科呀副处呀，没劲，简单地没心没肺地活着最舒服。吴斌，你别怨我，是你自己找死。你要不找上门来，我还真不玩心眼儿，不信你问老柴。他指着刚从电子门那边出来的老柴说。老柴走近，将一瓶白酒一瓶红酒往大理石桌上一放。谷诚掏出眼镜盒，取出老花镜，认真地看了看红酒瓶上的洋文，倒吸一口凉气，我的天，这还真是我儿子从欧洲带回来的。你知道多少钱吗？

老柴将开酒器往大理石桌上一丢。我管你多少钱。考我外文？知道我什么文化程度吗？“文革”后第一届大学本科！几个洋码子就难倒我了？扯吧你，开酒。

今天亏大了，谷诚懊恼地拍拍脑袋，吴斌，算你小子有口福，二进宫之前能喝上这么好的酒。特别贵，你知道吗？哦，对了，我小瞧人了，黑皮带着你在江城的惠特曼大酒店连泡了七八天，对吧？我说你小子不是人，人家对你算可以了，你还要人家的命，还还——

我没杀他全家算是客气了。我不喝这酒，喝不惯，来口白的吧。吴斌说。

行，就给你来白的，压压惊。刚才吓坏了吧？哎，分尸那会儿你怎么就下得了手呢？还把人给煮了剁，真是的。给，酒，好在这桌上没肉，我估计你这会儿看到肉会吐的……

别说，已经接过酒杯的吴斌叫了一声，跑到一旁干呕一气，被老曹扯回到大理石桌子边坐下时，呼吸还不顺畅。谷诚却继续说，也是，我想想就替你害怕，你在李娅梅家一刀一刀地剁着一个熟人的身体，特别是砍脑袋的时候，你又不是屠夫，那脖子要砍多少——

求你了，别说了，别说了！吴斌的身体在颤抖。这酒我不喝了。换个地方，光线强一点的地方。我全招了，行不行？

酒不喝了？那行，老曹，人交给你了。

老曹朝散在四周的便衣们招了招手。

吴斌起身走了几步，忍不住又回过头：谷干部，你怎么就能确定是我干的？

下午你手机收到了一条信息，谷诚说，内容是：我和孩子在南溪河桥头的竹林等你。你回了一条：不能去那儿，换个地方。对方回你：那就到老钱虾王庄对面河沿吧。你回信息说：好。下午4点50分的样子，你出现在老钱虾王庄对面的河沿，待了大约半个小时，不停地打电话，一直打不通，对吧？后来你到老钱虾王庄买了这盆虾，打包……

你把我的行踪搞得这么清楚？

老曹，他要想看看自己在录像中的形象，就满足他吧。谷诚说。

没问题。老曹说。

老曹一行带着吴斌走了。有些诧异的老柴看着谷诚。谷诚正在心疼他那刚刚开瓶的洋酒，试着将取下的木塞往瓶口塞，可怎么操作都不对。

老谷，你这样弄弄鬼就把一起杀人碎尸案给破了？老柴问。

谷诚说：什么叫弄鬼呀？这叫心理战，知道吗？这瓶子塞怎么塞不进去呀？老柴，你也太实在了，把我这么好的一瓶酒给糟蹋了。来来，干脆，喝了。

什么心理战？是你刚才提到的那个李娅梅给你们提供的线索对不？我敢肯定这个李娅梅跟吴斌关系不一般。知情人？说不定是同案犯？你刚才说的发信息的人是不是就是她？

李娅梅现在还不知道在哪儿呢。沈炼他们这会儿布置了一堆人在找她，今天一早才发现她不见了。——我不告诉你说是打的心理战吗？来，干一杯。我也想通了，这酒咱们只要喝了就不算糟蹋，对不？进了肚子它就到了它应该去的地方。

等会儿，你这老东西别跟我玩悬念，我也是搞过案件的人，我也没见过你老谷有多么高的智商啊，你不说清楚这酒没法喝。

你老柴怎么跟小孩儿似的有那么强的好奇心？老哥，我这样跟你说吧，第一，破案不是我一个人的功劳，就这会儿，市、县两级公安机关几大警种还有几十号人为这案子在忙呢。比如说，你刚才提到的李娅梅发信息那事儿，其实我们也在找她，她失踪了，我们判断她可能会与吴斌联系，于是，公安局就截断了她的手机，然后呢，用她的手机号给吴斌发信息。内容嘛，内容嘛，当然是经过精心设计的，明白了吧？

第二呢，再说第二。老柴有点急不可耐。

第二嘛，就是我本人发挥了一点点作用。说实话吧，吴斌我第一眼就认出来了，但我装作不认识他。为什么呢？我得做到知己知彼呀。我上楼打了一系列的电话后，对他出狱后的情况基本有所了解，于是我想，他出狱一个多月了，一个不是耍赖皮性格的人突然跑到我的面前耍赖皮，这又是为什么呢？是为耍赖皮而耍赖皮，还是这个耍赖皮的背后隐藏着什么别的目的？答案显然是后者。那他想隐藏的是什么呢？这个时候我知道了黑皮被杀并且遭毁尸的信息，因为我了解他们过去的历史，所以产生联想就顺理成章了。

老拐子，在跟柴领导显摆吧？沈炼和吕辉在灯影中朝他们走来，吕辉手中拎着一提一次性餐盒。妈妈的，你们立功，我老人家显摆也不行啊？谷诚骂道。

啊，已经喝上了。沈局还说来慰劳慰劳你老人家呢，吕辉将手中的饭盒放在大理石桌子上，都是你喜欢吃的菜。

李娅梅找到了？

没找到她沈局也不会让炒菜。我说要拎酒，沈局说不用，说你这儿有好酒。

都不是好东西，老子有两瓶好酒都惦记着，坐坐。谷诚不客气地一一打开餐盒往桌上布菜。老曹过不来吧？最好一起来，省得他下次又要敲我，一只羊是放，一群羊也是放。

算了吧，他这会儿正忙，下次他要来南江敲你我来埋单。吕辉说，老领导，在你面前不服不行啊。刚才沈局还说，打从他知道死者是陈继祖后，他注意力就集中在陈继祖高息放贷上了，说如果不是你，这案子就可能要走弯路了。

别信他的，讨好的话又不要钱买。老柴，你知道东门浴池旅社以前叫什么吗？

不知道。

南江洗浴城，去年扫黄停业了，原来的老板借过陈继祖的钱，还不上了，就将洗浴城抵押给陈继祖了。陈继组将他的二奶李娅梅派到这儿接收，改名叫东门浴池旅社。这个李娅梅十几年前在江城九码头那儿做小姐的时候就让吴斌看上了，说白了就是他吴斌碗里的菜。这次吴斌一出来就到处打听这个李娅梅，原因是李娅梅有个14 岁多的儿子，他听人说孩子长得像他吴斌，于是他就到南江来了。还有一点，吴斌出来后陈继祖曾经高规格地接待过他，但到吴斌打听李娅梅的消息时，陈继祖却隐瞒了，这意味着什么？夺妻之恨，还有就是那个所谓的 20 万，我相信当年吴斌确实拿出了那 20 万，但我确实没收到。如今他旧话重提为什么？他想印证一下，当然是在陈继祖死后，顺便也给我们一个姿态：我吴斌敢找谷诚的麻烦，说明我吴斌——对吧，你懂的。

还有一点，陈继祖现在的妻子是当年李震天的姘头。老拐子，我记得李震天上刑场的时候跟你说过一句什么话。是不是跟吴斌有关？沈炼问。

是。这话窝在我心里十几年了。李震天当时的原话是：沈干部，你厉害，可这回你跟我一样，都上吴斌的当了……他话没说完就让武警给推走了，谷诚说，其实后来我们心里也清楚，那个团伙里真正主事的人是吴斌，李震天那几个人只是被他推在前头的。打个不一定恰当的比方，他吴斌有点像梁山上的吴用。可是办案要证据呀，卷宗里的证据只能将李震天那几个人摆前面，可见这个吴斌平时就留了心眼儿。李震天到临死那一刻才明白，所以才跟我说了那么一句话。

看着不怎么样的一个人，够厉害啊，老柴说。

厉害？还有比他厉害的。谷诚冷冷一笑，他吴斌坐了15年的牢出来，发现他当年眼里的小马仔陈继祖不但当上了大老板，还把李震天和他吴斌的女人都收房了，我估计呀，我们当年办案查封李震天的资产时，漏掉了一块，就是当时我们当成受害人的那个女孩，也就是陈继祖现在的老婆张曼。在张曼那儿，陈继祖是财色双收，这还不说，连同他吴斌的女人李娅梅都成了他陈继祖的小老婆，这样一比，他吴斌根本就是个傻子，他心里能舒服得了？哎，李娅梅交代没有？

还没呢，沈炼说，不过已经有所收获。确实是你推测的那样，第一杀人现场在李娅梅的住处，分尸也是，技术的同志还在她家呢，老拐子——

别问了。其实这不难，案子是三天前发生的，在案发的前两天吴斌就住到南江的东门浴池旅社了。这个旅社的注册法人是谁？是李娅梅！这个李娅梅跟了陈继祖15年还不能转正，她心里能舒服？这吴斌一出现，加上那个猜测中的是吴斌的儿子，这样一交集，什么情况不能发生？还有，你们前面发现的抛尸地点，那现场在哪儿？特别是碎尸，那可是个大工程啊，室内环境是不是最理想？这样一理思路不就出来了吗？

所以你就让我们利用李娅梅的手机号设计了那几条发给吴斌的信息？吕辉问。

结果不是已经试出来了吗？谷诚笑道，我估计呀，李娅梅突然失踪有点出乎吴斌的意料，也可能是给吓着了，老曹他们在东门浴池旅社调查的时候不是发现旅社的工作人员并不知道吴斌与李娅梅相识吗？南江的人谁知道他们有15年的关系呀？这说明什么？说明吴斌是暗中来考察的，东门浴池旅社现在的情况基本上就是一个亏，你说吴斌看清楚这一点后会对陈继祖产生一种什么样的情绪？所以两天后——这我就不往下说了，他们审吧。还有，我估计呀，李娅梅突然失踪，吴斌也乱了心智，胡思乱想一阵就跑到我这儿来了，他都敢找我麻烦了，谁还会想到他会杀人？他是这样想的，我不会呀？我是谁？是谷诚，更重要的，还有你们这一帮兄弟，跟我多少年了。我将思路稍稍一说，怎么行动你们都明白——

对不起，我接个电话。沈炼的手机彩铃响了。是我，你说。李娅梅撂了？嗯，嗯，她没想到吴斌会在她家杀人分尸？嗯，嗯，继续审，有情况打我电话。老拐子，李娅梅没动手，你信吗？

我信不信不重要了，关键是证据，谷诚说，行了，酒喝得差不多了，你们那边还在挑灯夜战，忙去吧你们。我跟老柴也要休息了，明早我还要跑步，老柴还要伺候儿媳妇呢。

老柴说：你这家伙又拿我开涮。老谷，行啊你，脑子还那么好用！

一般般吧，谷诚笑道，干了一辈子的经验和思维习惯，不是说扔就能扔下的。

老拐子，那上班的事？——

不就还剩 4 个月吗？干吗老盯着我呀？谷诚有点不耐烦，老柴，沈炼这人不地道，当初他都当副局长了，还非把支队长兼了去，让我改政委……

我不都给你解释过了吗？不是我定的，他们几个认为你在刑侦支队威信太高，怕我这个年轻的副局长不好搞，所以才——沈炼急欲解释。

得得得，现在说这还有什么意思？谷诚打断沈炼，不就还剩 4 个月吗？要不，我每天到吕局那儿打个晃晃？

太好了！吕辉高兴了，我明天一早就让人安排你的办公室。

（原载中国公安文学精选网 2015 年 12 月 18 日）

把命交给你

纪富强

八年前，芙蓉街发生过一场血案。

关老九因琐事纠纷，夜间持斧头闯入邻居马怀然家行凶，砍死了一家三口。

这是芙蓉街有史以来最惨的凶案，也是民警老安一辈子的污点。

八年前，局里照顾患有股骨头坏死的老安，将他从乡下派出所调到芙蓉街当片警。老安很知足。芙蓉街虽处老城区，租赁户鱼龙混杂，摸排耗费精力，但好歹离家近，就诊方便，还和家人多了些团圆时间。

可老安万万没想到，就在他上岗的第二个月，辖区就发生了凶杀案。

当初，老安前任老丁跟他交接时，前后说了一大通，什么孙家的母狗咬人、李家的儿子不孝、吴家的媳妇有精神病、柳家的屋子是危房、万家跟包家合不来、街南面住了不少四川盲人和东北小姐……老安的笔记本都快记满了，但唯独没记得老丁跟他交代过关老九。

那么大的命案，当时震惊了县城。老安也蒙了。他刚来，跟关老九不熟，巧的是案发前两天他还去关家走访过。对于凶案没能预察，毕竟脱不了责任。而且案发后关老九一直在逃，社会舆论极大，上头若再不给个处分，老安自己都觉得没脸。

可真等处分来了，老安又觉得太沉重了。不仅扣票子，竟连党性也予以了质疑。

后来，有同事开导他："想开些吧，别看关老九平时木讷，可毕竟三十多了还打光棍，那晚又喝多了酒，一时冲动，换谁也阻止不了！"

老婆也不止一次劝慰："天底下有些事就该着发生，咱认命吧！"

话是那么说，可老安从那时起就像变了一个人，每天起早贪黑，干活玩儿命，整日拖着病腿斜着身子在街上穿行，像跟谁赌气似的。不过老安的工作很见成效，没多久小小警务室里就挂满了红灿灿的锦旗。

一晃，八个年头儿过去了。

八年间，芙蓉街已从古色古香的矮房陋巷，变成了破败不堪的棚户区。八年间，老安换了三种警服、四届局长、七任上司，自己却始终像枚图钉，在芙蓉街这张油毡毯上，深深地扎根，渐渐地生锈。

没人能理解老安为何不间断地玩儿命，只有老婆知道他心里还憋着一口气。老婆近来有一次问他："芙蓉街都卖给外地人了，马上要整体拆迁，你打算老死在这儿？"老安听了，就一句话："真要走，我的警务室最后搬！"

老安的话就像一阵大风，吹得街头落叶纷飞。门外，北方的冬天来了。

冬天一来，老安就隔三岔五地接到左家的电话。左家就俩人，八十岁的奶奶患有严重哮喘，一到冬天就犯。八岁的孙女会用老年手机，这次是半夜打的电话。

老安匆匆赶到，见老人晕倒在床下的尿壶边，孙女已哭哑了嗓子，急忙用力将老人抱上床，狠掐其人中，将老太太救醒、喂药。

老安离开左家时，天色未亮。因为肚子饿，也想给左家买些吃的，他径直往街心走去。那里亮着盏灯，有家米粉老店，门开得早。

阒寂无人的街上，狗都在寒风里销声匿迹了。老安哈着双手走到店门口时，突然愣住了。店里已经有位顾客，竟像极了一个人：关老九！

关老九抬眼看见老安，也噌的一声站起来，带翻了桌上的碗筷。

老安下意识地低头摸枪，可片警的腰间只有一副手铐，还未等他再抬起头就感觉被人猛地兜头抱住，像被挤在了一堵石墙上。

关老九身高足有一米九，体重三百多斤，浑身蛮力。而老安只有一米七，还拖着条病腿，精瘦羸弱。老安被对方箍在怀里，尽管拼尽了力气却丝毫挣脱不得，眼看就要气绝晕眩。

这时，老安忽觉对方的脑袋重重地压落下来，随后耳朵里传来一句令他这辈子最匪夷所思的话："别动！我把我的命，交给你。"

关老九说完，忽然松开双臂，主动蜷到背后，老老实实地转过身去。

老安哪敢怠慢，赶紧掏出手铐，用力铐牢对方，一双手始终颤个不停。额头上的汗珠滴在门槛上，摔得啪啪直响。

老安只身擒拿灭门凶手，立即在局里引起了轰动，人人赞叹他深藏不露智勇双全。其实，老安比谁都恍惚，凶手是怎么抓到的？自己给关老九搜身时发现他还带着匕首！

审讯是刑警的事了。过了很久，老安才有机会打听到，关老九被捕的那夜是他八年间第一次潜回老家，他娘也是他唯一的亲人哭着告诉他，这些年一直是老安在照顾自己，她已经把老安当成儿子了。

老安还听说，关老九已经在贵州有了老婆和闺女。

听着这些，老安的心起起伏伏，一时很难说清心中憋着的那口气在还是不在了。

（原载《人民公安报》2015 年 1 月 31 日）

警官王快乐

李 迪

王快乐，鸭梨脸，四十有三，江南小城幸福社区片儿警。军旅二十年干到营级，转业一切从头来。没有怨言，生就乐天。正直，善良，古道热肠又智慧幽默，没有清规戒律，不按常规出牌，一切为了百姓安居乐业。

生活就这么些家长里短，全被王快乐赶上了。他着眼小事，鸡毛蒜皮，服务百姓，为民解忧，最终，走进千家万户，成了群众的亲人。

用快乐化解不快乐，让快乐像阳光一样温暖，这就是他小小的中国梦！

因为，我们实在需要快乐。

来点儿快乐吧，五块钱的！

大仙来兮

这天，社区的吴妈在街上捡了一个迷路的老太太。

这老太太拎着行李，在长途汽车站走来走去，不知道该上哪趟车。问她去哪儿，她一张嘴，滴了嘎滴了嘎，完全是机器人，还带金属音儿。吴妈看见觉得可怜，就捡回来送到警务室。

王快乐一看，这哪是机器人啊，一标准中国南方老太太。可就是，不识字，不懂话，让人脑壳昏。怎么办？不能不管啊！

这时，长途汽车站的喇叭响起来，嘀嘀嘀。王快乐心里一亮：这是东站，此地还有个西站，也许老太太要去的是西站。于是，他兴冲冲地带老人来到西站，逢人就让听老太太说话。忽然，有个老倌儿叫起来，说她讲的是台州话，有两个字他听出来了：塘头。再听听吧，又哇哇呜了。好吧，总算听出两个字！王快乐跑去问车站调度，塘头在哪里？胖调度眼一眯，哦，烫头在理发馆。得，王快乐也快成老太太了，忙改普通话，塘头在哪里？调度说，哦，塘头有很多哦，宁海就三个哦。王快乐一听，晕菜！又问，台州有塘头吗？调度说，台州没有塘头哦。你要去哪个塘头哦？王快乐说，我哪个塘头也不去哦。

保安说，台州有很多人在这里开洗车店，去那些地方打听打听？

于是，王快乐又带着老太太转战洗车店，找到了台州人，说她讲的不是台州话。还说，王警官你累不累啊，送救助站得了！王快乐说，她不需要救助，需要回家。

可是，走得皮塌嘴歪，问得稀里糊涂，只能带老太太先回派出所。所里同事都被王快乐叫来练耳，没人及格。怎么办？王快乐忽然想到附近有工地，马上跑去叫来一群民工，宁波的，扬州的，安徽的，请他们挨个儿听，还是大眼瞪小眼。

天黑了，老太太两眼皮打架了。王快乐走投无路了，只好送她去救助站，跟值班的说，拜托，我明天再来。

晚上，王快乐在床上翻烙饼。心想，这要是我妈找不着呢？非急死我！再这样南征北战把老人累垮了怎么办？这时，手机闹铃咋呼起来。得，一夜没合眼！

但是，王快乐突然开了窍。

他风风火火地把老太太接回所里，从江南各地“110”找突破口，一个一个打电话，让老太太跟对方讲话——

滴了嘎滴了嘎，滴了嘎滴了嘎。

打了一个又一个，谁也听不懂。再打！还打！终于，温州“110”听懂了，说老太太不是乐清人就是瑞安人。

王快乐马上打到乐清。不对，又转到瑞安。

瑞安说，她是瑞安人。跟着，对老太太发出金属音儿。

老太太猛地听见金属音儿，浑身哆嗦，大声说，我叫——

遭殃倒霉！

王快乐也叫起来，还有叫这个的？

瑞安那边笑了，她叫周英弟妹。

老太太居然起了个日本名儿，不怪王快乐脑残。

好啦，名字有啦，各种信息跳出来。原来，老太太家住瑞安仙降镇。听听这地名，她就是一大仙！仗着身体好，常飘出来玩儿。这回跟姐妹们去念经，走远了，回来迷了路。儿女们正急得火上房，她又从天而降！

过招疤六

疤六是当地的一个混混儿，常带人来跟社区做生意的人收取保护费，具有黑社会性质。王快乐跟小老板们说，你们不要信邪，我给你们撑腰，他来了就及时告诉我！开超市的朱老板说，有王警官撑腰，我就不给他！朱老板说到做到。可别的老板当面说不给，背后还悄悄送去。王快乐不快乐，说就是你们这些人给他喂大的，我非要抓个现行，治了他！

这天晚上，社区附近突然来了三四辆出租车，停到朱老板的超市门口，每辆车上都下来两三个人，有平头的，有光头的。为首的脸上有疤，正是疤六！来者不善。王快乐飞跑过去，往超市门口一站，横在众人面前，你们要干什么？疤六上来说，你少管闲事，警察怎么着？这是我跟超市的事！王快乐说，有什么事到派出所去说！你今天若非要进去，就从我身上踏过去！

这时，有个光头跟疤六说，算了，六爷，咱们撤吧，别跟警察斗了。疤六说，怎么啦？光头说，跟警察斗就是跟天斗！疤六说，谁跟警察斗啦，警察也要讲理！说完冲王快乐一仰脸，对不？王快乐说，对。你有什么理要讲？疤六说，我丢钱了。王快乐问，丢钱跟超市有什么关系？疤六说，我的钱是在超市保管柜丢的，不信你去看。

王快乐跟着他来到顾客物品保管柜前。疤六说，我的提包就存放在5号保管柜，里头有七千多块钱。我买完东西出来取包儿，一看，柜门儿被撬开了，包儿还在，钱没啦，所以我要跟朱老板讨个说法。

因为超市不大，朱老板没有装电子锁，而是装了最简单的别舌小锁。顾客存了物品，小锁一拧，别舌就横过来挡住门儿。顾客把钥匙带走，买完东西后再自行开取。王快乐蹲下来一看，柜门儿上的锁确实被撬开了。他把朱老板叫来问，疤六来买过东西存过提包吗？朱老板说，疤六刚才是来买过东西，也存了提包，后来他就说柜门儿被撬了，钱丢了，让我赔。我说你丢了钱可以去报案，凭什么叫我赔啊？再说谁知道你丢没丢？他说你等着，就带人过来了。

疤六在这一带混得“老乱”，谁敢偷他的东西？分明是来报复的！王快乐这样想着，又蹲下来仔细察看门锁。这一看，他笑了，说，疤六，你自己来看看。如果是外人硬撬的，别舌应该向里弯。现在，别舌怎么会向外弯呢？方向反了。疤六嘟囔着，这是怎么回事？王快乐说，难道你还不清楚吗？这是你自己用钥匙打开柜门儿后，顺手把别舌弯过来的。你干这个是头一回吧？弯错方向啦。说着，他突然提高了声音，你伪造现场敲诈，是不是？

疤六一看事情败露，刚要翻脸，门外警笛大作。接到协警小吴报警，特警们分分钟赶到，一网打尽！

事后，小吴直伸大拇指。王快乐笑笑，好汉不提当时勇，不过事后我也吓出一身汗，这帮家伙要真动起手来，我就进残联了。

茅屋为秋风所破歌

培雨河绕社区流过，河上的旧桥落后于日新月异的城市发展，市政府决定重建。可是，桥下住着一户人家，影响施工。谁呀？陈友。

说起陈友，也够可怜的。二十多年前因为一起冤案入狱，家散了，房子也没了。平反出来后，住处一直没落实，他就在桥边搭了两间茅屋，靠捞河沙出售为生。现在，要他挪窝，陈友提出，要么给三十万元拆迁补偿金让他去买房，要么给一套现成的房子。拆迁办刁主任鹰眼一瞪，给他三十万大砖头！茅屋是违章建筑，拆无赦！敢死队，给我上！好家伙，要强拆。陈友哪儿吃这套？他把三个煤气罐摆在门口，浇上汽油，手举打火机。来吧，老子反正活够了！敢死队不敢死，跑得比兔子还快。刁主任气急败坏，娘的，花钱有你们，挣钱就不行了！人家说，你不怕死你上啊！刁主任还嘴硬，谁说我不怕死啦？啊？

钉子户很钉子。市政府请公安出面，派出所派到王快乐头上。王快乐跟刁主任说，人家也是人，也要生存。你们实事求是，就给三十万元不行吗？刁主任说，钱不是问题，问题是没钱。违章建筑不存在拆迁补偿，市政府罗主任没给这笔钱。王快乐风风火火来到罗主任办公室，一进屋就把一卷儿铺盖放地上。罗主任一头雾水，这是干什么？王快乐说，后边还有呢，桌椅板凳床。刁主任说你没给他钱，陈友拆了茅屋没地儿住，只能先在你这儿凑合了。卫生间在哪儿？他一家子得拉屎撒尿啊！罗主任急了，你这不是要我命吗？马上把刁主任找来。两人商量的结果是，明补每平方米给四千，暗补施工时进他的沙子。

陈友听了，心想建桥需要大量沙子，算下来比明补的钱多，就答应以进沙为条件拆茅屋。王快乐很高兴，马上去为他联系周转用房。不料，施工方提出，建桥百年大计，陈友的沙子不理想，只能用于桥两侧护路。陈友一听，那才用多少？马上翻脸，说没有三十万别开工。刁主任忽然哈哈大笑，说，你敬酒不吃吃罚酒，我昨天叫人重新测量了，建桥用不着拆你的茅屋，擦着边儿就能建。陈友一听新房无望，气急败坏，说只要开工有噪音，我就点火炸煤气罐！

开工哪能没噪音呢？王快乐劝他，咱们干吗总往绝路上走呢，你再等等。说完，他就申请见主管城建的黄副市长，说有人破坏新桥。黄副市长一听，不敢耽搁。于是，王快乐扛着一大卷儿图纸进来。这是他跟罗主任要的新桥效果图，他给彩喷放大了，往桌上一摊。黄副市长问，真的有人想搞破坏吗？王快乐说，您看，已经破坏了。黄副市长一看，皱紧眉头，只见新桥下有两间茅屋，歪歪扭扭，摇摇欲坠。

这正是陈友的家。王快乐照了相，也放大彩喷出来，粘贴在桥下，大煞风景。他说，黄副市长，新桥通车当天，市长书记前来剪彩，忽然看到这“茅屋为秋风所破歌”，他们会怎样？黄副市长说，那我不是找挨骂嘛！

于是，遗留二十年的问题彻底解决，陈友搬进了新居。桥呢，也顺利施工。

空心汤圆

张车是外来户。你看他这名字起的！自从来到社区，就跟车打交道，开一辆破车为纺织户送货，没日没夜地挣辛苦钱。他管纺织户叫老板，一来二去熟了，工钱就不一趟一结了，有十天半个月的，也有更长的。偏偏就在这上面出了病。

一天，他跟一户女老板结账，女老板不认账。张车憋了一肚子气，忽然看见女老板的丈夫骑着摩托车过来，飞身上去就把车抢了。女老板的丈夫还以为碰上劫匪，直喊饶命。张车说，要你命干吗？你老婆不给我工钱，我就扣你车！

女老板忙报警，王快乐一听，大白天的，抢劫啊！飞速赶到现场。一了解，原来如此。要是处理起来，往大说，张车能吃官司；往小说，能握手言和。于是，王快乐通知社区干部，叫张车过来调解。

费尽千言万语，调解成功，各得其所。

可是，王快乐还没快乐够，就有人跑来告诉他，说张车到处讲，说王警官伸手要钱。王快乐一听，头都大了，这是从哪儿说起呢？第二天，他去菜市场巡查，一位老奶奶远远招手，说快乐啊，你吃空心汤圆啦！

当地话，吃空心汤圆就是吃冤枉。看着你吃了汤圆，其实里头没馅儿。王快乐听出来了，老人在为他打抱不平。他笑笑说，大妈，谢谢您，沙沉水自清。

王快乐到底是王快乐，他没有去找张车，仍旧快快乐乐。过了几天，张车却来找他了。王快乐问，有什么事需要我帮助？张车的脸一下子就红了，半天才说，又有人欠我钱了。王快乐问，是谁？为什么？张车说，是黄老板，他说少了一箱货。王快乐说，好，我们走。

调解再次成功，双方满意。

回来的路上，张车说，王警官，你真好！

王快乐笑了，那你为什么还请我吃空心汤圆？

张车使劲儿拍拍脑壳。

原来，为了扣摩托的事，社区干部通知他来见王快乐。他怕吃官司，就掏出三百元给那干部，让他送给王快乐。后来，调解成功，干部让他摆席感谢。他说好好。干部又说，算了，吃吃喝喝让人家讲闲话，席别摆了，你再拿两百给王警官吧。得，张车又掏了两百。讨回的钱总共六百元，连掏五百，还剩一百。张车很憋屈，就哇哇出去了。王快乐听他这样一讲，笑了，说你也吃了空心汤圆啊！

接下来，王快乐马上找到那个干部。那个干部一见王快乐就结巴了。王快乐说你打算怎么办？他说，我知罪，给你道歉，给他道歉，现在就把钱还给他。王快乐笑了，知错就好，可还钱也许没那么简单。

果然，当还钱者找上门去，张车正写状子呢，要把他告到镇里，告到市里，让他身败名裂！还钱者急忙打电话给王快乐……

老贡收破烂

老贡是收破烂的。像他这样收破烂的很多，进出社区没人管，不仅有销赃隐患，安全也成问题。有时收破烂的还为抢生意发生冲突。

王快乐决心整治。首先，堵住销赃源头。他去老贡的库房检查时，老贡回老家了，他老婆在。库房是居委会租给老贡的，很大。王快乐发现里面有一卷儿铜丝，还有一些铜块儿。他问，这是什么？老贡的老婆装傻，说不知道。王快乐笑了，你不知道我告诉你，这叫工业用铜，不属于废品回收的范围，我要依法没收。老贡回来后，你告诉他，让他去派出所接受罚款处理。

第二天上午，王快乐穿着便服正在居委会办事，老贡进来了，两人没见过面。居委会张主任迎上去，老贡，从老家回来啦？老贡没吭声。老贡租居委会的库房已经有年头儿了，这笔租金是居委会不小的收入，所以张主任对他很客气。她看老贡黑着脸，又问，怎么啦？老贡说，库房我不租了！张主任愣了，怎么不租了？老贡说，现在生意太难做了，也赚不到钱。警务室新来一个“跨子”，好凶！没收我的东西，还叫我去交罚款。我没法儿干了！“跨子”是当地对人的蔑称。张主任听了很尴尬，忙指着王快乐说，这就是王警官。老贡吓了一跳。王快乐笑了笑，你好好看看，我这个“跨子”到底有多凶？老贡的脸一下子紫了，啪地打了自己一个嘴巴，王警官，我有眼不识泰山，您大人不记小人过！说着，还要打，被王快乐拦住。

王快乐说，咱们一回生二回熟。你收废品不能超范围，要是收了偷来的东西就是销赃。那卷儿铜丝可能就是偷的。我们防盗要两边抓，一抓防，二抓销。对不？老贡说，对是对，可不收这些东西不挣钱，我不想干了。王快乐问，当真？老贡答，当真。王快乐说，那好，明天就解除合同，腾清库房！

老贡悻悻而去。张主任皱紧眉头。

天没黑，老贡又跑来找王快乐，说我不想走了。王快乐笑了，不走好，但往后要遵纪守法。老贡说，必须的！过了一会儿，又小声问，我听那些收破烂的说，社区要指定一家承包，别人不许随便进来收，是吗？王快乐说，没错。这样方便管理，社区也安全。我原计划明天召集收废品的人开个会，以招标方式竞争，谁家给库房租金高，谁家就承包收废品。老贡叫起来，乖乖，社区这么大，要发财呀！王快乐说，所以你不想走了？不过，别人给的也许比你现在的高啊！老贡说，他高我也高！同等条件下，我作为库房老承租人有优先权。王快乐说，你什么都明白。

结果，库房租金不但没少，反而多了。张主任笑开了花。

老贡规范了，社区安全了。年底，他发财了，非要请王快乐吃饭。王快乐问，你打算花多少钱？老贡说，怎么也得花个五六百。王快乐说，好，这饭就当我吃过了，明年承包费怎么也要提高个五六百。

吴彩花算命

刚吃了午饭，电话就响了。吴彩花大妈报警。什么事？一说，吓了王快乐一跳，王警官，你快来吧，我马上就死啦，马上！

啊？这还了得！王快乐恨不得变鸟儿飞过去。吴大妈是独居老人，今年六十有八，是王快乐重点关注对象中的重点，可不能有半点儿闪失。赶到大妈家一看，嗨，大夏天的，到处关得严丝合缝儿，连窗户都用床单堵死了，屋里半点儿风都没有。吴大妈躲在衣柜里，捂得满头冒虚汗。王快乐问，您这是干吗呀？吴大妈说，邻居放毒，熏得我喘不上气儿，活不了啦！王快乐一闻，哪儿有毒啊，纯粹是关门闭户憋的。他把床单取下来，把窗户打开，屋里进了风，吴大妈像放回水里的鱼，不一会儿就摇头晃脑了。王快乐问，谁说邻居放毒啊？吴大妈说，算命先生。王快乐说，您别听他的，快别算命啦！吴大妈应得脆生生，哎！

过了两天，她又报警，说我马上就饿死啦！王快乐抓起两个馒头跑过去，一看，灶上放着锅，锅里还有饭。吴大妈说，算命先生说我今天点不着火，死期就到了。我想热饭吃，就是点不着火。你看，算得多准！王快乐笑了，您再点个我看看。吴大妈又点，真的点不着。嗨，她用的是老式燃气灶，得拿火柴点，让算命的一吓，手哆嗦得不听使唤，难怪点不着。王快乐说，算命的问您用什么灶了吗？吴大妈说，问啦，我说是老式的。王快乐说，您别听他忽悠，我给您换个自动点火的再试试。结果，换了一试，啪啪啪，怎么打怎么着。王快乐说，您别再去算命啦！吴大妈应得脆生生，哎！

又过两天，她来找王快乐，说这回真算准了！我为什么穷？就是名字没起好。彩，就是财，财就是钱。吴彩花，就是无钱花。算命先生给我重起了，叫吴鹊彩，就是不缺钱。你给我批个字，我好去办。王快乐禁不住磨，只好批了字。理由写上：因为重名太多，户主要求更名。得，大妈，我服您啦，您可别再算命啦！哎！

再过两天，吴大妈又来了，说她买菜丢了钱，算命的说命里缺木，名字还得改，就叫吴帐丹！帐有巾，巾为棉，棉有木。吴帐丹，就是没账单，不差钱。王快乐一听，这都什么乱七八糟的，大妈，您别听他油嘴滑舌骗您钱啦，再说名字也不能老改啊！吴大妈死缠烂打，王快乐只好又提起笔。吴大妈拿着批条来到服务窗口，接待员接过来就笑了。吴大妈也笑了，这回改得好吧？接待员说，大妈，我给您念念啊，这上面写的是：大妈又被骗子忽悠了，让她回来找我。

吴大妈很生气，噔噔噔，跑回警务室。一看，王快乐没在，协警小吴正摆弄录像呢。吴大妈一看就傻眼了，录像里放的就是那个算命先生，正低头顺脑地跟警察说，我，我假装算命先生，专骗老年人的钱……

两头儿抹平

泥瓦匠好手艺。墙面本来不平，抹子来回一抹，得，平了。美！王快乐在社区当民警，也是泥瓦匠。老话儿说，自己的牙还咬舌头呢，邻里磕碰更难免。咋办？两头儿抹平。

这天，两个六十多岁的老邻居打架，一个姓张，一个姓黄。张大爷的儿子来看他，小车停在楼门口。黄大爷回家，见车挡路就骂了一句，哪个小娘生的？当地话，小娘就是小老婆。张大爷冲出来就吵。吵着吵着就动起了手。王快乐闻讯赶到，黄老爷子眼上已吃了一老拳，肿成大窝头。眉骨骨折，住院了。得，不用鉴定，最少也是轻伤。要闹起来，折腾到法院也说不定。他儿子是律师耶！

王快乐心想，这两个老头儿，一无冤二无仇，纯属瞎较劲儿，有抹平的可能。他赶到医院，一是看望，二是探探黄老爷子的口气。见了面，问了安，现编了几句谎话，唉，张大爷打了您，后悔一晚上，肠子都悔青了。他说对不起您，想来医院看您。

黄大爷两眼瞪成牛蛋。他来？我把他踢出去！

好么，老愤青啊，把张大爷当球儿了。虽然叫得山响，可叫完了眼角又闪过一丝难以捕捉的笑。王快乐多贼啊，捉到啦！

他马上找到张大爷。张大爷很紧张，不知道对方伤得如何。王快乐说，您愿不愿听我的？张大爷说，叫我怎么搞？王快乐说，您打了人，应不应该去医院看看，赔个不是？张大爷说，应该，可我不去！该赔多少赔多少。王快乐问为什么？他说，万一他儿子在，还不把我打死？王快乐笑了，我陪您去。有我在，谁动手我就跟谁不客气。您要不去，黄大爷肯定来气，过几天谈赔偿，您不占理，他可能就开高价。张大爷听出是为他好，就答应了，说我去买点儿水果，看病人没空手的。王快乐说，这就对了。到了医院，我先进去，您听见我咳嗽再进来。张大爷说，你先咳嗽一声我听听，别错了。王快乐就咳嗽了一声。张大爷说，像猫叫。

结果，用不着张艺谋，医院一场戏，俩老头儿演得很本色。接下来，赔偿也迎刃而解。住院看病，大夫太黑，明明伤了眼睛，连屁股都查了，花了一万七。张大爷一次付清。黄大爷说，你拿钱，我也肝儿疼。可这钱让谁吃了？医院！张大爷苦着脸笑笑，得，让您受罪了。黄大爷说，谁叫我吃饱了撑的！

老哥儿俩好了，可黄大爷的律师儿子不干了，说还有误工费呢！黄大爷抽他一嘴巴，我早退休了，哪儿来的误工费？儿子说，不是您的，是我的。我请假照顾您，误了多少工呀？再说，营养费、精神损失费也得给点儿吧？黄大爷又抬起巴掌，滚一边儿去，又不是打官司告状，用不着你跟这儿算！张大爷还要再拿两千元，黄大爷死活不接。两人推来搡去，王快乐说，这是张大爷的一片心意，黄大爷，您就收下吧。黄大爷说，得，我听王警官的。最后，只收了五百元。张大爷唉唉的，感动得直喘。

小可爱

周末，又到王快乐为民服务日了。他刚在社区门口扯起横幅摆上摊儿，忽听有人喊，打架啦！打架啦！他丢下摊儿忙跑过去，直跑得呼哧带喘一身汗。

谁跟谁呀？楼上楼下俩邻居！

一边儿是年轻女人，细皮嫩肉，另一边儿是驼背老头儿，七老八十。

你抓我挠，你踢我咬。

王快乐上前一步，把他们拉开。干吗？你们这是干吗？

女人说，你问他！老人说，你问狗！王快乐笑了，谁是狗？

汪汪汪！一只小京巴冲王快乐叫起来。

嗨，祸起小京巴。为了这摇头摆尾的小东东，邻居双方纠结已久。楼下的女人呢，对自己的狗狗喜欢得不得了，一天到晚抱在怀里，儿子，儿子，脸对脸亲个没够。楼上的老头儿呢，有一个小孙子，也宝贝得不得了，孙子，孙子，含在嘴里怕化了，顶在头上怕摔着。去年，小孙子上一年级，回家时逗狗，被咬了一口。女人连连道歉，打针费、营养费，样样都出。可是，老头儿不要钱，他心疼孙子。此后，每天上学下学，他都要陪护孙子，生怕再来一口。这天出门，他刚好看见小京巴，就骂了一句，你怎么到现在还不死啊！女人听到很生气，后果很严重，就算我们咬了你，我赔了钱啦，两千元呢，你有完没完？老头儿说，你那破钱算什么？我孙子被你这疯狗咬了说不定也会疯！我今天非要把这狗弄死不可！说着，就要抄家伙。女人花容失色，直接上了肢体。结果，相骂无好言，相打无好拳。她把老头儿耳朵咬破了，老头儿把她鼻子打出血了。幸亏王快乐及时赶到，两人才放过对方脸上的其他部位。

王快乐拉过架后，又楼上楼下跑了七八趟，做双方调解工作。

大道理，小道理，掰开了，揉碎了，嘴都说肿了，谁也不让步。主要矛盾就是狗。

老头儿说除非她把狗弄掉。女人说没有法律不许我养狗。

王快乐抓耳挠腮，不知如何是好。主攻不下，只能迂回。这时，有人悄悄告诉他，说这女的有个男朋友，两人马上要结婚了。王快乐喜出望外，老天爷你真是可怜我这鸭梨脸！他提上水果，笑眯眯登门拜访准新郎。王快乐离开后，准新郎买了时装笑眯眯来找准新娘，先把小可爱送到我家养吧，反正你也快搬过来了。

得，铃铛解下，死结松开，一老一小握手言和。因为都受了伤，又争着赔偿对方。老头儿说，我要多赔你，你鼻子受了伤，你狗狗要走了。女人说，不不不，您的耳朵……

看到这个场面，王快乐也感动了。

楼道平静了，小区和顺了。老百姓说，这样难的事，王警官都办好了，赞一个！

不要鬼喊了

跟我学啊，来，张大嘴，啊——

在医生的启蒙下，王快乐大嘴张成河马。医生瞪眼往里一看，哎哟喂，都长息肉了，怪不得公鸭嗓儿。这都是老师爱得的病，你怎么搞的？

王快乐笑而不答，沉默是金。

幸福社区城乡接合部，自行车、电瓶车常常被偷，防不胜防。为了提醒居民，每天天一黑，王快乐就一手端着大茶缸，一手举着大喇叭，在社区里挨门吆喝——

各位居民请注意，民警提醒大家，关好门窗，车辆上锁，注意防盗！

居民们听到喊声，纷纷行动。哗哗哗，关紧窗户；咔咔咔，锁好大门。从楼上跑到楼下，再次检查车锁了没有。没锁的，锁起来。还有的，“母猪上树”，干脆把自行车扛上楼，绑在楼梯扶手上。电瓶车扛不动，就费点儿事，推到存车棚去，那里有人看管。

你想想，天天这样喊，能不公鸭嗓儿吗？当然了，嗓子喊得冒烟，可以喝口水。但解得了近渴，治不了沙哑。

这天晚上，王快乐手拿“二大”，正喊得脖筋扯，楼上忽然有人推开窗子探出头，叫了一声，不要鬼喊了，听得人心里慌慌的，快上来喝杯茶吧。

王快乐抬头一看，是鬼点子老罗。

来到老罗家，老罗说，你天天喊是一招，这叫防。要我说，还要再来一招，抓！我想了个点子，不知行不行，我跟你说说啊……

这天晚上，按老罗的点子行动起来。王快乐带着几名保安，把一辆新电瓶车放进死胡同，把口子扎住，也就是埋伏在胡同四周，不说话不抽烟。可是，近了怕露马脚，远了又看不见，怎么办？老罗鬼点子多，弄了两根长头发丝，接起来，一头连着车把，另一头绕在啤酒瓶子上，然后把瓶子立于窗台。小偷一动车，瓶子就立不稳了。瓶摔为号，伏兵即冲。

好了，机关安好，人员藏好，心情很好。月黑风高，等啊等，等啊等。小偷真是考验人啊，左等不来，右等不来，饥寒交迫，人困马乏，退意正生，突然，啪啦啦，瓶子摔了！王快乐公鸭嗓儿一颤，上！四下里冲进胡同，脑壳撞脑壳，脚打屁股蛋儿。后进去的抢前一步，抓出一个，看你往哪儿跑！被抓的哀嚎一声，啊唷，轻点儿扭，轻点儿扭，自己人！一看，八路军抓了游击队。再一看，电瓶车平安无事。正莫名惊诧，喵，一只肥猫蹿过王快乐的头顶，一泡尿灌了他一脖子。嗨呀，味道好极了！

猫闯禁区难灭斗志，四面埋伏继续上演。好饭不怕晚，抓贼急不得。终于有一天，头发丝立功，刚刚得手的偷车贼被抓了个正着。

社区居民“喜大普奔”，形同过节。可是，扭送上去，又被退了回来，说是“犯罪未遂”。老罗吼起来，人赃俱获，锁都撬翻了，咋还叫未遂？回答说，车没移走二十米，就叫未遂。

王快乐的公鸭嗓儿一下子豁亮了，移走二十米？早跑毬了！

犯罪已遂

几天前，王快乐带领保安抓住一个偷电瓶车的贼，想不到被退回来了，说车没移走二十米，属“犯罪未遂”。好吧，那就再抓“犯罪已遂”，打掉偷车贼的嚣张气焰，还社区以平安。

这天晚上，一切布置到位：把一辆新车卸下电池停在常丢车的地方；楼上架起摄像机取证；跟居民借了一辆面包车停在附近。车窗玻璃贴了茶色膜，从里看外一清二楚，从外看里暗无天日。王快乐带着一名保安蹲守在车中，其他保安四下埋伏。得，万事俱备，只欠贼来。

夜里1点多钟，路上突然开来一辆出租车，在离“鱼食”十多米远处停下，从车里下来一个人。眼前那么多车横七竖八的，他一下子就盯住了那辆新车。一招手，车里又下来一个。两人嘀咕几句，直奔新车而去。这时候，出租车继续向前开走了。两个贼快步来到新车前，一个对付前锁，一个对付后锁，眨眼工夫，前后锁就被秒杀了。王快乐“大惊然崩”！这话怎么解释？原来，他以为贼要撬锁，想不到人家根本没撬，不知用的什么东东，三下五除二！王快乐大吃一惊然后崩溃，心说这些蟊贼功夫了得，前后两把锁，用钥匙开都要拧好几圈儿，到他们手里怎么就成神话了？嗯，逮住后不能马上送走，得先跟他们学两招儿，艺多不压身啊。

两个贼得手后，推起车就走。没电池，只能推。王快乐用对讲机指挥各路人马，听我号令，等他们推够数了再动手！

够什么数啊？二十米呗！你说这警察有多难，抓贼还要数学好。

两个贼没走几步，忽然停下了！一个贼扶着车，另一个贼扭过头，直冲面包车走来。一摇一晃，凶神恶煞。啊，发现我们了！怎么办？冲出去，前功尽弃；坐车里，也不对头。迟疑间，贼越走越近，一步，两步，三步，都能看到他脸上的横肉了。保安上牙磕下牙，王快乐也听见了自己的心跳声。千钧一发之时，他茅塞顿开：我俩穿着便装，老百姓一个，躺在私家车里碍他什么事？以静制动，看他如何！王快乐摸到一把安全锤，扭脸对保安说，先别动，假装睡觉！两人刚闭上眼，贼就站到了车前。只见他，目露凶光，手往腰里一掏……

最后关头到了。王快乐举起安全锤，有种的，来吧！

哎呀，没想到，这家伙，哗哗哗，撒了一泡尿。

王快乐怒笑皆非，好个贼猴儿，今天让你尝尝如来佛的厉害！他眼见贼把车推出二十米开外，大喊一声，上！不容对方看清，王快乐冲下车来，飞起一脚，踹倒电瓶车，两个贼同时被撞翻。保安四下扑来，黑云压城。就在这时，猛听呜的一声，出租车直冲过来。王快乐惊叫一嗓，当心！好家伙，保安抽身躲闪，车门在行进中突然打开，里面伸出手来把两个贼拽进车里。呜呜呜！眨眼工夫就没影了。

犯罪已遂！想跑？王快乐立刻呼叫“110”，报上车型车号……

施耐庵来也

天凉好个秋。这天早上，王快乐刚走出警务室，准备去社区转转，一个小伙子迎上来，二话不说就跪下了。王快乐赶紧扶起，你叫什么？有话你说！

小伙子说，我叫施耐庵……

王快乐一愣，施耐庵？耳熟啊！

小伙子说，重名重姓。《水浒》不是我写的……

王快乐说，那当然，那当然。你有什么需要我帮忙的？

施耐庵说，我过不下去了！

王快乐一听事儿不小，别急，慢慢说，没有过不去的火焰山。

原来，施耐庵的哥哥患了精神病，不犯还好，犯起来就操刀弄棒，刚说自己是林冲，一会儿又变鲁智深了。不仅嘴上说，举起菜刀来真砍。昨天三打祝家庄把老妈砍伤了，今天又要武大郎血溅狮子楼。施耐庵说老妈住院需要他照顾，老爸在家万一管不住，哥哥跑出去要闯大祸。这日子没法儿过了！说着就哭起来，王警官，你能不能把我哥送医院啊，求求你了！我身上只有一千元……

王快乐说，你快把钱收起来，我这就去联系医院。

可是，当他来到精神病医院，才知道这个火焰山不好过。院长一脸旧社会，你去看看，哪儿还有床位？再说，钱从哪儿来？压力山大啊，我都快成精神病了。那天举起自己的手就当猪蹄儿啃，要不是被护士拦住，我早入残联了。王警官，这样吧，你先在我这个位子上坐几天，我找个地方去吃镇定药，行不？

王快乐说，您饶了我吧！

院长说，要不，你去救助站试试？那儿有人管，还白吃白住。犯了病拉过来打几针，好了再送回去。

王快乐喜出望外，哎，这倒是个办法。

他兴冲冲赶到救助站，办事员瞪起眼，白吃白住？谁说的？真有这么美，您先救助救助我吧！这儿是中转站，找到家就送回去。您说的这位本来就有家，不能收！

办事员说什么，王快乐根本没听见，倒是墙上挂的站领导公示栏吸引了他。主任范长山？这不是老范吗？当兵就在一个班，后来，他当了营教导员，我当了副营长……

王快乐问，你们范主任在吗？

牛蛋眼说，不在，找谁都没用！

话音刚落，门口就有人说，你怎么知道找我没用？

来人正是范长山。王快乐，你鼻子可真尖，我调来不到十天，你就闻着味儿啦？

王快乐扑上去搂住他，到底是老战友，一点儿都没忘。

范长山说，你一口气吃九十个饺子，放一千个屁，谁忘得了？说吧，什么事？

王快乐竹筒倒豆子。范长山皱起眉头，像这样有名有姓又有家的，按理说救助站不能收。

王快乐眼睛一亮，你忘了灵活机动的战略战术啦？要是他没名没姓又没家，不就符合条件了吗？

范长山说，老天爷，你让我犯一回错儿吧。

王快乐装成老天爷，熊孩子，只给你这一次机会喔。

就这样，施耐庵的哥哥成了三无人员，编了一个号：286，住进救助站。通过救助站送医院治疗，病情一天天好转。医生说，他有救，好了就能回家。施耐庵听了，抱住王快乐就哭。

王快乐说，你别哭了。

施耐庵说，水浒没泪，就成水许了！

系铃解铃

居委会有一大一小两间屋子，原来租给外地人鲁飞两口子卖水果，合同到期后，决定转租给本社区居民张姐开食品店。鲁飞两口子还没找到地方搬，暂时住在小屋里。

这天下午，张姐装修大屋遇到了麻烦，水龙头在小屋里，两口子死活不让接水。甭问，这是对居委会不续租有气。给张姐帮工的小段猛地拽开门，一拳把鲁飞打了个口鼻淌血。鲁飞捂着鼻子报警，张姐一推小段，你快走，警察来了我支着。

王快乐接警赶到，一看鲁飞满脸是血，说先去医院吧。遂带双方来到医院。还好，只是皮肉伤，缝针抹药完事儿。回来的路上，王快乐说，一个不让接水，一个动手打人，都不占理。你们想怎么解决啊？

两口子叫起来，赔钱，不给五万元她别想开张！

张姐一听就火了，我给你五万大嘴巴！

双方大吵大闹，不依不饶，王快乐怎么劝也没用。眼看路过派出所了，他说，这样吧，都跟我进派出所去，这儿解决不了，还有分局呢。说着，把三个人领进派出所，找了间空屋子，说你们在这儿等着啊，我去叫所长。说完，把门带上，走了。

这一走，天黑都没回来。问谁，谁都说不管这事儿。

三个人窝在黑屋里，大眼瞪小眼，谁也不理谁。后来，看派出所人来人往的，没一个人理这事儿，就开始发慌了。你看我一眼，我看你一眼，都想说话，可谁也不愿先开口。

不一会儿，进来一名警察，你们商量好没有？啊？还没有！我可告诉你们啊，这儿不能过夜，我待会儿叫警车把你们都拉分局去。到了分局，顺便把你们以前干过的坏事都抖搂抖搂。

说完，砰地关上门，冲门外大声喊，拿手铐来，准备往分局送人！

鲁飞一听，害怕了，张姐，要不咱们别去分局了。

张姐呢，当然也不愿意去。嘴上却说，去就去呗，反正我也没干过什么坏事。

鲁飞媳妇说，姐，俺们错了。俺们不要赔了，中不？

张姐问，真的？

鲁飞说，真的，俺们不要赔了。

张姐说，王警官说得对，你们不让接水不对，我们打人也不对。这样吧，姐拿三百元给你们。

两口子争着说，谢谢姐，谢谢姐，回去就接上水吧。

三个人商量好了，一起往外走。刚到传达室，就被守门的警察拦住。嘿，你们这是干吗？往哪儿走？

两口子赶紧说，俺们和好了，没事了，没事了。

话音刚落，王快乐就从传达室里屋走出来。怎么啦？所长开会还没回来呢，你们不等了？

这鬼东西！张姐瞪了他一眼，王快乐假装没看见。你们和好了？

两口子抢着说，和好了，和好了。

张姐说，我拿三百元给他们。

王快乐笑了，哎哟喂，真不少！赶明儿你也叫人打我一顿吧，给两百元就行。说完，拿出调解书，让双方签了字。

事后，小段问张姐怎么解决的。张姐说，一分钱没花。王警官还说赶明儿让你也打他一顿呢。

小段一缩脖儿，我的那个妈耶，吓死谁！

死活不开门

请看，五四三。这是“神马”？王快乐的家访密码。

五时机——乔迁时，上门问有没有需要帮助的；电话求助时，上门解决；办户口证件时，上门服务；发生纠纷时，上门劝解；案件多发时，上门提醒支招儿。

四注意——注意礼貌；说话带笑；尊重习俗；因人而异。如家中只有妇女，要带女同胞去。

三必到——报警必到；有难必到；求“捧场”必到。

你就说吧，为了搞好家访，鸭梨脸掉了多少头发！

可是，密码再绝，人家死活不开门，还有招儿吗？

谁呀？外来户胡二一。瞧这名儿起的，五四三二一！

胡二一租住在9栋6楼，夫妻俩带个孩子，以卖菜为生。孩子上小学了。王快乐要登记暂住人口，办暂住证。胡二一死活不开门。白天家里没人，上学的走了，卖菜的推个车没准地方；晚上看到灯亮了，赶紧上去敲门。明明在家，装听不见。一趟，两趟，每次敲门，左右邻居甚至楼下的都来了，王警官，求您别敲了，敲得我们心慌心跳的。他们家不会开门的。他不配合，您配合配合！

王快乐抓抓脑壳，只好作罢。

这天早上，胡二一打“110”报警，说门打不开了，孩子上学出不去。指挥中心把报警转给王快乐。报警必到，这是“三必到”之首啊！他急忙跑到楼上一看，胡二一租的房子安的是栅栏式老防盗门，往里开的木门上有个拉手，只见拉手上缠着一根铁丝，拽出头儿来又缠在防盗门的栅栏上，这样一来，木门从里头就打不开了。胡二一急得没招儿，就打电话报了警。王快乐赶到，把铁丝扭下来。用不着敲，门就开了。胡二一让孩子先走，回头一看，就冲王快乐叫起来，好啊，这是你搞的鬼！王快乐笑了，什么叫狗咬吕洞宾？你报警，我跑来帮你开门，难道还错了吗？为了登记暂住人口，我到你家来过多少趟？我依法办事，你也要依法居住。登记是对你的管理，更是对你的爱护，你有很多权益可以得到保护。你为什么死活不开门呢？胡二一说，我不开门你也不能这样搞鬼！王快乐说，你怎么认定是我搞的鬼呢？我敲你门，把街坊四邻都惊动了，大家都反感你不配合，谁都可能用自己的方式表示对你的不满。胡二一说，照你这样说，全楼十几户人家都有搞鬼嫌疑了？王快乐笑了，咱俩争到天黑能当饭吃吗？还是干点儿实事，你先登记了，赶紧去卖菜吧。胡二一眨眨眼，听说登记了每月要收二百元暂住费？王快乐说，我还听说你卖的土豆是树上结的呢。

过了几天，胡二一自己出去卖菜，不小心摔一跤，一下摔迷糊了。警察问他住哪儿，他说他叫胡二一。因为暂住登记有底儿可查，很快通知了王快乐，及时送进医院得到救治。出院后，他拉着王快乐的手说，多亏你捆了我的门啊！王快乐说，你怎么还迷糊着哪！

群情激奋

王快乐在农贸市场抓了个小偷，刚处理完，就有人打电话，说社区门口有人吵架。王快乐抹了把汗就走。

吵架的是租住在社区的河南民工金宝。跟谁呀？交警。

金宝的女儿放学回来，在门口被一辆大奔撞了。开车的一脚油门儿跑了。金宝闻讯赶来，冲天骂娘。保安急忙报警。不一会儿，交警来了，调出监控一看，车不是社区的。交警做了记录，看孩子伤得也不重，说先送孩子上医院吧。说完，就要走。金宝很生气，拦住不让走，说他偏向有钱人，不把外地民工当回事儿。交警说，你不让我走，我怎么找肇事车啊？金宝不干，非要交警带孩子上医院。这时，民工兄弟都围上来。有人乱喊，警察撞人要跑！交警火了，说你疯了？这下不得了，喊的人就叫，疯子打人不偿命，老子打死你！一时间，群情激奋，把仇富的火烧向交警。

王快乐离老远就喊，别动手，别动手！

来到人群中，问明情况，王快乐说，你们先让交警走吧。

民工们乱吼，不中！不中！

王快乐也提高了嗓门，有什么事，冲我来！不让人家走，人家怎么办案？再说，孩子马上去医院才是大事。

民工们又乱叫，对对对！

金宝说，俺没钱。

王快乐把兜里的钱都掏出来，拿去。

想不到，这一举动，让危情发生逆转。

金宝说，这不中，俺咋能要你的钱。

王快乐说，我的钱也是钱，看病要紧。快拿着！

金宝说，不中，不中！又不是你撞的，跟你不搭界。那天下大雨，俺正干活儿，想起衣服、被子还晒在院子里，玩儿命往回跑。到家一看，咋着？早被你收进警务室了。俺走了那么多地方，住过那么多工棚，还从来没有警察为俺收过衣服、被子。俺谢都谢不过来哩，哪还能要你的钱。

又一个民工说，就是，王警官对俺太好了！那天俺钱包丢了，有身份证、银行卡，还有一千多元。俺跟王警官说了说，也没抱啥希望。想不到他把俺的事儿当回事儿，真的找到了！俺买了烟谢他，他死活不收，非让俺退掉。俺说人家不给退你就收下吧。他就拖着俺到烟店，跟老板娘一说，老板娘破例给退了。俺当时眼泪都下来了。王警官，有俺哥儿几个，孩子的事不用你操心。

说着，几个河南老乡就带孩子去医院了。

王快乐的心像烤火盆。他对金宝说，监控照下了车牌，我一定要找到肇事的家伙！

可是想不到，肇事的是套牌车。王快乐跑断了腿，也没找到“真凶”，只好羞答答地跟金宝道歉。

金宝说，道啥歉，俺有个事儿还想托你哩！俺孩子有一份保险，交警要是能给开个事故证明，俺就能得到保险公司赔偿。俺跟人家吵了架，不好意思去……

王快乐又笑了，行，这个我能做到！

他马上跑到交警队开了证明。

金宝开心地说，王警官，你看得起俺，俺要跟你交个长朋友！

有女万事足

天刚亮，警务室的门就被敲响了。值夜班的王快乐爬起来一看，是居民老潘。王警官，你能帮我忙吗？

王快乐说，好啊，什么事？

老潘结巴起来，杨，杨……要生了！

羊要生了？要找兽医？

不，不是羊，是人！

噢，你老婆要生了？

不，是杨……

到底是人还是羊？你别说了，快带我去！

原来，租住在潘家的一个女孩儿要生了。女孩儿姓杨，没结婚就怀上了孩子。男友因为偷东西被抓了，她不敢跟家里说，又没钱去医院。老潘带着王快乐前脚赶到，后脚就跟进一个接生婆，姑娘的羊水都破了，大老爷们儿闪一边儿去！

王快乐一看，接生婆拎着一把剪子就要进屋。

他急忙拦住说，你别胡来！接着，拨通手机，妇产医院吗？我是民警王快乐，我女儿要生了……

不多时，救护车哇哇赶到，医生抢着下了车。

不多时，出租房里传出婴儿惊天动地的哭声。

女医生对王快乐说，恭喜你，母女平安！

王快乐傻笑笑，有女万事足！

女医生说，你这话说得真好，我要说给那些生女孩儿的听。

王快乐抓抓脑壳，大夫，谢谢你！你们先请回，我忙完了就去交费！

医生走了。王快乐见接生婆还不走，就问，你有事需要帮助吗？

接生婆说，王警官，你是好人。我等在这儿，就是想跟你说这句话。

王快乐笑了，谢谢啦！我刚才说话不礼貌，你别在意！

接生婆也笑了，看你说的！我也是看这孩子可怜才来的。

王快乐说，大姐，正好，我求你个事儿。你有经验，帮忙照顾几天行吗？一切花费由我付。

接生婆说，交给我好了，不用你的钱！

中午，王快乐买好饭送过去，只见老潘做了鸡汤，接生婆也给女婴洗了澡。他鼻子一酸，放下饭，又急忙赶到妇幼商店，想给买点儿穿的用的。

不料，在门口碰上了女医生。女医生递给他两大包妇幼用品，王警官，这算我的一点儿心意！

王快乐傻笑笑，这，这怎么好意思？

女医生说，你别再忽悠了！我全知道啦，女孩儿姓杨不姓王！

王快乐愣了一下，又抓抓脑壳，谢谢啦，还是好人多！

女医生说，王警官天下第一好！

王快乐笑归笑，心想，带孩子不是一天两天的事儿，就跟女孩儿商量，请她父母来照顾。女孩儿死活不肯。没办法，又去找男方家人。男方的老母亲说，我只知道儿子进了班房，想不到还造了孽，真让我丢不起人！王快乐说，现在不是丢人，是救人！您儿子在里边也会感谢您！老人的眼泪哗哗的，说，再难也要认下这没过门儿的儿媳妇。她跟王快乐来到社区，接母女俩回家。王快乐给她装了五千元，又帮着买了车票，说，往后有什么困难，就给我打电话。

后来，好消息不断：母女平安，老人的儿子因为表现好减了刑，也快回家了。老人感激不尽，特意来谢王快乐。

王快乐哈哈一笑，谢什么，应该的！

心愿

这天，王快乐检查出租房，忽听有人叫，王警官，你还认识我吗？

王快乐一时想不起，你是……

我是刘宁啊！你抓过我！

哦，王快乐想起来了，从警之初在刑警队实习时，刘宁因吸毒被他抓住关进戒毒所。王快乐问，你家不是住在袍江吗？怎么到这儿来了？

刘宁叹口气，说，戒毒出来后，圈儿里的人又来找他。他害怕复吸，就离开袍江，却在流浪中染上了怪病。他听说这边儿有大夫能看这个病就找来了。结果，钱花光了，病也没治好。王警官，你能帮帮我吗？

王快乐说，你既然来到这里，就是我的服务对象！我先送你去医院。钱的问题，我来想办法！刘宁说，我不去医院了，白费钱。我就是有个心愿……

原来，刘宁有老婆，还有个女儿。他被关起来后，老婆带着女儿离开了家，刘宁出来后，到处找也找不到。

王警官，我想最后见她们母女一面。我对不起她们！你能帮我找找吗？只要她们好好的，我死也安心了。

王快乐答应了刘宁，第二天一早，就开车赶到袍江。刘宁的老婆叫冯春，电脑上查，有这个人，但租住地是以前的。王快乐找到房东，房东说，曾在街上见过她们，人应该还在本地。

王快乐顿时兴奋了，再找！

接连几天，海里捞到了针！母女俩租住在附近的村子里。冯春一看见王快乐，眼圈儿就红了，还记得是他把丈夫抓住关起来的。

王快乐说，你别恨我。

冯春说，我不恨你。因为他吸毒，我几次割腕自杀都挡不住，只好离开他。我……不想见他了。

冯春说不想见，但没有动摇王快乐。

他又问女孩儿，你想不想见爸爸？女孩儿说，想。

王快乐转身对冯春说，孩子想见爸爸，我带她去，见完了给你送回来。冯春想了半天，说，我也去吧。

王快乐带她们来到出租房，里面很臭，一是因为出租房本身就有味儿，二是因为刘宁身上带病。

女孩儿不敢进，冯春自己先进去了。王快乐听到了两个人的哭声。哭了一阵儿，冯春叫女儿进去。

孩子，这就是你爸爸。以前我们吵架，他离开了我们……快叫爸爸！

女儿惊恐地看着床上骷髅一样的人，大哭起来，爸爸——

一家人的哭声让石头也掉泪。

刘宁边哭边拿出一个小布包儿，里三层外三层打开，露出一对金镯子！

春啊，刘宁叫着，这对镯子，是我留给女儿的嫁妆。我什么都没有，就这么一对镯子，再苦也没卖……今天，我见到了你们，我的心愿就了啦……

一家人，再次哭成一团。

后来，冯春带女儿搬过来，住进出租屋照顾刘宁。没出半个月，刘宁就走了。那天晚上，趁家人睡了，他挣扎着爬出屋。当被人发现时，已经硬了……

王快乐帮助母女俩安排了后事，又开始了新一天的工作。社区居民大老远就叫，王警官！王警官！王快乐连忙答应着，心想，老百姓需要自己做的事儿很多啊，得抓紧！

赵姐的账单

社区居民赵姐，瘦弱，单薄。她老公跟别的女人跑了，她自己带着儿子过，还养着多病的婆婆。邻居说，没见过这么有良心的媳妇。她在服装厂当工人，下班还带些零活儿，剪线头，缝扣子，有时干到鸡叫头遍，困得头直撞桌子。儿子赵力却不争气，读了一年中专就不读了，在社会上瞎混。

赵姐跑来央求王快乐说，我累死累活没关系，就怕他学坏！你能不能帮他找个工作？说着，眼泪就下来了。

王快乐心里一沉，社会上有吸毒的，赵力要是陷进去，这个家就彻底完了。这是赵姐的危机，也是社区的隐患。

当天晚上，王快乐死守在赵姐家门口等赵力。月亮升起老高时，到底等到了。赵力说，我不是不想工作，是找不到！王快乐说，要是我找到了呢？赵力说，那我就去呗！话外音是不可能找到。

找工作的确不易，王快乐头都大了，就连在医院当护工都排不上号。一个护工对他说，小时候我爸说，不读书长大只能淘粪。我还顶嘴说，如今没淘粪的了。结果，现在我伺候的病人肛门堵塞，我天天的……嗨，别提了！

就在掰不开镊子的时候，王快乐心头突然一亮，哎，舅舅开了一家灯具厂啊！他马上来到厂里，舅舅大人，受外甥一拜！舅舅说，谁拜谁啊，你当警察，我还得给你当协警！我摇头，就得挨你妈拳头。得啦，叫他来吧，出事我顶着。谁叫我是协警呢！

舅舅收下了赵力，王快乐高兴得见人就说，赵力有活儿啦！人家丈二和尚摸不着头脑，谁？谁有活啦？按说，船到码头车到站，王快乐该松松心了。可是，他没！他三天两头跑赵姐家，拽住赵力问这问那。终于有一天，赵力说，装灯太无聊了！同样一种灯，天天装，装得我都成灯了。我不想干了！

王快乐两眼一瞪，什么？你不想干了？多的我不说了，就说说你妈妈。你知道她在服装厂工作了多少年？每天都干些什么吗？就是把两块布拼一起，缝一条线！就这么简单的活儿，她一干就是二十年！她为谁？你呢，才干二十天，就不想干了，怎么对得起你妈妈？

说着，他从兜里掏出一张纸，这是我让你妈妈写的，你仔细看看，一个月，家里柴米油盐多少钱？给你多少钱？还要管起老婆婆。你妈妈给自己留了多少钱？一分没留！她起早摸黑苦一个月，命都快没了，挣的那点儿钱，还有吗？

赵力看着账单，看着看着，哭了。

王快乐追问，还有吗？

赵力说，没了。

王快乐叫起来，既然没了，你就给我好好干！

赵力说，王警官，往后你看我的行动吧！又说，这个账单能给我吗？

王快乐说，我就是为你要的。你带在身上，常看看！

打这以后，赵力像换了个人，还当上了小组长。每月工资，一分不剩都交给了妈妈。留给自己的，永远是那张账单。还说，以后有了孩子，也要让他看看！

老胡的冷兵器

傍晚，老胡把饭桌摆在路边招人，开饭馆盼的就是人。他刚跟房东交了五千元押金，更心急火燎。这时，开来一辆小车，司机是来走亲戚的外乡人，一看到社区了，就把车停下，刚好挡住饭桌。老胡叫起来，眼长头顶上啦？司机听成眼长腚上了，很生气。那叫什么眼？自己是外乡人，忍住了，打火挪车。不料转偏轮，嘭地撞到饭桌上。老胡以为他是故意的，赤佬！打死侬！这是土话，穷鬼，打死你！司机怒了，侬要席柴头来！意思是，你想挨棍子揍啊！一抬手，把调料瓶全扫地上了。老胡正好拿着菜刀，举起就砍。司机吓得抱头鼠窜，不过腿上还是挨了一刀。还好，只划了个口儿。急忙去医院。大夫当成买卖，花了五千元。司机不干，报了警。所长说，给我抓人！王快乐说，抓人好办，可往后邻居就结下梁子了。老胡不是恶人，能不能先礼后兵？

王快乐来到老胡家。一问，没在。跑了？不是，母亲生病住院，他赶去陪床了。王快乐心里咯噔一下，老胡的父亲刚去世，欠了一屁股债，现在母亲又病了，他情绪能好吗？点火就着，动了冷兵器。

王快乐买了水果赶到医院。情况很糟，医院人满为患，老人只能躺在楼道里。老胡的眼泪直打转儿，王警官，我给你惹祸了！王快乐拍拍他的肩膀，转身去找在医院工作的老同学。老同学说，巧了，明天有人要出院！老胡的眼泪终于掉下来，王警官，我后悔死了，真想砍自己一刀！王快乐说，你已经砍了一个，收手吧！

安慰了老胡，王快乐连夜又赶到司机的亲戚家，进门先道歉说，社区出了事儿责任在我。亲戚态度很好，王警官，怎么能让您道歉呢？司机气不顺，别整这些没用的。要不上法院，要不让他也砍自己一刀！王快乐笑了，算你狠！

第二天，王快乐又来到医院。老人已住进病房。老胡一时拿不出钱，正在哀求大夫。见王快乐进来，他说，王警官，我都快没活路了，但就是这样，我卖房子也要赔人家！谁让我砍了人家呢！王快乐说，人家说了，要不上法院，要不让你也砍自己一刀！

老胡大声说，砍就砍！拿起水果刀就往腿上砍。没等王快乐拦，房门砰地被撞开，司机大喊一声，住手！我说的是气话，你当真啊！

当不当真，只有老胡和王快乐自己清楚。

王快乐带司机来医院谈解决方案，他让司机等在门口听动静，说，我先进去垫个话儿，老胡同意谈了你再进去。

结果，隔门有耳，怨恨化解。司机见到老胡现状，无论如何不要他赔了。老胡死活说要赔。这时，房东进来，把押金退给老胡，说，以后饭馆挣钱了再说。老胡直纳闷，他哪里知道这也是王快乐做的工作。老胡谢过房东，转手把钱塞给司机，先把你花的钱赔上，你要是不要，我就对自己不客气了！说着，就要去捡刀。司机只好收下。

事后，老胡问王快乐，我配合得行吗？王快乐说，可以得奥斯卡了。老胡眨了眨眼，什么？耗子卡？

生根开花

王快乐服务社区，成了百姓的贴心人，大家有什么话都愿意跟他说。这天，警务室的邻居董老头儿过来聊天，说现在这个社会，好比一部机器，好多地方都坏掉了，但也有一两个好零件。你王警官就是一个好零件。可是，整个机器都坏了，一两个好零件管用吗？王快乐听明白了，他这是在忧国忧民啊！就笑着说，董大爷，如果连一个零件都不好，机器还能转吗？董老头儿瞪眼了。王快乐又说，不管怎么样，好零件还在起作用，所以机器没有停，对吧？这就说明好零件管用。当然，好零件越多，机器转得越快！董老头儿点点头，你能干会说，我服！

董老头儿走后，王快乐来了心事。董老头儿对当前社会有看法，具有普遍性，这就提醒我不但要保障社区安宁，还要加强与百姓的思想交流，传递正能量。怎样加强交流呢？一靠开会，二靠入户。想起开会，王快乐先笑了。这个城乡接合部的社区，每逢开会，村委会都给每人发五十元误工费，老百姓也是冲这五十元来的。坐两个小时，给五十元，蛮好，所以到会的人特别多，大姑娘小媳妇，上面大会下面小会，玩手机，睡大觉，吃零食，效果不好。再说，也不能天天开会啊！天天开，村委会一年的会钱，半个月就花光了。入户走访呢？也不现实，住户太多，累死也访不过来。

王快乐颇伤脑筋，端起茶就往鼻孔里送。这一错不要紧，来了个“开茶馆”的主意！

这地方，老百姓忙了一天，晚上吃了饭，喜欢捧个茶杯出来喝喝茶聊聊天。好，就请他们到警务室来喝茶。特别是夏天，这里空调开着，凉爽。王快乐把通知一发出去，大家都来了，七大姑八大姨，社区居民，外来民工，你来我往，天天爆满！茶叶摆上，随便放；开水管够，随便倒。没带茶杯的，王快乐也给准备了。凳子不够大家凑，第一个把凳子搬来的就是董老头儿。有时王快乐去开会还没回来，董老头儿就帮忙张罗。王快乐回来一看，屋里早坐满了，连他的位子都被占了。老百姓七嘴八舌，连喝带说，社区的大事小情，张家长李家短，王快乐能在第一时间掌握。老百姓心里有什么话，边喝边聊，相互交流，气氛热烈。王快乐充分利用这个机会，讲党的方针，讲社会变化，讲中国梦。他还准备了一些毛巾、肥皂等小礼品，把有关的法律常识、治安防范编成问卷。谁答对了，小礼品拿走，哈哈哈！更快乐的是，逢年过节，居民在这里欢聚一堂表演节目。这天，大家欢迎王快乐唱一个。王快乐说，好，我就唱一个老歌儿吧——

我们共产党人好比种子，
人民好比土地。
我们到了一个地呀方，
就要同那里的人民结合起来。
在人民中间生根开花，
在人民中间嘿，
生根开花……

老百姓都鼓掌，说这歌儿真好，唱的就是王警官。

他们不知道，这是毛主席在 1945 年说的话。

牛三很牛

社区里有个叫牛三的，很牛。他在自家屋后违章盖了一间房。居委会主任老朱说，这可不行，如果家家都效仿，社区就别过了，于是领城管来把牛三的新房拆了。牛三火了，好啊，你掰牛犄角，我非顶死你！他把老朱约出来，说有事想谈一下。两人一见面，牛三上去就是一刀。老朱一闪，捅在了屁股上。得，牛三为此获刑三年。

王快乐来到社区时，牛三刑满释放了，老朱也从主任位子上退下来了。牛三的日子不好过，老婆卷铺盖儿回娘家了，儿子上学又没钱。他心里堵得慌，就在老朱家门口摆了个磨刀摊子，拿了一把杀猪刀在石头上磨。噌噌噌！磨磨，用大拇指刮刮，不快，再磨！噌噌噌！老朱在屋里捂着屁股直筛糠。报案吧，人家磨刀又没动刀，不报吧，万一磨快了冲进来，屁股又难保。

老朱打电话求助王快乐。王快乐说，我早看到了！

牛三磨刀不是闹着玩儿的，说出事就出事！怎么办？王快乐走过去，拍拍他的肩膀，牛老弟，你这玩的是精神战术，对吧？牛啊！出出气，得啦，差不多了，收工吧！咱们干点儿实在的，把日子重新过起来，好不？牛三说，我身无分文，能干什么？王快乐说，好汉不能让钱难住，关键是你想不想干？牛三说，咋不想？王快乐说，我看见有人种树卖，收入不错！牛三说，我也看见了，这活计能干。可是，钱呢？苗儿呢？王快乐说，只要你想干，这两样我帮你！牛三眼珠子一瞪，真的？王快乐说，真的不当假的卖，快把你这摊子收了吧！

牛三收了摊子，王快乐为他去申请无息贷款。办事员一斜眼说，门儿都没有，好人还帮不过来呢！王快乐掰开揉碎了说，人家干脆说，怪不得说警匪一家呢！王快乐笑了，总得叫他吃饭啊！我看你们这儿住户不少，赶明儿就让他在这儿摆个摊子磨刀吧！说着，打开手机，把牛三磨刀的照片一亮，看见没有？他磨刀那叫一个快！办事员叫起来，别，别……谁给他做担保啊？王快乐说，拿笔来！

王快乐担保，两万元到手。牛三接过钱，泪就下来了。跟着，王快乐带着他去找苗木大户，从他们手里廉价批来树苗儿，又在当地协调了一块用地。牛三说，王警官，这回您就瞧我的吧，人勤树不懒！

王快乐心想，树长起来还要时间。眼下，他儿子学费还没着落。于是，又跑教委，跑学校，争取了全免。这一番苦心，着实感动了牛三的老婆。当王快乐登门劝说她不要离婚的时候，她小腰一扭，转身就去抱铺盖儿。

王快乐三大战役告捷，牛三踏实了，老朱也踏实了。他打开家门走出来，不但跟牛三相逢一笑，还成了好友。为什么？因为他是树把式。在他的指导下，树苗天天向上，牛三不但还了贷款，过上了富裕日子，还拿出钱来接济穷弟兄。提起牛三，大家都翘大拇哥，牛！

（原载《啄木鸟》2015 年第 3 期）

精严寺街5号

但 及

1

那扇门就掩藏在泡桐树后，树枝沉沉地压在门口。

走近时，能听到木鱼的敲打声，声音越围墙而出。他停下脚步，一股青苔味冲入了鼻孔。这是嘉兴城里的一片老巷，破败，零乱，但又处处雕刻着历史。精严寺就在前方，黄色的墙壁很刺目地横亘着，像一道长城。那天，他从这里走出时，巷子里外围得严严实实，人山人海，连和尚也从庙宇里探出头来。警察拦了一道线，把那些人和一连串僵硬的表情都挡在了外面。

现在很静，没有人。一枝红色的蔷薇花高耸

着，探出身子，迎风轻摇。还有一些杂草，盘踞在屋角，在门楣的上方。瓦片潮湿又灰暗。

门虚掩着。他伸出手，犹豫着，最后还是敲了敲，里面没有声音。他推开门，门像有助力似的轻轻荡开了。一个背影直直地进入视线。阳光射进来，像一顶帽子似的覆盖在那人的上方，一只蜜蜂在阳光和阴影之间来回舞动，交叉出一道道曲线。坐着的是一个女人，轮廓幽冷。她没回头，一直坐在阳光与阴影的中间。屋里密不透气，让他压抑。

现在，这屋子对他来说又有了几分陌生。一股潮味从墙角、地缝和沙发底下钻出来，游荡在空中。他不自觉地屏住了呼吸。一个星期前，当他举着枪，神情紧张地面对那场劫持时，怎会想到今天还会踏进来呢？这是他自己也没料到的，从警十年了，他第一次隐隐感到自己的脚不听使唤。

屋里陈设简陋，一张方桌，两只沙发，墙角下还有一台洗衣机，一堆衣服小山似的堆在洗衣机边上。墙上还有一张画，俗气的迎客松正伸出长长的双臂，张开着，但他没觉得有拥抱他的意思。女人似乎比前几天更瘦了，一片木然，像是在打坐。这时，他绊到了某个东西，发出咣当一声。这一响，吓了她一跳。

她站了起来，面对着他，神情里夹着紧张。

他相信，她是认识他的。几天前，在审讯室里，他曾经跟她交谈了十分钟。审讯的事，是刑侦做的，是他的朋友易海，他只是出于好奇去探了探。易大队长拍拍他的肩说："就是这个女人，没想到，真没想到，长得挺标致。"那时候的她，低着头，头发零乱像是刚被风掠过。现在，女人的头发也披着，但整齐多了，她的头发直且黑。

"正好路过，进来看看你。"他说道，然后，在她身边的凳子上坐了下来。她应该是认出他来了，他相信她认出他了。从他进来，到他坐下，她自始至终没有说话。从她的表情里，他甚至读出了一丝不欢迎，有一种要把他推出去的意味，这让他感觉不爽。他觉得，他进来是理所当然的。

“事情过去一个礼拜了，不知你是不是需要什么帮助？有重要的话，尽管开口，我们会想办法帮你的。”他特意强调了“我们”两个字。我和我们是不一样。他现在代表的是警察，是一个警察来探望一个受害者。

“没有。”她摇着头，声音轻得像是虫子叫。

“这里不舒服的话，我建议你换一个地方。”他偷看过审讯笔录，知道这个房子是她租来的。换个地方，应该有好处。这个地方不再适合居住，至少他是这样认为的。

“没有，真的，没有。”

“如果你要换房的话，我会帮你，我跟有些中介熟悉，去说一声的话，他们会留好房子的。”他灼热的目光逼过去，但对方始终在看自己的鞋，左脚尖踢着右脚跟，轻轻地一下，再一下。他们的对话，更多的像是在审讯，这让他不安。他是来看她的，专程来的，就是希望她能开心和快乐。他的确是这样想的。他希望看到她的笑脸，笑起来，再笑起来。他相信，她笑起来是美的。

这是一件轰动全城的案子。照理来说，发生这样重大的劫案后，心理师要找受害人谈心，来消除恐惧，但她拒绝了心理师的介入。“不用了，谢谢，真的不用了。”她原话就是这样说的。他现在过来，也有某种心理师的作用。至少，他自己认为像个心理师，给她送来阳光、温暖和关怀。她需要这个，他清楚地认定这一点。

还是静默。

他不说话的时候，她也不说。蜜蜂还在侧飞着，嗡嗡地绕着他们作圆周状飞舞。泪珠从她的眼眶里一点点渗出来，胆怯的泪花犹犹豫豫地挤出后，在眼眶边停留一阵，然后就直直地流了下来。那黏稠的液体，在脸颊上滑行一段后，纵身跳向坚硬的地面。那时，他有一种冲动，想伸出手去替她挡住这泪水。他真有这样的冲动。

“我能想象你这些天是怎么过的，这不容易，真的不容易，你很坚强，是个坚强的女人。”这些话从他嘴里冒出来，有些做作。他自己也觉得有点儿假，但他的确是来帮她的。她是一个可怜的人，对一个可怜的人，他的同情心，甚至爱意都在源源不断地冒上来。那天的情形，仿佛又回到眼前。那个留着络腮胡子的男人，凶相毕露，高喊着，咆哮着，那把刀就架在她的脖子上……此刻，他看了一眼那脖子，脖子上还绑着纱布。厚厚的纱布，像一条围巾裹住了她。

“你得把门窗打开，这里的空气太糟了。”不由分说，他就去推窗。窗子打开的时候，一股檀香气味扑面而来。这应该是佛院的味道，精严寺的气息。

“你不能这样，你得出去活动活动，去大自然，去见人们，去唱歌跳舞，你不能老闷在这里，这样对你不利，不是不利，而是很糟。你要告诉自己，我很幸运，没有出大事。你应该这样想，事实也的确如此，你从那魔鬼的手里逃脱了出来，你不是幸运是什么呢？你说这不是幸运是什么？”

他相信，她会读懂他一连串话的潜台词。是我救了你的命，是我把你从魔鬼手里解救了出来。这里面是有这一层意思的，这些就藏在话语的背后，他只是没有明说而已。他何必明说呢？他说得已经够清楚了。

2

再次出现在这里，是三天后。

天不好，阴郁，沉闷，黑兮兮的云挂在街道的上方。洒水车刚访问过，地上冒着湿气，反光照出陈旧的街景和一张张冷淡的脸。他把警车停在街角，闻到了从不远处公厕里袭来的尿臊味。他点了支烟，狠狠地吸了几口，然后朝着那房子走去。街道坑洼不平，两旁的墙壁斑驳。中间有一个地块正在迁拆，两个工人站在二楼的墙上敲打着，灰尘像雨一样飘来。他经过的时候，他们停了，站在高高的墙头上望着他。他想，是他穿制服的缘故。他穿了一身警服，全身骨架被严密地包裹着。

一张纸条迎接他：在精严寺做义工。纸片用一枚图钉固定在门上，字并不漂亮，甚至还有点潦草。纸条的下面，是一把大铜锁。

他伸手，摸到了锁上的凉意。

要不要去精严寺呢？这问题让他烦恼，他有许多年没去了。十年，还是八年？都记不得了。工作以前去过，后来就没去过。自己与庙宇是没缘的，两者之间有着很远的距离。尽管如此，他的脚还是情不自禁地朝着精严寺走去，他抽着烟，走到庙门前他就把烟踩灭了。马丽是信佛的，他常笑话她。“佛能拯救你什么？这世上没有救世主，只有靠我们自己。”他是这样对马丽说的。马丽说：“真是受罪，警察的心太硬了，硬得像块石头，早知这样，就不嫁给你了。”

马丽的话是偏颇的，自己不是石头，绝对不是，自从那次抢劫事件后，他更觉得自己不是。他对这个受害者产生了同情，说得确切一点是好感。这种好感，是什么时候发生的呢？说出来没人信，就是在他举枪时，也就是在她面临生死存亡的关头。那一刻，惊心动魄，千钧一发。但就是在那个节骨眼上，他的心里涌起了一股情感，这股情感就像海浪一样袭击着他，浓浓地覆盖住了他。他有一个强烈的愿望，救出她，无论如何要救出她。

他，还有他的同伴，是在接到指挥中心的指令后，赶到了现场——精严寺街5号。当时，绑架已经发生，派出所的警察与几名匪徒对峙着，其中有一个留着络腮胡子的男人把一把尖刀抵在一个女子的脖子上。“滚，滚出去。”那人在咆哮。他和三个同伴持枪闪入，就像一道电光一样出现在他们面前。他们是毒贩，当时他只知道这一点。屋子里很暗，除了络腮胡子和被绑架的女人，还有另外两个男人，但他们都缩在一边，没有动弹。三四个派出所民警围着他们，民警没有枪，只有警棍。“让开，不让开我就杀了她，不要逼我，你们不要逼我。”看到枪对着自己，络腮胡子更急了，眼睛通红，脸涨得像燃烧的煤球。那把刀闪着光，像锯条一样在脖子上来回摩擦着。“让他出去。”他是在这个当口下达指令的，于是，旁边的两个特警闪开，让出了一条路。络腮胡子夹裹着女子，将她拖向门外。女子一直张着嘴，没有反抗。她的罩衫被道旁的荆棘钩住，被拉出了一个口子，露出里面白白的肉。“给我弄辆车，我要车。”络腮胡子跌跌撞撞地架着女子，来到了外面这条老巷。直到这时，他才看清，被绑架的是一位漂亮的女孩，白的皮肤，圆的眼睛，一股清纯气息从身子里散发出来。那一刻，他充满了正义感，内心的血液在沸腾，他要把她从这个野蛮人手中解救出来，一定要解救出来，一定。

精严寺前有落叶，黄的、青的、半黄半青的，相互夹杂着铺满了一地。他走在上面，枯叶发出清脆的断裂声，地上也随即旋起一阵微风。精严寺与停留在他记忆中的模样一样，甚至没有半点的改变，只是寺院更旧了，青苔更厚了。一股檀香味若有若无地从树缝里飘出来，时不时地萦绕在鼻孔四周。一条狗躺着，闪着胆怯的目光注视了一会儿，又慢慢地闭上了眼睛。阳光斑驳，落在树缝里，树影在地上摇动。寺里很清静，与嘈杂的大街形成反差，大街成了车流和人流的世界，甚至连呼吸都是急迫的。他突然发现，自己有点喜欢这个地方了。

一位年长的僧人从远处走来，步履轻得听不见声音，然后停了下来，打量起他。他意识到了自己的警服，后悔今天穿了它来这里。僧人迟疑了一会儿，欲说未说，转身又走开了。这给了他一定的刺激，于是他加快脚步跟了上去。“师父，师父。”他对着僧人喊。

“师父，我向您打听一个人，叫莫美丽，就住在你们寺院门口附近，听说她今天在这里做义工。”

僧人眉清目秀，脸膛红润，手里拿着一串长长的褐色的佛珠，佛珠在手指间转动着。“是来调查吗?”“不是，调查已经结束，我来这里看看她。我相信您也知道前不久发生的事。”“知道，当然知道，真是作孽啊!”僧人连连叹息。

老人言谈举止迟缓，但又有一种力度。目光充满着慈爱地投射过来，落在他身上，仿佛在说，既然调查结束了，你来这里干什么呢？他当然没有告诉他，是自己一枪把那绑匪击毙的。他是有名的神枪手，枪法干净利落，枪响绑匪应声倒地，那把罪恶的刀子从她脖子上跌落下来，滚到了草丛里。此刻，他很想说出真相，但他忍住了。是他救了她，只要她自己知道就行，何必告诉陌生人呢?

“她是一位好姑娘，受了惊吓，心里的阴影可想而知。”僧人说话时，眉毛一抖一抖的，能感受到他内心的波动。听僧人这样说，他对她的好感又增加了。自从这件事以后，她就成了一个自己脑海中挥之不去的人物，现在听到僧人如是说辞，他感到自己内心跟她又近了一些。

“美丽常常在这里打扫卫生，扫地、洗碗样样都干，这里的人都喜欢她。发生这件事，我们都很震惊，想帮帮她，可又帮不上。”

“我也觉得，她现在还没有从阴影里走出来。”他附和着。

“是啊，是啊，她好像一直笼罩在乌云里，以前她不是这样的。今天他们去南湖放生，我劝她不要去，但她偏要去，我劝也劝不住，但我还是担心。”

他有种直觉，很强烈，但一直也不敢承认。今天，他在僧人这里得到了印证。他觉得自己的判断没错，她不正常，她的心理状态、思维方式、行为举止都有些不对。上次到她的屋子，他就有这种感觉。

“我也是这样想的，所以过来找她，她需要得到好的疏导，让她把心放下来。”他说。

寺院的石板上清洁发亮，反射着阳光，一群鸟在枝头吱吱地叫。僧人原地踱了几步，然后朝他抬起头。他有些害怕僧人犀利的目光，僧人像在默默地说，你找她的目的好像不完全是这样，一定还有别的想法。不知是自己心虚，还是什么原因，僧人的目光让他有点胆怯。高僧的确和常人不一样。

“希望如此，希望如此……就好了。”僧人双手合掌，他也急忙把双手合上，回了一个礼。现在，他越来越觉得这身警服是个障碍，令他浑身紧绷，连肌肉都被严严实实地包裹着。

就在这时，门口一群人热热闹闹地进来了。她就在里面，他一眼就认了出来。她也看到了他，眼神里有一丝吃惊，但很快就逃开了。师父朝她挥挥手，她点了点头，跟着人群——大部分是老年妇女——朝着一间侧房走去。

她手里提着个红色的放生桶，那个颜色在他看来有些扎眼。

3

饭菜的香味，从墙角和树丛里飘出来。

当他靠近厨房时，引来了陌生的目光。两个小和尚提着桶在井口打水，停了下来，好像他的出现就预示着麻烦。到厨房门口时，香味更浓了。他的警帽探进厨房的木门，手举大勺的青年和尚停了下来，连那勺子，也变得无所适从。

他看到她正蹲着，在一个大铝盆里洗菜，菜叶漂浮在水面上，地上一摊水，黄菜叶零星撒在地上。他朝她笑笑，又招了招手，示意她出去。她迟疑着，僵硬着，胆怯的目光偷偷地投向他，像是碰到了某种灼烫的东西，马上又逃了回去。她继续低着头，手浸在水里，理着菜。他有些气馁，同时又觉得在众和尚面前有些丢人。毕竟人家没理睬他，他骄傲的自尊心受了挫。自己救她一命，可她现在竟这样对待自己，这让他心里很不爽。

"莫美丽，你能出来一下吗?"他又恢复了警察的口气。他想，这声音肯定会有效果，况且他还穿着制服。他觉得自己有私心，有些假公济私。但这念头只一晃而过。

她依然不动，只是头更低了。浓密的黑发扎成一束马尾，上面别一个发夹，几颗嵌珠闪着光，在黑发里透着几点星星般的光泽。

直觉告诉他，她听见了，因为她把头低得更低。

他靠近她，坚实的靴子发出厚重的回音，严肃的神情连小和尚都觉得惧怕。炒菜的和尚又放下了勺子，连锅里的菜也不顾了。菜香味凝固在半空中不再飘散。正在烧火的和尚探出头来，光亮的脑门上闪着汗珠。不远处，那条狗也抬起警觉的头。

当他靠近她时，那个影子在顷刻间松散开来，就像洪水漫延、大坝决堤一样，变松了，变散了，最后垮塌下来。他不相信自己的眼睛，他怎么可能相信眼前这一幕呢?她，莫美丽，轻轻地摇晃了一下，翻倒在了地上，一只手落到了水盆里，溅起一片水花。水花飞到空中，又落到了他的警服上。

他竟然木头一样没反应过来，一动不动。其他的人，包括那几个在厨房里忙碌的和尚，也都顿时一动不动地僵在原地。不真实，不动弹，甚至连声音也消失了。等大家明白眼前的确发生了什么时，才突然被激活似的冲了过来。

他比他们都快，这是他的职业本能，就像他执行任务时的冲锋一样。他摇她，晃她，掐她。和尚们也过来了，他们扔掉勺子，放下手中的柴火。她瘫软成一团，双手无力地垂着，眼帘也像大门一样关上了。他把手按在她的人中位置，用力地掐着，试图让她这道门重新打开。美丽！美丽！美丽！四周是一双双迷惑又焦虑的眼睛，他们在叫着她的名字。

忽然之间，他一跃而起，抱起她就往大门外跑。

她身体没有任何分量，他将她抱在怀中，没有一点沉的感觉。他的脚步贴着石板路飞跑，像雨点一样散乱。

他奔出了寺院大门，她的脚踝被门口的大狮子撞到，掉下一只鞋子。他看到了他停在路口的警车，他要用最快的速度把她送到医院，他把一切都想好了。

4

他闪进走廊外的小阳台，推开门就能看到城市的全景。大街上，疲惫的车像甲壳虫一般行走着，忙碌的小贩被洒水车弄得手忙脚乱。他点了支烟，一脸茫然。

她已清醒，正躺在病床上。医生说，她需要安静。

对于刚才发生的一切，他如坠雾里。到底怎么回事？发生了什么？这一切他无法解释，他想，这或许只是个偶然，但怎么看又不像是偶然。

他受不了医院里的气味，他平时是不愿到医院这种鬼地方来的。他被牵扯进了莫美丽的生活，这虽然曾经是他想要的，但现在却有点烦躁。他不知道自己会不会被卷进一件更复杂的事情，他在思考，在暗示自己，他随时随地得把自己撤出来。

可他有一种预感，这里面似乎还隐藏着什么不为人知的秘密。是什么秘密呢？不是似乎而是肯定，她不会无缘无故看到他过来就倒下的。还有那位僧人，从言谈举止中，他觉得僧人对她了解很多，但又不愿意都说出来。这些直觉在她倒下后越来越清晰，并慢慢在他脑子里不断地发酵。

走廊里传来一串脚步声，精严寺的师父带着人来了。他还是穿着一身袈裟，患者和医生都好奇地看着他。他迎了上去。师父瞥了他一眼，带着轻蔑，甚至还有某种厌恶，与前面他们交谈时的样子形成反差。

师父进了病房，其他人也尾随着。他没有跟进去，他的心凉飕飕的。他想，自己做错了什么呢？除了心里曾经对她有过好感，他所做的一切都可以晾晒到阳光里。那好感，他也从未透露过，无人知晓，甚至连他自己有时都感觉若有若无。他觉得自己问心无愧，没有做错事，任何一件。

就在他心潮难平之际，手机在裤袋里嘀咕起来。一看，是马丽。马丽问他在哪里，他告诉她在医院。她问：在医院干吗？他说：送一个人来，昏迷了，不过现在醒了。你没事吧？马丽又问了一句。

"没事，我过一会儿就回去。"他说。

关于那天的事，他一直没告诉马丽，他担心她害怕。一枪过去，脑袋迸裂，飞溅开来的不仅有脑浆，还有血，更有那重得让人要呕吐的血腥气。

"告诉你件事。"马丽说。

"什么事？"

"我好像怀上了，正想去妇保院看看，问你有没有空。"马丽说。

一下子，他忽然悲喜交加起来。如果马丽说的是真的，就意味着他要当父亲了，他喜出望外。他们结婚五年了，一直没有孩子。这回要是马丽怀上了，对他们这个家庭来说是天大的事。

"真的呀？你不要弄错啊。"他前半句话满带着喜悦，而后半句就变成了疑问。

疑问是一回事，更大的不便在于，这个当口，莫美丽正在病房里，他却要撇下她走人。她倒下是怎么回事？她的倒下和自己有关系吗？这些问题一直像谜团一样困扰着他，他想弄个明白。此时走人，既有点不人道，也让他心里梗得慌。

“你行不行啊？到底行不行啊？”马丽在问。

“你等等，等一会儿，我再看看这里的情况。”这样说着，他就朝病房走了过去。透过门上的玻璃，他看到里面脸色苍白的莫美丽已经坐起，靠着枕头，眼睛空得像两个大洞。师父坐在一旁，她的手紧紧地握着师父的手，好像那双手随时会离开她跑掉。

他靠着门，一股福尔马林气味冲上鼻梢。

5

他低着头。半小时过去了，他只写了几个字，他突然觉得写不出来。

那天的情形一直萦绕在他脑海里，晃来晃去，但真要变成文字，却难上加难。心里的叩问在不断增加，事情没有那么简单，事情可能比想象的还要复杂，他甚至对自己那一枪也充满了怀疑。我到底该不该开那一枪？到底该不该击毙那个毒贩？莫美丽现在为什么会如此反常？……

报告会是他们公安内部的，要求他上台作报告，讲述那天勇敢而又果断的行动。因为那一枪，他名声大振，同事们看他的目光也变了，他自己也有点英雄般的感觉。但他觉得要把事情的经过写成报告很难，似乎不仅仅是文字表述的问题。

马丽已经被证实怀孕了，这原本是一件值得庆祝的事，但他却闷闷不乐。莫美丽的事，像一根鱼刺一样让他吐不出也咽不下。

窗外是操场，一群鸽子像一道彩虹一样，飞过来飞过去。他站起来，心思被鸽群带上了天空。就在他头疼脑涨时，有个同事闯了进来，告诉他有人找。同事的身后是两个光头，他怔了怔，有些不相信。师父带着一个小和尚，或许是走的路长了，师父额头上有汗冒出来。

师父一改那天的冷漠，一见到他，就点头微笑。

他把他们带进隔壁小会议室，泡了两杯菊花茶，当他递给他们时，师父和小和尚都站起来，合掌并鞠躬。他不好意思，也赶忙合掌，但心里感到有些滑稽。

“我来是为了美丽，是关于美丽的事。”师父开口说。

“我知道这样是有点突兀，也很不礼貌，但我想不出更好的办法。来找你是想让你帮帮美丽，我们都要一起帮帮她。”师父这样说时，脸色凝重。

他心里一沉，“您说，我一定尽力。”

“美丽的事情很严重，这几天变化很快，快得让我们都慌神了。她好像一下子变了一个人，跟以前完全不一样。她以前是个快乐单纯的人，但现在整天不开口，郁郁寡欢，甚至经常神情紧张。我们挺担心的，怕她出事。”

他有些怕师父的眼睛。“这到底怎么啦？到底发生了什么？”他怯怯地问。

“这正是我想问的，也是我想关心的。”

黄色的袈裟映着师父的脸，宽大的额头上有两道皱纹。莫美丽到底有什么背景？这后面到底发生了什么？真相远远藏匿在事情的后面。

“我本来是不想来的，我也不想跟你说这些，毕竟和尚和警察要走到一块儿，是件不容易的事。但现在的情况是，我越想越觉得不对，所以，考虑再三，还是来了。我要告诉你一些情况，美丽还住在医院里，她支付不起医疗费，现在所有的费用都由我们寺院来支付。她是个好姑娘，一直在默默地为我们寺庙做事。现在出了事情，我们当然不能见死不救。

“她是个穷孩子，父母离异。后来母亲改嫁了，他的父亲是个酒鬼，三天两头喝得酩酊大醉。他醉酒驾车撞了人，把人给撞死了就逃逸，逃得无影无踪。有人说他逃到了西北，在那里贩羊毛衫，也有人说他死了。反正，从那以后，她父亲就再也没有了消息，好像人间蒸发了。你可以想象，这对她来说，意味着什么……

“她小小年纪就出去打工养活自己了，她先后做过商场营业员，羊毛衫横机工，在火车站里卖过盒饭，在街头上散发过小广告。后来，她开了个小文具店，从义乌进货，经常坐夜班火车跑来跑去的，打个盹就算是睡了个好觉。后来，她在火车上认识了一个男人，这个人能说会道；她十分单纯，禁不起他的花言巧语，便和他成了朋友。不久他们就同居了，但一直没有正式结婚。

“他们住在精严寺街5号，因为离我们比较近，她常到寺院来。每次来，脚步都是轻轻的，走路像猫一样。慢慢地，她和我们大家就熟了，于是，我们也就断断续续地知道了她的遭遇。那个男人经常对她使用暴力，她身上经常青一块紫一块的。看到她满身伤痕累累的，我们除了劝导没有别的办法。我劝过她，若感到这样下去不行就跟他散伙，但她一直跨不出这一步。她的胆子很小，就像她的脚步一样，生怕踩到一只蚂蚁。

“这样的情况持续了一年多，后来出现了一个叫飞哥的人。飞哥是她那个男人的朋友，不知道真名叫什么，大家都叫他飞哥。飞哥一出现，情况就变了，变得有些复杂了。为什么呢？因为美丽喜欢上了飞哥。这个事是她前些时候才说出来的，以前从来没说过。这几天我去医院看她，有时还陪陪她，她就跟我说到了这个人的情况。飞哥的出现，让她心神不宁，但她害怕自己的这种情感，一直没有表达出来，也不敢表达出来。她说，这是她这辈子第一次产生了真正的爱情的感觉，那是一种天旋地转的感觉。每次看到他，她的心就慌得厉害；她怕看到他，又想见到他。她不知道该怎么办，整天六神无主。阿弥陀佛，也怪我，以前没有及时发现，如果早发现，可能事情就不是这样了。”

他说得有点激动，唾沫星子都飞了出来。那个小和尚递上一块小毛巾，他擦了擦嘴，又递了回去。

“飞哥是谁?”他好奇地问。

“飞哥，就是被你一枪击毙的那个人。”

他的心往下一沉，仿佛坐过山车一样，整个身体一下子有一种坠落的感觉。

师父转过身去，看着窗外。他看到一枝海棠花正开得旺盛，阳光落在枝头上。大院里同事们正在操练，一阵阵吼声不时传来。

6

师父抖着手，从随身带的一个香包里取出一个小本子。

绿封皮，有一根小缎带从页面里透出来。师父握着本子，有点舍不得，像是攥着一个瓷瓶，怕随时要打碎的样子。

他坐在一旁，身体僵直着。他听到自己的心脏怦怦地狂跳，还感觉到身体里有什么地方好像一下子裂开了一道大口子，里面发出一种油锅煎东西的嗞嗞响。他内心不断地告诉自己，自己是个特警，自己已经完成了自己的任务，其他的一切都与己无关……

师父右手握着本子，左手轻轻地抚摸着，动作像是在拂去上面的灰尘。

“你可以看看她的日记，看了就会明白。”

“她的日记?”他有些不解地问道。

“昏倒的那天，她的背包放在厨房的柴堆上。就这样，我发现了她这本日记。你可以看看，看了，你也许就明白了。”

师父往前一步，把本子递到他面前。他犹豫了一下，当他的手触到本子的硬封皮时，他感到有种火辣辣的感觉升腾起来。

师父在日记的中间折了一页，似乎是暗示他先读这页。于是，他翻开本子默读起来。

5月3日

头痛得厉害，好像要裂开来了，像真的要裂开来了。世界怎么这么可怕？怎么这样无情？我没有做过任何伤天害理的事，为什么要如此残忍地对待我？飞哥，你把刀架在我脖子上时，我知道你是迫不得已的，这也是没有选择的选择。从你的内心来讲，你肯定是不会这样做的。当时，公安拿枪对着你，你没有办法，肯定是没有别的办法，才这样做的。你当时一把扭住我，然后将菜刀架在我脖子上，我并没有慌，一点也没有，我一点也不认为你真的会杀了我。但所有的外人都不这样认为，尤其那些公安。他们在这样的关头，从来不用脑子，或者根本就没有多一根弦的脑子。

刀架在脖子上，感觉凉凉的。我没有反抗。我怎么会反抗呢？我知道你是在演戏，演给别人看，演给那些持枪对着我们的公安看。有那么一刻，我甚至想，傻傻地想，如果我真的死在你怀里，我也是愿意的。这一点，我从来没有告诉过你，但我千真万确是这样想的。我从来没有这样喜欢过一个人，我愿意死在你怀里，即使那一刻，你真把刀刺进我的喉咙，我也不会反抗，也不会有任何的抱怨。能死在自己爱的人手里，我心甘情愿。

是的，你还真把刀往里刺了。血流出来，滴到了我的衣服上。我想，这是你最无奈的选择，你想逼迫那些人离开，逼迫那些上膛的枪撤走。我是能够感受得到的，我当时就在心里说，你刺吧，我不会抱怨，即使我残了，我也不会埋怨你仇恨你。但你的行为激怒了他们，你这样的行为是他们的身份不能容忍的，你这是犯罪，你是要杀人。当我听到枪响的那一刻，我想，一切都弄假成真了。我真想挡住那颗飞来的子弹，用自己的胸膛。但你死死地卡住了我，我动弹不得。

飞哥，当我看到你重重地倒下时，我已灵魂出窍，感到一切都结束了，一切都灰飞烟灭了。刀子落在我的脚边时，我脑子一片空白。我只知道一个劲地痛哭，别人以为我被吓坏了，拼命安慰我。其实不是，真的不是，我不是为自己哭，我是为你而哭。我哭得歇斯底里，哭得呼天喊地，他们按住我，还给我止血。可你知道，这血怎么可能止住呢？这血是为你在流，这血就像一条江……

日记捧在手里，他的手在颤抖。他不能相信，更不敢相信，于是又重读了一遍。重读的时候，他能感觉到师父投过来的目光，那目光很重，像只壁虎一样粘在他的身上。他长叹一声，吐出几个字来：“那个飞哥到底是什么人?”

“我这几天都在问这个事，美丽只透露了个大概。她喜欢上这个人以后，内心一直很纠结，她想摆脱，可就是摆脱不了。以前，她来寺院里说话总是支支吾吾，我现在想起来了，应该就是因为这个事。”

“他是个毒贩，她怎么可能爱上这样一个人呢?”他说。

“是啊，是啊，有时候，事情总是比我们想象的要复杂。那个飞哥，一直和她那个男人贩毒，她一直是不知情的。她踩在这个泥潭里，一个烂泥潭。”

一缕阳光寂寞地落在会议桌上，能清晰地映出上面密布的灰尘。一只小鸟在窗外的枝条上跳上跳下，全然不顾里面压抑的气氛。的确，审讯的笔录也证实了这一点，她不知情，一直被蒙在鼓里。他头上莫名其妙地冒出了汗。

“我今天来告诉你这些，你应该明白那天美丽为什么会昏倒了。”师父说。

他恍然大悟。

“所以，我要告诉你，你这段时间千万别再到医院去看她，千万别。我知道你是个好警察，总是替别人着想，总是助人为乐。但现在不是时候，你应该明白其中的道理了。”

7

电话是打到办公室的，那天，骄阳正烈，毒毒地挂在天上，显得很孤独。

特警队员顶着高温，正在操场练习格斗，几条警犬正虎视眈眈地关注着。操场上充斥着喊声和厮杀声，他正在辅导新队员，正手把手教人怎样摔跤，然后把人制服在地。汗水沾湿了后背，队员们脸上都有了手印子。他脾气不好，吼声不时响起。新队员个个都露出胆怯，他的手一直指向他们中的谁谁。你，给我上；你，再给我上。

有人呼呼地跑来，穿过操场，告诉他有电话，急事，他这才把嗓子还原到日常的音调。他的影子像蛇一样穿过长廊，心急火燎地一把抓起电话。嘴里喘着粗气，说话声也磕磕绊绊的。

“出事了，美丽出事了。”电话里传来师父的声音。一听到这声音，他心就跳得像敲爵士鼓一样。

半个小时前，美丽跳楼了。

他眼前一黑。

“就在医院里，从十九层跳了下来……”

后面师父还说了什么，他一句也没有听进去。他眼前出现了一幅画，美丽化成一只燕子，在空旷的天空上飞翔，忽然俯冲而下……一团黑影，快速地划过医院的一道道窗户，飞快，急速，声音凄厉而沉重……

他没有返回训练场，而是跨上了他的吉普车。车子发出野兽般的怒吼冲出大门，在马路上狂飙。然而，没多大一会儿，车子就像泄了气似的慢了下来。

我去干什么呢？去看她冰凉的尸体，去看她扭曲了的脸……人死又不能复生，去和不去都于事无补了。

他鬼使神差地把车开到了精严寺街。半年没来，这里已经大变，这条百年老街正在经历彻底拆迁。精严寺已经搬迁去了湘家荡，现在只剩下了一个躯壳。寺院的大门外，荒草开始蔓延。那个原本的精严寺街5号已被夷为平地，一台推土机正在那里使劲地作业。满眼都是泥土和瓦砾，工地上有工人在休息抽烟，一堆人吞吐着烟雾看着他。

他站着一动不动，先前的一幕幕情景仿佛重回眼前。他和她，还有络腮胡子，还有枪，还有血，还有拥挤的人群……

一行泪水从他的眼角淌了下来，慢慢地，慢慢地淌满了他的整张脸。

他蹲下身子，抓起一把泥土。他的手紧紧地握着，感觉泥土潮湿又紧硬。握着捏着好一会儿，然后手一挥，那把土便朝着空旷的废墟飞去。泥土瞬间化成碎末，窸窸窣窣地落了下来，重新回到了泥土里。

不远处，推土机发出不停的隆隆声。

（原载《钟山》2015年第5期）

密不透风

付旭东

如果跟往常一样，我在梦湖香郡的那栋别墅肯定称得上平淡无奇。事实上还没有入住，室内的装修也是时断时续。

不过今天看上去热闹异常。先是一辆闪烁着警灯的警车呼啸而至，接着是第二辆。第三辆车没有任何标志，看上去灰头土脸。它们全部停在门口的甬道上。第四辆是急救车，第五辆是印有“现场勘查”字样的警用面包车。这两辆车因为体型过于庞大只能停在稍远的林荫道上。

直到一辆黑色的殡仪车缓缓抵达，将两副蒙着白布的担架塞进去之后，这些车才陆陆续续地开走。

只剩下第三辆车还停在原地。那是留着小平头的中年刑警的车。

此刻他就站在我的对面，背靠一只没有拆封的大纸箱，似坐非坐的样子。箱子里头是张书桌。我原本打算将这个房间辟为书房。

墙壁和地板裸露着，四周空荡荡的。除了这只箱子，就是我屁股下面的单人沙发。没有空调，屋里聚集着午后的炎热，感觉密不透风。

我坐在沙发上，双手紧捂着脸。对面的人看不到我的表情，不过从肢体语言依然能觉察到一个人在遭遇突如其来的打击之后的悲恸和无助。当然，也包括几分不解。

“这么说赵医生——车库里的那辆途锐一直是你老婆在使用？”他双手交叉在胸前，不时提出相关的问题。

“是的。以前我开过一段时间，后来……就像你看到的，我的体型有些肥胖，觉得开车不利于身体锻炼，于是改为骑车出行。我们住的地方离医院不远，我总是骑自行车上下班。”

“来到这儿之后你看见大门和车库门都关闭着，先是敲门，在无人应答的情况下用钥匙打开大门，然后楼上楼下寻找了一番，最后来到车库，在那里，你看见了你不想看到的一幕——”

“是这样的，”我痛苦地摇了摇头，之后把手放下来，“一楼储藏室里头有扇门，是车库的后门，当我打开那扇门的时候，闻到一股浓浓的汽车尾气的味道……车子停在里面，我打开车门，看见……他们赤身裸体地躺在后排座椅上。”

“这种情形我不止见过一次了，车内闷热，只有发动汽车打开冷气才行。在车库这种相对密闭的环境里，一个小时产生的一氧化碳就足以致人死亡，”他惋惜地说，“本不该发生这种事情，他们太缺乏常识了。”转而说，“我想知道之前的事情。”

“之前……早上我从医院回到家里，我指的是医院附近的那套单元房子。屋里没人，当时是 10 点钟。我们约好中午去她爸爸妈妈家。她爸爸刚做过心脏搭桥手术。我给她打电话，始终处于无法接通的状态。之后去了地下车库，没有看见她的车。我问过保安，保安说昨晚她的车位一直是空的。我又打了很多电话，包括她爸爸，都没有消息。后来，我就想到这儿……这栋房子买了将近两年，因为离医院有点远，周边的配套设施还没有完善，所以一直闲置着，”我指了指他身后的纸箱子，“只是零零散散地购置了一些家具。我想，她可能又买了些什么，或许一大早接到家具公司的送货电话……就赶过来了。”

“——再之前呢？”他扬了一下眉毛。

“再之前？”

“是啊，我指昨天晚上。”

“昨天我们在武汉天地一起吃晚餐。就我们两个。昨天是我们的结婚纪念日。”

“没有发现什么异常吗？”

“没有。如果说有什么异常……中途她偷偷看了几次手机，我猜是微信。我提醒了一次，于是她把手机放进包里。是的，现在回想起来……她的神色有些不对劲。”

“现在看来——她有婚外恋。以前你发现过什么迹象没有？”

“没有，什么迹象都没有。我在这方面比较迟钝……也许我把大多的精力都花在工作上，你知道——我是一名神经外科医生，是这个科室的主任。现在想想，我对她的关心太少。我……真的很失败，我从没想过她会出轨。”我说。

“我想知道接下来的事情。”

“吃完晚餐后，她送我去了医院。我得加班，修改一份马上就要评审的课题研究报告，凌晨才上床休息。”

“在办公室？”

“是的，我的办公室有个隔间。”

“结婚纪念日去单位加班……她没有抱怨吗？”

“没有，她知道课题的事。值班加班对我来说是常事，她已经习惯了，也许正是这个原因……才会投入别人的怀抱。但我万万没想到的是，这个人……竟然是他！”

“你指陈医生？也就是说，直到打开车门你才知道——你老婆跟他有这种关系？”

“到现在我都不敢相信……我跟他天天在一起，我们相处得还算不错，不管是工作中，还是工作以外。这次的课题就是我们联手的成果。唉，这实在是一个讽刺！”

“如果你不介意的话——听说陈医生也很优秀。”

“没错，留美博士，脑肿瘤方面的专家，今年三十八岁，比我小整整十岁，坦率地讲，是个仪表堂堂风趣幽默的家伙，可是……没有想到，他竟然背着我干出这种事情！”

“真巧，跟你老婆一样大。据我所知，你老婆也比你小十岁。”说到这儿他露出一丝狐疑，“你真的毫无察觉吗？”

“是的，毫无察觉！”

他迟疑了一下，正要张嘴说话的时候手机响了。他掏出来瞟了一眼，然后匆匆走出了房间。

屋里实在闷热难耐，我揩了揩额头上的汗。

他在怀疑什么，怀疑我知晓老婆的奸情？还是其他的什么……

我脑海里浮现出昨晚的片段——她送我回医院时的情景。

当时将近8点钟，天早就黑了。车开到办公楼侧门的时候她探过身子吻了我。

“你不想上去吗？”我问。

“上去？你不是要修改课题报告吗？”她的微笑中夹带着一丝勉强。

“的确很紧要，不过没那么夸张，”我说，“今天是结婚纪念日，陪陪我，就几分钟……好吗？”说完我摸摸她的手，我想她明白我的意思。

“在办公室？”

“不好吗？修改报告之前我需要一点激情。”

我的办公室在十九楼，进门后我们迫不及待地亲热起来。这并不是第一次，以前我们经常这样。不过，那都是很久以前的事了。

穿上衣服后我送她到电梯，那里站着好几个人，其中一人还跟我打了个招呼。电梯即将关闭的时候我朝她挤了一下眼睛。

随后我返回办公室，拎上一只洗漱包，转身朝走廊的另一端快步走去。那里有一部专供医生使用的高速电梯。

走出电梯我直奔侧门，中途将手机调成静音。我按下遥控钥匙，掀起途锐的后门迅速地钻进去……

约莫三分钟后我再次听到遥控开锁的声音，接着有人坐到驾驶座上，然后启动了汽车。

看来我干得不错。只是后备厢比预想的要狭窄，因为里头摆放着好几个硌人的化妆箱。她是一名出色的化妆师，拥有好几个工作室，还经常到化妆学校授课。我肥胖的身躯只能蜷缩在这些箱子和车门之间。我谨慎地调整着姿势想让自己好受一些，还得尽量避免跟那些箱子发生碰撞。

这时我听到前面响起“嘟嘟”的声音。她在拨打免提电话。

“喂，你忙完了吗?”对方很快接通了电话。声音如此熟悉，让人难以置信。

“当然呀，要不怎么会给你打电话呢。”她说话有点嗲声嗲气。此刻听上去更嗲了。

“好的，老地方等你，十分钟以后。”

真是漫长而难熬的十分钟，不仅要忍受后备厢的逼仄，还得忍受老婆一边开车一边跟情人发嗲，而我只能屏住呼吸一动也不动。

车终于停了。继续行驶的时候里头多了一个人。

“气色不错，看上去结婚纪念日过得很愉快。”他说。

实在可笑——就在下午，几个小时之前，我跟他还在讨论研究报告。

“当然呀，如果不是什么研究报告，我们肯定会看场电影，以前总是这样。”

“别提研究报告了，刚才他说过没，下午为了这个，我们大吵了一架?”

“没有哇，他什么也没说。”

“当然不会了，他还有脸说吗？这个课题是我一手拿出来的，等申报的时候他说要考虑科室的利益，还说了一通集体荣誉之类的鬼话，最后的结果是，他成了课题的第一负责人，我的名字排到了第二……”

“嘻嘻，真的吗？”

“今天下午就更可气了，他说必须把院长的名字排在第一。天哪！如果是这样，我的名字就排到第三了！他太无耻了，我们争吵起来，我说，这完全背离了学术研究的道德规范。”

“他怎么说？”

“他把关于集体荣誉的大道理又说了一通，我说，这么做有损课题的严肃性，他又拿支部意见来威胁我。我说，这是赤裸裸的学术贿赂，后来我干脆骂他是马屁精！”

她给了对方一个响亮的吻——并非代表赞赏，只是想让他闭上那张饶舌的嘴巴。我对她太了解了。

“别这样，亲爱的，他想竞争副院长，谁不想干得更好。”她说。

“溜须拍马我可管不着，但不能欺压下属，他现在对我百般提防，害怕我抢了他的位置。其实我对这个位置一点兴趣都没有。”

“好了，亲爱的，现在只有我们两个人哦，没必要跟一个毫不相干的人生气，好吗？”

“你说得对，犯不上跟这个死胖子斗气……宝贝，我们还是去别墅吗？”

“你说呢？嘻嘻。”

“太好了！宝贝，我都等不及了！”

“不用着急，他明天10点钟才能回来，我们有的是时间。”

随后我又听到一个吻，是从他嘴里传来的……

车身上下颠簸的时候我知道目的地马上就要到了。

车库门先是升起，接着降下来。他们朝后门走去……灯光随之熄灭，留下一片漆黑。

冷气关闭后车内的温度开始飙升，我掀开车门走出来，借着手机的光线摸索着来到储藏室，一侧的窗户敞开着，微微透着风，但夜晚的暑气还没有散尽，不一会儿就浑身是汗了。

他们在楼上。两天前我来过，发现其中的一间卧室多了一台柜式空调，还有一只崭新的席梦思床垫。刚开始我以为是搬运工人随意搁那儿的，后来才明白……

他们的奸情我早有耳闻，只是没有抓到把柄而已。有一天，她很晚还没有回来，我给她打电话，她说在做 SPA。与此同时，我听到话筒那边骤然响起手机铃声，我确信是他的手机铃声。并非凑巧，而是——我拿另外一部手机拨打了他的号码。

我靠着墙根儿，思考着接下来的事情。实际上我早就设计好了，不然不会出现车上的一幕。但万事必须周全，这样才能百无一疏，就像一台复杂的脑外科手术，来不得半点失误或偏差。我并不急于上楼。他们还在兴头上呢，可以等等。

一个小时之后我才踏上楼梯，朝有席梦思的那间卧室慢慢靠近。没错，从里面传来阵阵鼾声。我轻轻转动把手，门开了，一股冷气迎面扑来，让人全身泛起鸡皮疙瘩。手机的光线很微弱，但我一眼就看到两具白晃晃的一丝不挂的身体！

我一阵眩晕。如果说过去只是怀疑，那么现在，它们变成了现实——活生生的现实！

过了好半天我才平静下来，但双手还是止不住地发抖。我的洗漱包里有只蓝色的玻璃瓶子，还有两副医用口罩。我把口罩整齐地叠放在地板上，之后将瓶子里面的吸入性麻醉剂缓缓地倒在上面……当我用口罩捂住他们的口鼻时，两个人只是轻轻地哼了一下就再也不吭声了。

我将他们背到车库。当然是分两次搞定的。将他们塞进汽车后我已经浑身湿透。

他们横七竖八的姿态很难看，不过正好符合一氧化碳中毒的表象。我又返回到卧室，将所有的衣物一件不落地拿下来，然后小心翼翼地放进车里。我布置得很细致，甚至考虑到衣服由外至内的堆放顺序，以及挎包、手机、鞋子的恰当位置。

直到看不出任何瑕疵——我才取下他们的口罩。最后，我启动汽车打开空调，将车门重重地合上……

一阵手机铃声将我从昨夜拽回到眼前。

“你的电话响了。”小平头从外面走进来，身后跟着一个瘦高个儿。

“喔，是的，”我连忙掏出手机，“——是院长打来的。”

接通后我听到院长说：“跟你讲一声，明天上午我要参加一个紧急会议，课题评审会改到下午2点进行。”

我支吾着说：“恐怕……我来不了……”

“你说什么？来不了？北京和上海的评审专家今天全都飞过来了，就算天塌了也得来！你顺便通知陈医生，让他做好准备！”

“恐怕……他也来不了……”

“你……你们两个……你们赶快到我办公室来！听到没有？喂……喂……”

看到我愣在那里，小平头从我手里接过了电话。

“喂，是院长吗？”他说，“您好，我是刑侦局的侦查员，赵医生目前正在接受一起刑事调查。”待对方回应后又说：“他们都来不了。很遗憾地告诉您，陈医生昨晚被人谋杀了。”末了补充道，“至于赵医生，我现在正式通知您，他因为谋杀被逮捕了！”

这句话犹如晴空霹雳，将我击倒在沙发里。

“干得不错，我差点被你蒙混过去。”他往前踱了几步，“但你没有研究痕迹学，痕迹学里有句名言：有犯罪就有痕迹。一个伪造的现场，必然会留下伪造的痕迹。假的就是假的，永远真不了。要想伪造一个现场而不留痕迹——这是一件很难办到的事情。一个有趣的现象是：当你挖空心思想把某个你认为非常重要的细节做到极致的时候，往往会在另一个细节犯下极其低级的错误。也许你正在嘀咕：昨晚到底是哪里出了纰漏？好吧，我现在就指出来。当你明白是怎么回事的时候，一定会觉得自己多么愚蠢。”

我已经六魂出窍虚汗淋漓，但还是想知道答案。

“你知道，我赶到这儿的第一件事情不是找你谈话，而是查看现场。封闭的空间、耗尽燃油的汽车、两具赤裸的尸体以及散落的衣物——一起本不应该发生的意外事件——起初我也这么认为。

“我在后备厢一侧的面板上发现了几处新鲜的蹬痕，按说这个位置是不可能出现蹬痕的，只有完全卧倒才能形成。我没有太在意，我在想——昨晚他们可真够疯狂的！

“可是，当我看到车库的后门时，觉得有点不对劲。那扇门是朝储藏室方向开关的，门开着——没有一点问题，因为是你打开的。就像你说的，当你从储藏室打开这扇门之后，闻到一股很浓的汽车尾气的味道。而之前，门应该是严严实实地关闭的，否则就不会发生这种惨剧。”

他停下来，用一种审视的目光看着我。

“我琢磨了好半天，终于发现了问题：门上有球形拉手，分处于门的正反两面，它们别无二致，可看上去偏偏有些不一样：正面的拉手蒙着厚厚的灰尘，看来很久没人碰过它，说明这扇门平时是敞开的，直到昨天晚上，它才莫名其妙地被关上！那么反面的拉手呢？上面有明显的触摸痕迹。这很好解释，因为门是你打开的，这些痕迹无疑是你留下来的。为什么正面的这只把手上看不到触摸的痕迹呢？好吧，让我们回到昨天晚上。你老婆跟陈医生在车库厮混之前，必定是其中的某个人将门关上了。可以肯定，车库里面的人想要关门——必须触摸这只把手。不解的是，除了厚厚的灰尘，上面竟然看不到任何痕迹！

“他们根本就没有关门！门是从外面关上的，看来，昨天晚上这里还另有其人。如此一来，整个事件的性质就发生了变化——这不是一起意外事件，而是蓄意谋杀！”

说到这儿他颇有些自得地笑了一下。

“毫无疑问，这是一个低级的错误。”他说，“这就是我想告诉你的。”

“可是，”我起身争辩说，“不能仅凭这个就认为是我干的，也许是别人，比如装修工人什么的，他们也有这栋房子的钥匙！”

“呵呵，这么说也有点道理，但凶手不是从大门进来的，根本用不上钥匙，”他摆摆手说，“等我把下面的话讲完，你就不会再说什么了。

“凶手进来的方式真的很独特，是跟死者一起进来的，就躲藏在汽车的后备厢里。我倒是头一次碰到这种情况。下车后他在储藏室待了一会儿，然后来到楼上的卧室——恕我打断一下，你知道，今天我也去了这间卧室——那间有席梦思床垫的卧室。我闻到屋里有一股奇特的味道，类似于化学试剂的味道。我以为是从席梦思上散发出来的，还特意趴在上面嗅了嗅。没有，上面没有这种味道，我倒是隐约闻到一丝香水味……

“好吧，让我们紧跟凶手的脚步。他走进卧室，之后来到席梦思跟前，在那里磨蹭了很长时间。他在干什么？我先不作定论，只知道他从这里折返到车库——有好几次呢，最后你知道吗？他径直穿过客厅，从大门走了。”

我目瞪口呆地看着他。

“不要用这种眼光看我，我可没有那么神奇。”他接着说，“判定事件的性质后我通知了技术人员，他们带来很多装备，包括全波段光源。这玩意儿今天派上了用场，把凶手的作案轨迹分析得一清二楚。因为他的鞋底黏附着荧光粉末，肉眼很难察觉，但在全波段光源的照射下会发出耀眼的荧光——我忘了告诉你，当他躲进后备厢的时候，无意中碰倒了一只小化妆箱，有块粉饼滚落出来，被他倒霉地踩碎了。这不是普通的粉饼，而是一块荧光粉饼，夜店里很流行这个，涂在脸上闪闪发亮。”

他不置可否地笑了一下，又说：“刚才的电话是技术部门打来的。他们对死者的血液进行了分析，确定死因是一氧化碳中毒。同时还检测出麻醉剂的成分，他们认为，两名死者在中毒之前，很可能处于麻醉剂导致的昏迷状态。想必卧室里的奇特味道就是麻醉剂的味道，也就不难解释，为什么凶手在席梦思前会待那么久。还有，他们在后备厢里发现了大量的指纹，这些指纹与蹬痕相互呼应，并且——跟你的指纹完全吻合！”

“这里密不透风，热得让人难受，”他朝旁边递了一个眼神，“我们还是换个地方吧。”

瘦高个儿随即给我戴上了手铐。

走出大门，我长吁了一口气，虽然知道自己即将去哪儿，但反倒觉得轻松了许多。

是的，里头密不透风……

（原载中国公安文学精选网 2015 年 11 月 27 日）

血胆玛瑙手镯

韩金凯

一

阜新市位于辽宁省西部的低山丘陵区，盛产矿石，有“中国玛瑙之都”的美誉。周一鸣，外号“周大炮”，在阜新市公安局刑侦大队工作，每天与形形色色的罪犯打交道。

刚从金地公司金库被盗现场勘查回来，周一鸣进入办公室还未来得及坐下，桌上的电话就响了。他赶紧拿起话筒，里面传出一个南方女人的声音：“喂，是刑侦大队吗？”

“是，请问你有什么事？”

“我要报案，我们在郊区垃圾场发现一具白骨，是人的尸骨，你们快点来出现场吧！”女人急切地说。

“好，请你协助保护好现场，我们十五分钟后赶到!”放下电话后，周一鸣马上召集有关人员登上警车，朝二十里外的郊区奔去。

警员们迅速赶到垃圾场。法医小李认真勘查后，简要介绍说：“周队，这是一具死亡至少一年多的尸体，除了剩下一副骨架，什么也没留下。”

“那就把骨架带回去查验，一定要找出死因，只有这样才能为我们查找到尸源。”周一鸣对小李交代完毕，接着又对其他人说，“大家都仔细查查，看死者有没有留下什么物证。”

“这么大片垃圾场，一望无边，让我们到哪里去找，这不是大海里捞针吗?”张征睁大了眼睛。

周一鸣和刑侦人员一起开始在这漫无边际的垃圾场搜寻，直到太阳快落山时，才收队往城里赶。

刚一进办公室，周一鸣的手机就响了。电话是小李打来的，让他去一趟技术科。

技术人员们围着那堆白骨议论纷纷。周一鸣简单打了招呼，便问小李：“是不是有什么发现?”

“发现倒谈不上，不过可以初步认定，这是一具年轻女人的尸骨，年龄在18至22岁之间，死亡时间大约一年。从尸骨表面上看，好像是完好无损，也没有发现任何挫伤的痕迹。不过，周队你看。”小李指着一根颈骨说，“仔细一看，死者好像被人拧断过脖子，颈骨这儿有裂缝儿，也许这就是致命的原因吧。当然，这只是我们的一种猜测，还要经过技术认定。”

“好，希望你们尽快拿出鉴定结果，为我们侦破此案提供依据。”周一鸣鼓励道。

“是!”小李答道。

下一步是查找尸源。想到这里，周一鸣给张征打了个电话，让他们马上同各派出所联系，协助查找一年之中在本市管辖范围内有无年轻女性失踪。

张征不敢怠慢，立即带领若干人等奔赴各派出所。经过两天的排查，还是一无所获，连一点线索也没有。

二

周一鸣在办公室里反复研究案情，回想这几天在现场的勘查经过。他还是觉得发现白骨的垃圾场一定有被害人的遗物。于是，他决定再去垃圾场搜寻，一定能找到有价值的东西。

这一天，太阳火辣辣地炙烤着大地，整个垃圾场臭味熏天。队员们一个个戴着大口罩，尤其女队员们更是把自己包裹得严严实实，只露出一双眼睛。他们在垃圾场不停地扒拉着，仔细地搜寻，不放过任何一处可疑地方。

突然，侦查员刘海生惊呼起来："周队，快来看，这是什么?"

周一鸣赶紧跑过去，刘海生举得高高的手里握着一只手镯。周一鸣喜出望外，从他手里接过来一看，是一只玛瑙手镯。

"我说嘛，只要有信心，一定能找到!"周一鸣高兴地呼喊着，队员们围着欢呼雀跃。

返城途中，警车经过一个路口时，周一鸣用余光瞥了一眼街道两旁，发现在一家超市门前，那天报案的南方女人和一个高个子男人扭打在一起。刚开始并没有引起他的注意，可是车刚开出不远，周一鸣就急忙把车停住。

"周队，怎么啦?"张征问道。

"我觉得有点不对!"周一鸣纳闷地说。

"哪儿不对啊?"张征不停地问。周一鸣没有马上回答他，而是把车掉了个头，直奔刚才那家超市。

周一鸣和张征下了车，发现南方女人躺在地上，周围围了很多人，打她的那个高个子男人已经跑了，只好把南方女人带回大队。

"说吧，那个男人为什么打你?"回到大队后，周一鸣给南方女人倒了一杯水问道。南方女人接过水杯，一口气喝下去。

"还不是因为一只镯子!"南方女人气愤地说。

“镯子？”周一鸣心里一惊，和坐在旁边的张征、刘海生交换了一下眼色。

“怎么回事？”周一鸣又追问了一句。

“唉！”南方女人叹息一声，低下头小声说，“都怪我一时财迷心窍，撸下了尸骨腕上的镯子藏了起来，没有交给你们。当时我和潘麻子商量，把镯子卖了。”

“卖了多少钱？”周一鸣接着问。

“二百元！”南方女人沮丧地说。

“二百元？”周一鸣有些不相信。

“真的就卖了二百元！我也知道卖低了。我去问过工艺品店，他们说那个镯子至少价值两万元，我是被那家伙骗了！所以，这几天我天天都在找那个买家，今天终于在超市门前见到他。可是，那家伙不承认买了我的镯子，还动手打我。”南方女人说到这里，呜呜地哭起来。

“好了，别哭了，我们会把他找回来的。”周一鸣顺手递给南方女人一张纸巾。

听警察这么说，南方女人止住哭泣。周一鸣将在现场找到的镯子给她看：“你看看，你那个镯子和这个是不是一样的？”

南方女人接过镯子看了看，惊呼起来：“哎呀，就是它！你们在哪儿找到的？”

“也是在垃圾场，也就是发现白骨的地方。”周一鸣淡淡地说。

“这怎么可能呢？那白骨腕上只有一只手镯啊！”南方女人感到很惊讶，拿着手镯看了半天，纳闷地喃喃自语，“不对呀，明明是一只镯子，怎么会出现两只镯子呢？”

“好了，今天就到这儿吧，你先回去，有事我们再找你。”说完，周一鸣让张征送南方女人离开。

三

唯一线索就是这个镯子，可是该如何通过它去寻找尸源呢？周一鸣在办公室里把玩着这只镯子，发现它十分特别。首先是它的原料和成色与众不同，手感好，摸起来很光滑，而且色泽鲜亮。转动手镯时，里面似乎有种液体在流动，很有可能是玛瑙制品中的极品。

马宝生是阜新地区有名的玛瑙专家，经他手雕刻出的玛瑙工艺品曾被国家领导人作为礼品赠送给来访的外国友人。周一鸣决定去拜访他，询问这只玛瑙镯子的来历。

周一鸣来到马先生家的时候，已经是晚上6时许。马先生刚刚吃完晚饭，正坐在楼下悠闲地喝着茶。马先生热情地招呼他坐下，并泡了一壶茶水。

周一鸣说明来意后，马先生接过周一鸣递上的镯子，用放大镜仔细地观察，翻来覆去地看，他的目光里透出惊喜。

“这可真是一只好镯子啊!”马先生一边看着，一边赞不绝口，“这可不是一般的玛瑙手镯，它可是由血胆玛瑙精心雕刻，是无价之宝。你们是在哪里捡到的?”马先生问道。

周一鸣只好告诉他实情。

“哦，原来是这样!”马先生放下手镯，点着了一支烟，深深地吸了一口，又说道，“现在，在咱们阜新地区要想找到一块血胆玛瑙石不容易，在我的印象中，只有十家子的王景山才拥有一块真正的血胆玛瑙石，那是他三十多年前翻修房子采石料时无意间遇上的。据说那时候有人出十五万元的高价要买，他都不肯卖。”

“是吗?怎样才能找到王景山?”周一鸣问道。

“王景山好找，他是十家子一带有名的工匠，只要一打听，没有人不认识他的。”马先生说道。

天色渐晚，周一鸣告别马先生，离开时已是万家灯火。

当周一鸣回到家时，妻子还没有睡，忙迎上前来：“你又回来这么晚!”

“这不忙案子嘛!”周一鸣笑着解释说。

“就你忙，我看你比国务院总理还忙啊!”妻子抱怨道。

周一鸣一边“嘿嘿”地笑着，一边将衣服脱下交给她。她接过衣服，在鼻子上嗅了嗅，说道：“都穿好几天了吧？也不知道换下来，都有些馊味了！”

这天晚上，周一鸣来不及洗漱，便一头倒在床上。无论妻子怎么喊，他也不想起来，不一会儿就睡着了。

第二天早晨，周一鸣还没有起床，就被一阵急促的电话铃声惊醒。“周队，太平区佳家小区 13 号楼发生恶性杀人案，请你马上赶到现场！”电话里传出张征急切的声音。

周一鸣放下电话，马上从床上爬起来，穿上衣服就往楼下跑，直接跳上了警车，朝着太平区方向开去。不一会儿，车驶入佳家小区。

13 号楼的楼下聚满了人，围了里三层外三层。周一鸣费了好大的劲儿才挤进去，快步登上 5 层。被害人就住在 507 房间。

周一鸣一进屋，一股血腥味儿就扑面而来，四周墙壁上都溅满了鲜血，就连地板上也都是血。再往屋里一看，一具女尸横卧在沙发上，还有一具倒在卧室的地板上，都是头部遭到重击而亡。张征告诉周一鸣：“被害的是一对母女。被害前曾有过激烈的搏斗，卧室被摔碎的瓷花瓶就足以证明这一点。”

“是谁报的案？”周一鸣问道。

“这家的男主人！”张征回答说。

“他现在在哪儿？”周一鸣追问。

“喏，就在那儿！”张征指了指墙角。

周一鸣顺着张征的手势，看见满头缠着纱布的一位中年男子正站在墙角瑟瑟发抖。周一鸣一招手，他就哆哆嗦嗦地走过来。

“你是这家的主人？”周一鸣问道。

“是……是！”中年男子惊恐地答道。

“你叫什么名字？”周一鸣接着问。

“王玉林！”中年男子颤抖地回答

“哦，知道了！你下去歇着吧，一会儿我再问你。”看着中年男子那惊恐的眼神，周一鸣没有再问下去。此时，他尚在惊恐之中，即使问也问不出什么来，只有等他情绪安定下来的时候再询问。

王玉林在亲友的搀扶下走出屋子，周一鸣也投入勘查工作之中。周一鸣在屋子里四处查看，觉得这是熟人作案的可能性比较大。因为门锁都没有被撬的痕迹，阳台上的推拉窗也完好无损，这就说明是被害者主动开的门，或是凶犯本身就有被害者家的钥匙。

随后，周一鸣来到小区保安室，调看事发当晚的监控录像。画面显示，当晚9时左右，有一名高个子男人进入13号楼后就一直没有出来，由于是夜间，图像不是那么清晰。直到次日早上7时许，一个中等个子的中年男子进了楼。大约过了二十多分钟，他捂着头、鲜血淋漓地跑出来，一名高个子男人手里握着一把锤子在后面追赶。这次图像十分清晰，周一鸣几乎不由自主地喊出声：“这不就是那天在超市和南方妇女打架的那个人吗？”

佳家小区杀人案很简单，刑侦人员几乎没费什么周折就弄清了案由，原来作案者就是王玉林女儿的对象陈斌。据王玉林陈述，女儿王月在桑拿洗浴中心与陈斌相识。初中毕业后，年仅十八岁的王月找不到工作，就在桑拿洗浴中心做了按摩小姐。

陈斌在桑拿洗浴中心与王月相识。他一见王月就喜欢上了她。王月被他的甜言蜜语所迷惑，投入他的怀抱。为了能达到长期占有王月的目的，陈斌不惜血本，把大笔的钱花在王月的身上。两人成双成对，俨然一对恋人。可是，毕竟纸包不住火，陈斌有家室的事儿不知怎么让王月知道了，她跟陈斌又打又闹，还寻死觅活，非要逼着陈斌和妻子离婚。无奈之下，陈斌只好暂时答应她，来个缓兵之计。

王月高兴地正式把陈斌领回家，介绍给父母。刚开始，父亲王玉林不太同意，陈斌毕竟比王月大17岁。母亲陈瑶却是个爱钱的人，女儿找了个有钱的男朋友，这不是天上掉馅饼的好事嘛，她当然乐不可支。

王玉林说：“妻子陈瑶对这个姑爷百分之百满意，特别是在家里一次意外失火后，陈斌拿出十多万元重新装修了房子，还买了新的家具。此后，陈瑶对陈斌更是格外看重，逢人就夸姑爷有本事、有能耐。对陈斌有妻室的事儿她并不以为然。她说：‘那算什么，可以让他离嘛，只要他是真心对我姑娘好，我不在乎！’”

“既然这样，为什么又翻脸呢？”周一鸣好奇地问道。

“嗨，事情就出在女儿怀孕这件事上。”王玉林叹了一口气说道，“女儿怀孕后，陈斌让她将肚子里的孩子做掉。女儿不同意，天天催促陈斌与妻子离婚，还扬言要去找陈斌单位的领导。我估计陈斌是怕事情败露，才动了杀机。”说到这里，王玉林抽泣起来，越哭越伤心，“这孩子傻呀，鬼迷心窍了！”

“好了，别哭了，人死不能复活，杀人者逃脱不了法网。就算他逃到天边，我们也能将他抓回来！”周一鸣给王玉林倒了一杯水，安抚着他。

可是，王玉林越哭越凶，谈话根本无法进行，周一鸣只好叫人把他送走。送走了王玉林，周一鸣在办公室里来回地踱着步。陈斌与白骨案会不会有什么联系呢？他为什么要买那只镯子呢？他买那只镯子要干什么？是送给什么人吗？他想来想去，怎么也理不出一个头绪。

四

第二天，周一鸣一行人来到县城的玛瑙集散地十家子。果然如马先生所言，在十家子没人不知道王景山。在镇政府秘书敦巴呼尔的带领下，他们来到西头的马家。一步入马家，看见的是满院子未加工的玛瑙料石。此时，王景山老先生正在料石堆里挑选料石，忙放下手中的石头迎上来。

“王老，他们是市公安局的同志，找您了解点情况。”敦巴呼尔向王景山介绍道。

“那好啊，请屋里坐！”王景山客气地把周一鸣等人让进屋。

屋里别有洞天，到处是玛瑙的工艺品，简直是艺术的博物馆。周一鸣站在一件名为“飞天”的玛瑙作品前，为它的精美绝伦所震撼。

“太美了！”周一鸣情不自禁地脱口而出。

“你说是这件吗？”王老站在周一鸣身后问道。

“是的，它太美了！”周一鸣点点头。

“周队过誉了！这是我去年为‘神九’发射成功而创作！”

“了不起，了不起，了不起啊！”周一鸣一连说了三个“了不起”。

王老笑了，那笑容挂在他脸上，是那样灿烂。“能得到周队的夸赞，是老汉的荣幸啊！”

他们在王老的工作间里坐了下来，彼此寒暄了几句之后便转入正题。周一鸣又拿出那个手镯：“我们想请您看看，这个手镯是在您这儿买的吗？”

王老戴上老花镜，接过手镯看了看：“没错，是在我这儿买的。这个血胆玛瑙手镯我卖出去是有数的，一共就卖出去两对，所以我记得很清楚。”

“那您老回忆回忆，都是谁买了它？”周一鸣问道。

“这个嘛……”王老陷入了回忆中，“我想起来了，一个是我的侄女婿，另一个是银行的一位同志。”

“银行的？您怎么知道他是银行的？”周一鸣追问道。

“是他带来的那个女孩子说的。”王老努力回忆后回答。

“哦？”周一鸣和张征、刘海生对视了一下，接着又问道，“那女的长得什么样？”

“长得很漂亮，好像是一个大学生。对，是个大学生，我听她跟那个男的唠嗑时说的，好像是在辽宁工程技术大学上学。我听她说，等她毕业了再戴这个镯子。”王老说道。

“谢谢您，王老！您给我们提供一个很重要的线索，真的很谢谢您！”周一鸣握着王老的手说。

在回市里的路上，周一鸣对刘海生说：“海生，你去局里开个搜查证，下午我们对陈斌的家里进行搜查。”

“好，我马上就办！”刘海生应道。

这天下午，周一鸣和张征来到市北新村 9 号楼陈斌的住处，敲开他家的门。一个八九岁的男孩露出半个脑袋，用他那双大眼睛不停地打量着来人："你们找谁？"

"小朋友，你家大人呢？"周一鸣细声地问道：

"不在，妈妈出去买菜去了！"男孩硬生生地回答。

"什么时候回来？"周一鸣笑着说。

"不知道！"说完，孩子"砰"的一声把门又关上了。

吃了个闭门羹，真没辙了。"周队，怎么办？"张征瞅瞅周一鸣，问道。

"什么怎么办，等吧！"周一鸣无奈地说。

大约等了半个多小时，一名妇女拎着一篮子菜走上楼。在她开门的时候，周一鸣走过去询问："请问你是陈斌的家属吗？"

"是啊，你们是……"妇女一脸的好奇。

"我们是公安局的，依法对你家进行搜查，这是搜查证！"周一鸣将手中的搜查证向她展示了一下。

门被打开了，警察进入屋子，开始进行搜查。就在这时，男孩像疯了一样冲向周一鸣，抓住他的手咬住就不放。还好，他妈妈及时过来，周一鸣这才摆脱了孩子。

"小朋友，你怎么咬人呢？"周一鸣捂着手问道。

"你们是坏人！"男孩叫道。

"我们不是，我们是公安局的，依法对你家进行搜查！"周一鸣解释说。

孩子不吱声了，被妈妈紧紧地抱在怀里。不一会儿，张征就搜到了那只手镯，还有一张陈斌和一个年轻女人的照片。

周一鸣拿着照片走到孩子妈妈面前："这个女人你认识吗？"

"不认识！"女人摇摇头。

"那陈斌在外面乱搞女人你知道吗？"周一鸣又问道。

"知道，可我也没办法啊，我和孩子都要靠他养活！"孩子妈妈说完这句话后，浑身都在发抖。

周一鸣没再问下去，只是看了她一眼，心想，真是个可怜的女人！

搜查结束后，周一鸣让陈斌妻子在搜查单上签了字，就走出她家。

离开陈斌家后，周一鸣顾不上去医院包扎，直接回公安局，向局长汇报这几天案情的进展情况。他一进局长办公室，局长就看见了他手上的伤："周大炮，你手怎么了？"

"没什么，不小心碰的。"周一鸣没有告诉局长实情。

局长给周一鸣倒了一杯水，他接过来几口就喝得一干二净。局长笑了，然后又给他倒了一杯："看来你是真渴了，跑了不少路吧？"

"可不是。不过挺有收获，没有跑冤枉路。"周一鸣坐下来，开始向局长汇报工作。

就在这时，一位年轻漂亮的女警员走进来："局长，您找我？"

"你来得正好，我给你介绍一下，这位是刑侦大队的周大队长。她是今年从警校刚毕业分到我们局的民警王倩，你们认识一下。"局长说道。

周一鸣站了起来，和王倩握了握手。

"这就算认识了，你们就要在一起工作了，周大炮，你要好好照顾她。"局长叮嘱道。

五

王倩的到来给刑侦大队带来了清新的空气。当周一鸣把她介绍给大家的时候，这帮小子几乎蹦起来，欢呼声差点冲破屋顶。

"没见过美女吗？都给我各归各的岗位，开始工作。"周一鸣一声呵斥，大家都安静下来。

"张征、刘海生、王倩你们三个人跟我走，去辽工大！"周一鸣招呼着。

"得令！"张征俏皮地敬了个礼，应声答道。周一鸣没理他的茬，独自走向门外，上了警车坐在驾驶的位置上。张征、刘海生、王倩也随后上车。

周一鸣等人来到辽宁工程技术大学，直奔学生科办公室。一个头上有点秃的中年男子在办公桌后面半睁着眼睛，就像没有睡醒似的，那声音好像从地底下发出的："你们找谁？"

周一鸣亮了亮警官证："我们是警察，请你们协助查找一个人！"

秃头中年人一听，赶忙从办公桌后面走出来，马上点头哈腰，刚才的傲慢劲儿一扫而光。"鄙人是学生科科长展德仁。"他伸出手来，与每个人握了握手。

"有话请讲，我们一定尽力。"落座后，展科长说道。

周一鸣拿出那张照片，请他辨认。"展科长，请你看看，这女的是不是你们学校的学生？"

展科长接过照片，用他那小眼睛在照片上扫来扫去，说道："这女子还真挺漂亮！"

"废话！我是让你看看，是不是你们学校的学生！"周一鸣十分反感地瞪了他一眼。

展科长也许感觉到了自己的失言，脸上露出不自然的神色："对不起，我光顾欣赏照片了。是，是，是，她是机电系的杨波，2010年就毕业了。"

"你这儿有她的资料吗？"周一鸣问道。

"有！"展科长赶忙将照片递还给周一鸣，转身到档案柜里翻找资料，不一会儿就找到了。

"找到了，就是她！"展科长兴奋地将资料交给周一鸣。

周一鸣翻开一看，将照片和资料上的照片比对。"没错，就是她！"他仔细看了一下简历，上面赫然写着：杨波，女，1988年4月15日出生，汉族，内蒙古赤峰市人……

这可真是踏破铁鞋无觅处，得来全不费工夫。

"谢谢你，展科长！"周一鸣握着展科长的手说。

告别了展科长，周一鸣等人驱车赶回队里。刚刚回到单位，还没来得及下车，周一鸣又接到一个电话：陈斌的妻子吃安眠药自杀，被其妹妹发现，已经被送往医院抢救。

“王倩，上车，跟我去医院！”周一鸣大声地喊着。

王倩立即返回到车上。

几分钟后，周一鸣和王倩赶到医院，这时病人已经被推进急救室，亲属着急地等待着。不一会儿，一名护士走出来，对亲属说：“她没事了。我们刚刚给她洗完胃，一会儿就会出来。多亏送得及时，不然就难说了。”

周一鸣把护士叫到一边，向她出示了警官证：“护士，我是公安局的。这个病人与我们一个案子有关联，一会儿她出来，我们可以问她一些事吗？”

“不行，要问也得明天问。”说完，护士就走了。

这时，周一鸣把王倩叫过来：“你今天哪儿也别去，就在这儿盯着，好好安抚病人，不要让她情绪激动。”

“放心吧，周队，我听你的！”王倩答道。

回队里的路上，周一鸣一直在思考：陈斌的妻子为什么要自杀？难道她还有隐情未说？直到走进办公室，他都百思不得其解。

这时，刘海生走进来，汇报工作：“根据你的指示，市郊各个出口都在严加盘查，目前还没有发现嫌疑人的线索，会不会嫌疑人已经逃出本市？”

“也不排除这种可能。不过我们早就向毗邻城市发出了协查通告，还在网上发了通缉令，我想一定会有信息反馈回来的，他跑不了！”周一鸣信心满满地说。

桌上的电话响了，周一鸣拿起电话一听，是王倩从医院打来的。她在电话里说，陈斌的妻子已经苏醒，可是情绪相当不稳定，又哭又叫，多次想撞墙。

“那你就在那儿，今晚你就不要走了。你们一定要安抚好她，不能让她出一点差错。”周一鸣叮嘱王倩道。

“是，保证完成任务！”王倩郑重地回答。

这天晚上，周一鸣没有回家，在会议室里开了一夜的案情分析会。直至天色渐亮，会议结束，周一鸣才在办公室里打了一个盹儿。清晨8时许，他被来上班的人们惊醒。

王玉林来到办公室。

“怎么样，伤都好利索了吗？”周一鸣给王玉林倒了一杯水，请他在沙发上坐下。

“好利索了，谢谢周队的关心！”王玉林头上的伤已经痊愈，纱布也已经拆除。

“你能讲述一下当时的情景吗？对不起，也许这是你的伤疤，你可能不愿提起，可是为了尽快侦破案件，我们必须了解事发的整个过程，请你务必配合。”周一鸣说。

“我一定配合！”说完，王玉林点燃一支烟，猛抽了两口，又吐了出来，烟雾在他的头上盘旋，久久不肯散去。他又陷入痛苦的回忆中……

“事发那几天，是我们单位最忙的时候，我们必须赶在冬季供暖前把管道全部检修完，我快半个多月没有回家了。事发当晚9时许，我接到陈斌打来的电话。他说阿姨病了，问我有没有时间回家一趟。我对他说，如果不严重，就等我明天早上再回家。当时我想，既然不是大病，就先把手中的活干完。第二天早上6时30分，我一下班就骑着自行车往家赶。

“回到家门口时，我看了一下表，时间是7时05分。我用手敲了几下门，没有反应，又喊了两声，还是没人回声。我掏出钥匙，打开了门。我前脚刚一踏进屋里，就见陈斌从门后闪出，举起锤子朝我头上砸来，匆忙之中，我举起手臂去挡，锤子在我头上扫了一下，鲜血马上从头上流下来。还没等陈斌砸第二下，我掉头就往楼下跑，一边跑，一边喊：‘救命啊！救命啊！’陈斌在后面穷追不舍。

“我跑到楼下，陈斌也追到楼下。眼看他就要追上来了，我又转身朝北面的商店跑去，那里人多。在我距离商店还有一步之遥时，我的身体再也支持不住，‘扑通’一声栽倒下去，什么也不知道了……等我再醒来时，我发现我已经躺在医院的病床上。”

六

王倩的确有两下子。经她安抚，陈斌妻子的情绪稳定下来，表示愿意配合警方抓到陈斌。

中午，周一鸣和队友们刚吃完午饭，总值班室的电话响了。不一会儿，刘海生风风火火地撞开办公室的门：“周队，陈斌出现了！”

“在哪儿？”周一鸣腾地跳起来，跟着刘海生来到地图前。

“就在这儿！”刘海生用手指着蜘蛛山的位置。

“刚才陈斌妻子打电话说，陈斌让她带上5000元，在蜘蛛山一个土地庙里见面。”刘海生喘着粗气说。

“果然不出我所料，陈斌还真没出阜新管辖范围。马上通知武警部队协助，将这一带严密封锁，绝不能让他再跑了。所有警员立即出发，赶往蜘蛛山！”周一鸣立即下达命令。

一时间，一辆辆警车像离弦的箭飞出大门，顷刻间，大街上响起一片警笛声，一下子把人们带入紧张的气氛。

陈斌杀人后迅速逃离市区，逃到彰武县一座大山里。他不敢出山，像无头苍蝇一样在山里乱转。几天过后，他身上的几百元已经花完，只得向妻子求助。此时，他正蜷缩在土地庙里等着妻子送钱过来。两天没有吃东西，他浑身没有一点劲儿，坐在佛像前昏昏沉沉地睡着。公安人员到达时，他一点也没察觉，束手就擒。

在押解陈斌回市里的路上，陈斌在车上一直喊饿。出于人道主义的考虑，在囚车经过超市门前时，周一鸣让车停了一下，叫刘海生下车给他买了一斤蛋糕。

陈斌狼吞虎咽地吃完蛋糕，腰杆也挺起来，话也多了。“警察同志，是不是我妻子告诉了你们我的藏身之处？这个臭娘们儿，我怎么也没想到她会出卖我。”

“放老实点，是谁告诉我们的不重要，只要你一天不归案，我们就一定能抓住你，只是时间早晚的事！”刘海生呵斥着。

晚上，在拘留所里，周一鸣连夜提审陈斌。这小子被押进来的时候，就像霜打的茄子始终低着头，不敢用正眼看人，说话声小得像蚊子叫。

“陈斌，把头抬起来跟我们说话，我们听不见！”周一鸣用手敲打着桌子，厉声地呵斥道。

“是！”陈斌答应道，并把头抬起来。

“说说你的作案经过吧！”周一鸣说道。

“你们不是都知道吗，还问我？”陈斌一副死猪不怕开水烫的样子，说话声也是怪声怪调，好像一切都满不在乎。

张征气得呼的一下站了起来：“妈的，老子真想揍你！”说着，他冲了过去，一把揪住陈斌的衣领，扬起拳头。

这时，陈斌大喊大叫起来：“警察打人了！警察打人了！”

这时，周一鸣将张征拉回来，又坐回到审讯桌前。

“喊呀，使劲地喊，用不用我帮你喊呀？”张征用嘲讽的口吻说道。

“跟我们来这一套不好使，睁开你的狗眼看看，那是什么？”顺着张征的手势，陈斌转过头来，看见他的后上方有一个监控摄像头。

“你以为我真要打你啊，那是吓唬吓唬你。我才不会打你呢，只想试探一下，没想到你小子也不过如此，熊包蛋一个。为你这样的熊包蛋犯错误，不值得！”张征轻蔑地看着陈斌，一副不屑一顾的样子。

陈斌第一个回合就败下阵来，开始有点垂头丧气。

“陈斌，我告诉你，你可以什么也不说，但我们一样可以治你的罪，因为我们手里有你犯罪的充分证据。我们要你说，是想给你一个机会，如果你不想要，那就算了，走，咱们走，那就让他等到法院开庭吧！”说完，周一鸣起身夹着公文包就要往外走。

还未等他们走出屋子，陈斌就有点毛了：“等等，让我想想！”

七

陈斌仍心存侥幸，只承认佳家小区杀人这一桩案子，对白骨案只字未提。

“这就完了？”周一鸣不动声色地问道。

“没有了，真的没有了！我向老天爷保证，真的没了！”陈斌信誓旦旦地说道。

“不对吧？我怎么觉得你还有事没有交代呢！”周一鸣用眼睛死死地盯着陈斌，足足盯了他两分钟，直盯得他浑身不自在。他低下了头，不敢用正眼看人。

“没有了，我，我，我该说的都说了……”陈斌说话开始有些结巴。

此时，张征再也按捺不住了，“啪”地一拍桌子，把陈斌吓得一愣神儿，差点从椅子上摔下来。

“陈斌，你不老实！还有一桩案子你没有交代！”张征怒吼道。

“什么案子？我，我怎么不知道？”陈斌还在嘴硬，其实心里跟明镜似的，他知道张征指的是什么。

“看来你是不见棺材不落泪呀！”这时周一鸣插话了，并从一个文件袋中取出从其家中搜到的照片给他看。

“你说，她是谁？跟你是什么关系？她是不是也是你杀的？”周一鸣连珠炮似的问话，使陈斌有些招架不住，如晴天霹雳，震得他有些发蒙。他原以为自己做得天衣无缝，可以瞒天过海，警察不可能这么快怀疑到自己头上。

陈斌心想，看来警察什么都知道了，瞒是瞒不过去了，只能老老实实交代，省得晚上睡觉不踏实，总觉得有厉鬼纠缠，常常在梦中惊醒。想到这里，他一下子跪在地上：“我有罪，我有罪，杨波是我杀害的，我从实交代！”

“好，你站起来说吧！”周一鸣命令道。

陈斌又站起来，重新坐回到椅子上。

“这事儿还得从 2006 年说起，那一年，杨波从内蒙古赤峰市考入辽工大，当时同乡实行贫困学生的助学贷款政策。杨波是孤儿，在福利院长大，她也享受到了这一政策的优惠。那一天，杨波来银行办理有关助学贷款的手续，正好我也在那里，我被杨波美丽的容貌所吸引，就凑上前去跟她搭话。借着同乡的由头，我和杨波渐渐熟识，最后发展成恋爱关系。后来，我干脆在学校附近租了一套两居室和她同居。当然，我将已婚的事实隐瞒，我只是说自己离过婚，婚姻是如何如何不幸，在她面前装得可怜兮兮的样子。没想到，她信以为真，还十分同情我的遭遇，并表示她要爱我一辈子。在和她交往的那些日子里，我领她出去旅游，给她买高级服装，买首饰制品。”陈斌缓缓地讲述着过去。

“你是不是也给杨波买过玛瑙手镯？”周一鸣打断陈斌的话，插了一句。

“是，杨波说她喜欢玛瑙饰品，我就领她去了十家子，在王景山手中花了两万元买了一对儿血胆玛瑙手镯，她十分高兴。”

“是这对儿吗？”周一鸣又把那对儿玛瑙手镯拿出来递给陈斌。

陈斌接过看了看说道：“是，就是这对儿！”

“接着往下说！”周一鸣说道。

“那天买完手镯，我带杨波去沈阳旅行，还花了六万多元给她买了一件貂皮大衣。”陈斌继续说道。

“你哪来的那么多钱肯如此下血本？”周一鸣不禁问道。

“我那点工资还不够养家糊口呢，我还不是利用职务之便套取储户的钱。”陈斌低着头说。

“你是怎么套取现金的？”周一鸣刨根问底。

“那还不简单，就是多设几个账户，多办几个活期储蓄本的事儿！”陈斌轻松地说。

“你就不怕事情败露吗？”周一鸣问道。

“没事儿，我做得隐秘，短时间内不可能被发现，因为我负责的大多是大储户，他们绝大多数都不急着用钱。”陈斌解释说。

“万一被发现了呢？”周一鸣不禁问道。

“那我就采取拆东墙补西墙的办法应付过去，到目前为止还没有露过馅儿。”陈斌说。

“你挺贼啊！”周一鸣带着挖苦的口气说道。

“周队，你这是夸我吗?”陈斌意识到警察话中有话，问道。

“就算是吧！好了，今天就问到这儿，明天我们再继续。”于是，周一鸣叫人把陈斌押了下去。

八

第二天是星期六，周一鸣和张征并没有休息，又去了拘留所提审陈斌。

陈斌今天的心情还不错，一进屋就向警察要烟抽。张征给了他一支烟，并亲自帮他点着了。

“陈斌，昨晚休息得好吗?”周一鸣问道。

“一沾枕头就睡着了。”陈斌一边抽着烟，一边回答。

“好，休息好就行，你再接着昨天的话题给我们说。”周一鸣淡淡地说。

“好吧，我接着说。”陈斌一口接一口地抽着烟，开始继续述说昨天的故事。从他的表情中，丝毫看不出悔意，“每天我都奔波在妻子和杨波两个女人之间，这在我的朋友那里已经不是什么秘密了。他们都很羡慕我，都说我有本事。可是，就在我自鸣得意的时候，杨波告诉我，说她怀孕了。她的这句话把我吓了一跳。我劝杨波把孩子打掉，她不同意。杨波哭了一宿，我哄了她一宿，怎么哄也哄不好。杨波铁了心要这个孩子，这可怎么办?我知道，这个孩子要是生下来对我来说将意味着什么，那不仅仅是饭碗不保，而且贪污的钱也会露馅儿，那时候我就要去坐牢，这事绝对不行！怎么办?怎么办?怎么办?那些天里，我急得团团转，就是想不出解决的办法。那一天，杨波说要上她大姨家住两天，开始我不同意，后来一想我又表示同意。”

“你咋又同意了呢?”周一鸣问道。

“因为我有了新的决定，我要弄死她，只有这样我才能保住自己，事情才不会败露。为了稳住她，我让她第二天走，我说我用车送她，杨波答应了。第二天下午，我在朋友那里借了一辆车开了回来。晚上，我和杨波激情过后，杨波沉沉地睡着了。我从床上爬了起来，又点着了一支烟，我觉得现在是动手的时候。想到这里，我把烟头一扔，狠狠地踏上一只脚，踩灭烟头，随后向床上扑去……我万万没想到解决杨波如此顺利，几乎没遇到任何抵抗。解决完杨波后，我将她的尸体扛下了楼，放进车的后备厢里，然后开车朝郊区驶去。垃圾场是最隐秘的地方，短时间内不会被人发现，于是我把她埋在了那里。两年多过去了，它一直没有被人发现。可是我怎么也没想到，两年后，会被两个拾荒的南方人发现，还捡到一只镯子，你们也在垃圾场找到了另一只镯子，就此也查到了我的身上。我怎么也没想到问题会出现在镯子上。”陈斌懊恼地说。

白骨案真相大白。案子终于破了，可周一鸣觉得心里沉甸甸的，为王月和杨波两个年轻生命的过早逝去而惋惜。

这时，门又被撞开，张征、刘海生、王倩等人闯进来。

“周队，白骨案破了，我们应该庆贺一下，找个地方喝酒去！”王倩一上来就把周一鸣的手往外面拉。

“好，今天这酒钱算在我身上！”周一鸣开心地说道。

“太好了，周队终于肯出血了！”楼道里回荡着队员们的欢呼声……

（原载《前卫》2015 年第 8 期上半月号）

永　夜

聂　耶

一

午夜12点，老姚准备出门“上班”了。出门前，老姚回头又看了一眼儿子的照片。那是一张嵌在木质相框里的单人照，巴掌大，立在床头柜上。照片里的儿子刚上初中，穿着笔挺的白色校服，胸前挂着银色的校徽，正冲着他天真无邪地笑。那个笑脸让老姚觉得既熟悉又有点陌生，但他还是觉得很温暖，就好像有一股暖流从心坎里一点点地漫上来，开始还很轻很软，接着就汹涌了，像决堤的洪水似的，“哗哗”地往外冲。不一会儿，老姚的眼眶就湿润了。

老姚差不多有三个月没有见到儿子了，等上

完这趟“班”，老姚想无论如何也要进趟城，看看儿子，抱抱他，亲亲他，给他买点穿的、用的。

“上班”是老姚发明的词语，道上的人一般叫“做活”，和“作死”是正反词。“做活”这个词很形象，“活”字当名词用时，可以理解为做事情、找活路；当动词用时，表示只有做这个事，才能活下去。老姚觉得“做活”这个词带着一股子邪气，远没有“上班”叫得贴切。

老姚上班的日子不固定，时间多选在午夜以后，这叫“夜活”。“夜活”技术含量不高，但流动性强，地域广，官方称为“流窜作案”，也叫“入室盗窃”。这几个字写在纸上平淡无奇，但在道上却有颇多讲究，用老姚的话总结为“一探、二看、三细、四贪”。“一探”意思是“做活”前得先踩点，找准下手的地方，了解住几个人、值不值得偷、风险有多大；“二看”是指进屋后，分清主卧、客房，记住家具摆设、门窗位置，看好逃跑路线；“三细”指偷的过程中细致、细心，抽屉夹层、书柜角落、床边枕下、相框背面等，一处也不能漏过；至于“四贪”，有句老话叫“贼粘子进门不打空转身”，出来偷东西就是一锤子买卖，进了主家的门，偷什么东西，偷多偷少，就这么一次，没有回头再来的说法，所以不管啥东西，能拿走的绝不给主家留下，能贪多少就贪多少。

在道上，老姚是有些名声的，他“上道”这么多年来，从未失手被擒，道上的人提起他，都会竖起大拇指，尊称他一声“姚叔”。“叔”，是一种辈分，也是一种资历。

但扪心自问，谁会想当贼呢？在老姚年轻的时候，就算给他一万个胆子放开想，他也没想过自己会走上贼道，过这种提心吊胆、刀口舔血的日子。一旦失手，轻则被主人家抓住，打得皮开肉绽；重则关进大牢，三五年不见天日。

偶尔地，老姚会走走神，想起他的初中同学，一个外号叫“乡下维生素”的铁哥们儿。当年那哥们儿家境比他还可怜，一晃这么多年过去了，也不知现在混得如何。因为活得不如意，干的又是偏行，老姚不想和任何人发生关系，也不会去打听他们的消息。

二

卫胜苏当然不会知道老姚的心声，此时的他正看着窗外的无边夜色，靠在他的黑色旋转沙发椅上休息。他视线朦胧，意识模糊，脑袋里像是有两方在拔河，把头拉扯得生疼。那些酒桌上的喧哗声，还在一阵一阵地如潮水一样拍打着他的耳膜。他使劲地睁开眼，双手向前挥动，想挡开那些敬过来的酒杯，这才发现身体早已告别了酒桌，坐在自己的办公室里。

在大家的眼里，卫胜苏的人生是成功的。刚满四十岁的他担任县财政局局长，老婆是某银行的中层领导，孩子在省城读重点中学。家里住的是二百多平方米的复式住宅，全套红木家具，地上铺着奢华的波斯地毯，房子装饰得高端大气。平日里，他上下班有专职司机接送，隔三岔五单位会安排出外参观考察，每天有数不完的饭局等着他的参与，各个行业、部门的大佬都想和他把酒言欢。他的事业和家庭，都如正午的太阳一样，充满了激情与能量。

当然，这只是大家的看法，卫胜苏不会也不能去给别人解释什么。

卫胜苏用力地揉了两下太阳穴，从桌上的香烟盒里摸出一支香烟，点燃，他发现自己竟然想不起明天白天有什么安排。这狗日的生活。卫胜苏赌气似的猛吸了一口烟，他感觉到烟顺着喉咙冲进身体，奔腾着，横冲直闯，像沙尘暴一样肆虐着他的五脏六腑。

对了，明天是1号。每个月1号，是局里开月总结会的日子。为了提高工作效率，卫胜苏在年初的部署会上将全年工作分成若干阶段，然后通过各种大大小小的会议来落实完成。开会是卫胜苏的乐趣之一，他喜欢那种肃穆、安静的气氛所带来的快感。他还规定，在会议过程中，参会人员都必须发言，时间为一分半钟，多一秒少一秒都不行。卫胜苏记忆力极好，对局里各种统计数据、工作方案倒背如流。他喜欢在下属发言时突然发问，如果下属答不上来，轻则被当场批评，重则散会后被直接交流岗位。

卫胜苏的这个特殊癖好和他那无上的权威，愁坏了局里的众多处长、科长。大家私下里给卫胜苏取了个外号叫“维生素”，逼着大家天天开会“补脑”。

三

在“上班”之前，老姚曾是镇上采矿场的一名工人，儿子在镇上读小学，老婆翠花在家开缝纫店，一家三口的日子过得艰辛却甜蜜。

翠花一直记得那个冬天的上午，她看着老姚走出屋门不到五步远，突然头一偏倒在晒谷坪里。她慌乱地奔跑过去，却怎么也喊不醒老姚。她的呼喊声和哭声引来了邻居，大家将老姚送往县人民医院。经过医生的诊断，老姚患上的是矽肺病。这种病在矿工中很常见，主要是因为人体长期吸入含游离的二氧化碳的粉尘，引起以肺间质纤维化及矽肺结节为主的疾病，严重者影响肺功能，丧失劳动能力，甚至发展为肺心病、心衰及呼吸衰竭。

老姚住院后不久，矿上又出现了一起安全事故，矿塌了，埋了两名工人，老板吓得连夜卷款逃跑了。老姚的工作没了，人又住进了医院，家里的担子全压在老婆翠花的肩上。翠花要照顾年迈的公公，要照顾住院的老姚，要照顾读书的孩子，她还要赚钱养家，忙得焦头烂额。家里多年来的一点积蓄全变成了医药费，但老姚的病情还是每况愈下。终于有一天，翠花收拾好衣服悄无声息地永远离开了这个家。

“夫妻本是同林鸟，大难临头各自飞。”老姚不怪她，四十多岁的女人为了他和孩子，苍老得和六十岁的老太婆一样，换了谁，心里也不好受。家里只剩下了一老一少，老姚反倒想开了。他把儿子送到城里的妹妹家托她照顾，又把老父亲送进了村里的敬老院，接着他变卖家里所有值钱的东西，再连同仅存的一点积蓄全部打到了妹妹的卡上。医院肯定不住了，老姚独自住回了镇上的老屋，他把遗嘱也立好了，万一有什么不测，老房子归儿子所有。

老姚这个病时好时坏，身体好时和正常人一样，可以去外面到处走走，捡点垃圾；身体差时，疼得整日整夜地躺在床上，只能靠喝水维持生命。老姚想得很简单，父亲孩子都有了着落，自己一个孤家寡人能活一天算一天。人想通了，气也顺了，老姚的病竟然没有再恶化下去。

因为常到镇上周边地段捡垃圾，老姚认识了一帮新朋友。这些人白天以捡垃圾为掩护到处“踩点”，晚上则出来“做活”。新朋友们知道老姚的情况后，都鼓动老姚和他们一起干。用他们的话说，老姚都是半截身子埋在土里的人，没有什么可以顾忌的。就算被抓进去也没关系，还有国家管吃管住管看病，不见得比外面差。

“做活”毕竟是犯法的事情，这个想法埋在老姚心里许久，迟迟不敢付诸行动。但城里读书的儿子处处需要用钱，穿衣吃饭、交学费、买课外书、参加补习班，之前老姚交给妹妹的那点储蓄早已用得一干二净。当儿子阑尾发炎需要动手术的消息传来时，老姚什么也顾不上啦。做了第一次，就有第二次、第三次……老姚从此走上了“贼道”，这一走就是好几个年头。

四

窗外的风刮得很急，月色也很暗淡。卫胜苏仰靠在椅子上，空洞地望着窗外，任手里的香烟缓缓地燃烧着。

卫胜苏是从大山深处走出来的孩子，他出生在一个很偏远的乡村，离镇上有二十里地的路程。卫胜苏的父亲是个酒鬼，常常喝得烂醉如泥。母亲则是父亲花钱买来的一个傻子，整天坐在门槛上咧着嘴笑。从卫胜苏懂事开始，他就挑起了家中的担子，他去山上捡柴火、割青草；去河边挑水、喂猪；他要洗衣服、做饭，还要照顾年幼的弟弟妹妹，甚至侍弄家里的那三亩水田……

等卫胜苏到了上学的年龄，为了兼顾学业，他开始不知疲倦地奔跑往返于学校和家之间。他在学校读书，放学后在超市兼职。等到晚上超市关门，他再奔跑着回到二十里地外的家中，处理家里的各种杂事，然后再复习功课和完成作业。艰苦的环境磨炼了卫胜苏的心智，不断的奔跑则锻炼了他的体魄。初中毕业后，卫胜苏以优异的成绩考上了市里的重点高中，接着又考上了重点大学，毕业后，他进入了家乡的公务员队伍。卫胜苏凭借着那股不知疲倦的奔跑精神，被从办事员提拔为科长、从科长提拔为副局长、局长。那个学生时代被同学们讥笑为“乡下维生素”的青涩少年已经不复存在，代替他的是实权在握一个签名价值万金的卫局长。

卫胜苏的工作能力和处世哲学，在县里是有口皆碑的。特别是他当上“一把手”之后，财政局参与制定了县里多项重大经济决策和政策，得到了领导的高度赞扬，并连续几年被评为全县先进单位。卫胜苏还为局里拉来了一大笔资金，新建了办公大楼，改善了上班环境；修建了家属楼，解决了职工的住房问题；他还找县领导批来了一辆二手大巴车，用于接送本局职工上班下班……大家都传言，卫胜苏还将在政治上有更大的进步，如果这样的人领导都不提拔，那还提拔谁呢？

五

老姚出门前，再次检查了一遍工具。做事谨慎细致是老姚的习惯，也因为这个习惯让他从未失手过。清点完毕，老姚挎上包，骑车往城里方向踩去。一个小时后，老姚的身影出现在一堵高墙之外。

午夜的寒风刮得正紧，树叶在风中摩擦颤动，发出“呼呼”的声响。这“呼呼”声像是一个无形的罩子，把周围的一切声音都压在罩子下。老姚知道，这是“做活”的好日子。

这面高墙在办公大楼的正后方，墙边有一个锈死的铁门，门闩处用几根粗铁丝缠绕着，上面挂着一把看不出生产年代的铁锁。老姚在几天前来这里踩过点，铁门已经被他撬开了，铁丝也被剪断了，他还用石头在门口做了特殊的标记。高墙外路口的路灯被老姚用弹弓打掉了，现在整条路都被包裹在浓郁的夜色里。老姚向四周瞅了瞅，慢慢摸到门口，他仔细观察了一下石头标记，确认没人来过后，推开铁门，钻进了院子。

进入大院，视线一下开阔起来。老姚看见前方一栋近十层高的办公大楼矗立在院子的东北角，大楼黑灰色的墙壁在夜幕下已卸去了白天的威严，像一个垂垂的老者蜷缩在轮椅上，一动不动。老姚知道这地方叫财政局，是管钱的地方。白天的时候，大门口总站着两个穿制服的保安，把衣冠不整的人挡在门外，而在今晚，老姚却要在这里自由进出，并带走一些“劳动所得”。想着这些，老姚心里不禁有点隐隐的扬扬自得。

老姚贴着墙壁向前走，绕过一个篮球场，接着穿过停车坪。他看见地上写着的白色数字，在静谧的深夜里，反射着些许的月光，显得触目惊心。老姚想起矿上的老板也有一个停车位，用白色的油漆画出来的方格，上面写着数字符号“1”。矿上的工人曾开玩笑说：“城里人有意思，死后要挖个坑弄个木盒子睡着，生前也要画个格子弄个铁盒子坐着，这活和死有啥区别?”这话说完没几天，矿上就发生了事故，死了工人，老板也跑了。愤怒的工友们掀翻了老板的汽车，然后将车烧了。“呸呸呸”，真不吉利，怎么突然想起这样的事情。老姚调整了一下情绪，猫着腰向大楼奔去。

不知是保安疏忽，还是侧门原本就不锁，老姚进入办公大楼后，轻松地顺着楼梯上到七楼。按照之前的打探，财政局的领导都在七楼办公，这也符合官场流传的“七上八下”的传统。老姚借着手电的光亮，一个门一个门地摸过去，最后停在走廊尽头的门前。这个门的门牌上写着“局长室”三个大字。门是木质的，坚实厚重，闻起来有股淡淡的黑胡桃木所特有的香味。老姚抓住门把手往外使劲地拉了拉，门安装得很严实，纹丝不动。

老姚朝四周瞅瞅，又竖着耳朵对着楼道听了一阵，空荡荡的一栋楼，静得让人窒息。确认安全后，老姚开工了。他将背着的挎包放到身前，从里面摸出铁丝、夹子和万能钥匙等工具。接着，他用嘴咬着手电，两手协作将工具配合着插进锁眼，慢慢地捣腾起来。这个门锁是插芯执手锁，这种锁一般分为分体锁和连体锁，产品材质以锌合金为主，因为防盗效果不错，被很多地方采用，要想弄开，还得费点周折。当然，对于老姚这样的“专业人士”，也仅仅是多费点周折而已。为了“做活”，老姚曾在一位开锁的同行那里下过苦功夫学习。老姚不断地变换着手法将工具在锁眼里转动，随着锁眼里发出“咔嚓”一声脆响，门开了。

老姚并不急着进门，他关了手电，又将工具一一收回挎包，接着戴上一副布手套，仔细地将门上的指纹抹去，然后才将门推开一条缝。房间在意料之中地大，借着淡淡的月光，老姚看见地上铺着深色的地毯，墙角摆着整排的落地书柜，一张宽大的书桌放置在落地书柜前方，书桌边围着一圈淡色的沙发。老姚注意到在落地书柜边有一个小门，那应该是休息室，或者是存放私人物品的地方。老姚知道，这次绝对是一条大鱼。

六

卫胜苏心里清楚，自己当年那股敢拼敢闯的奔跑劲已经不在了。是什么时候开始停止奔跑的脚步的呢？是从自己当上局长之后？还是女儿去外地读书之后？或者是竞争副县长的职位失败之后？卫胜苏努力地回忆着。

刚工作那会儿，卫胜苏每天都跑步上下班，一直到当上局长，这个习惯也没有改变。晨跑让他头脑灵活，精力充沛，已经变成了他生活重要的组成部分。可当上局长后，他突然发现早上跟着他跑步的下属多起来，他甚至听说有很多下属是专程从城市的另一头打车到自己家附近，等着和他一起晨跑上班。而在局里，那些和他关系不错的副手们，也在公开或者私下场合里劝说卫胜苏放弃晨跑的习惯。如果连局里的“一把手”都跑步上下班，那这些副手又怎么好意思开着公车出行呢？社会上也有好些人议论，说卫胜苏想出风头想疯了，利用跑步来沽名钓誉，不坐车是要和其他人划清界限以示清廉等。这些议论被夸大后变出好几个版本在县里流传，全都表露出对他的不满。面对各方的压力，卫胜苏唯有妥协，他要后勤处购买了一台跑步机，安放在休息室里。早上由司机开车接他到单位，然后一个人躲在休息室里跑步。

卫胜苏的女儿去外地读书后，他的私人时间多了起来。财政局这样的实权单位，每天的饭局数不胜数。卫胜苏的老婆是银行的中层领导，每天也有忙不完的事情。于是有那么一段时间，卫胜苏的一日三餐都在馆子里解决。每次吃完饭后，东道主还会安排各种各样的后续节目：唱歌、喝茶、洗脚按摩、打麻将等。卫胜苏喜欢唱歌，长期的运动让他的肺活量惊人，他很适合唱那些充满阳刚之气的军旅之歌，《打靶归来》、《咱当兵的人》、《一二三四歌》等，配上他挺拔的个头，一张嘴就能赢得满堂的喝彩。唱歌唱累了，当然要洗脚按摩来放松一下身体。双脚是卫胜苏最喜欢的部位，也是他力量的源泉。躺在柔软舒适的按摩床上，一边听着轻柔的音乐，一边任由年轻的女技师时轻时重地按摩脚上的穴位，疲劳和压力在这一刻消失得无影无踪。心情好时，卫胜苏也和他们打打麻将、玩玩纸牌。等活动接近尾声的时候，那些老板或者老总会在恰当的时机，将早已准备好的信封或银行卡塞进卫胜苏的口袋，他们的一些采购项目或财政拨款都需要卫胜苏的签字，这些都是潜在的规矩。

卫胜苏给父母在老家建了一栋三层楼高的小洋楼，他给女儿购置了一辆宝马牌的小汽车，他给弟弟妹妹安排了好工作……他的衣服从里到外都是国外的名牌，手腕上戴的那块“百达翡丽”手表价值十余万元。卫胜苏曾为自己没有在政治上更上一层楼，感到委屈和遗憾。他觉得现在这样的日子，是生活对于自己的一种补偿。

七

走进房间的老姚已经完全进入了他的职业角色，他像一只狡黠的狐狸，仔细地打量和估算着这间屋子。稍稍停顿后，老姚穿过沙发，走向办公桌侧面，他的手从书桌上方伸过去，摸索着伸手准备打开书桌中间的抽屉。突然，“叮”的一声，房间里的灯全亮了。

灯亮的那一瞬间，老姚差点吓得叫了起来。炫目的白色日光灯照得他脑袋里一片空白，他下意识地往后连退了好几步，腿肚子一软，整个人仰倒在沙发上。灯光下，他看见宽大的办公桌后的黑色旋转座椅上，竟然坐着一个人，一个和他年龄相仿的男人。

“姚远?”

“你是?”对方竟然叫出了自己的名字，老姚又吓一跳。

“我是卫胜苏啊，初中的时候和你同桌的那个，外号‘维生素’。”对方继续说。

“维生素？真是你！你怎么在这里？吓死我了。”老姚缓过神来，心想，今天是走运了，遇见了同道。

“我怎么在这里？我堂堂卫局长当然在自己的办公室里，而你怎么会在这里?”卫胜苏一笑，反问道。

“啊！我……”老姚额头上的汗一下子冒了出来。

“偷东西？撬锁？以前的同桌同学、学习委员，现在沦为了小偷?”卫胜苏笑起来。

“维生素，不，卫局长，我、我也是没有办法啊。”老姚窘得说不出话来。

“老姚，上初中时你我成绩不相上下，我是班长，你是学习委员。没想到这么多年过去，我当了局长，你却变成了小偷。今天若不是遇见我，你在监狱里待个三五年，那还算从轻发落。”卫胜苏说。

老姚听到“监狱”二字，吓得从沙发上一下滑坐到地上，不住地摆手。

“别……老同学，你听我解释，我失业了，又得了病要吃药，孩子在城里读书，老婆也跑了，我需要钱，我也是被逼无奈啊……”

“老姚，有困难你可以说啊，你来找我，我能不帮你吗？能看着你继续当贼?”卫胜苏激动地一拍桌面。

“砰”的一声脆响，让老姚全身一抖。老姚生怕引来其他人，连连作揖，低声说：“我知道我错了，卫局长，你、你别把别人引来了。”

“我的办公室你以为谁都可以进来吗？没有我的同意，这里谁也没有这个胆子。”卫胜苏很不屑地瞟了老姚一眼，继续说，“老姚，当年你要是和我一起读大学，怎么可能落到这步田地，人啊，还是要读书啊!”

老姚两手抱住脑袋，叹了一口气。当年他家一穷二白，能吃一顿饱饭就是他最大的愿望，读书改变命运这种虚无缥缈的东西，他从来没有往心里去。初中毕业后，老姚迫不及待地踏入了社会，他的所有想法就是赚钱、吃饭。他去工地担过砂石，在市场贩过小菜，在网吧当过网管，还在路边卖过光碟、假文凭、假公章……凭借着这些年赚的小钱，他在村里盖了房子，娶了老婆，生了孩子。他自以为他的人生已经很圆满，却没想到一场病将生活这面镜子砸得七零八碎。

“抽支烟吧。”卫胜苏给老姚扔了支烟。

老姚抖抖索索地给自己点上烟，他闻到卫胜苏嘴里浓郁的酒气，看见卫胜苏的脸被酒精灌得红彤彤的。灯光下，卫胜苏正说到兴头上，他的胳膊伴随着说话的节奏，一上一下地挥动着，很有点坐在主席台发言的架势。老姚不敢打断他，唯有听着，老老实实地听着。

不知道过了多久，卫胜苏站起来活动了一下筋骨，喝了口茶。然后从外衣口袋里摸出一个信封，走到老姚面前，递到他手上。

“老姚，这是我的心意，你拿着，以后做正行吧。”

“不行，不行，我哪敢要您的钱啊。”老姚像手里捧着烫手的山芋一样，连连哆嗦。

“什么您啊您的，钱，就当我借给你的，等你将来发财了再还我，犯法的事以后就不要再做了。”

“谢谢，谢谢卫局长。”老姚两腿一软跪在地上。

“什么卫局长，喊我老卫，以后有什么难处，直接来找我，都是老同学，我不帮你谁帮你？”卫胜苏扶起老姚，拍拍后背，将他送出门。

八

卫胜苏又点了一支烟，他的思绪慢慢清晰起来。

下午县长到财政局来视察工作，他全程接待，喝了不少红酒。

晚饭后，本地商会的一个老总约他吃宵夜，又喝了不少白酒，等宵夜散场，卫胜苏已经喝高了。他的步子有点飘，舌头都有点不太好使。好在意识还算清醒，卫胜苏拒绝了老总请他去洗脚按摩的建议，执意让司机送他回了单位。他依稀记得在上车的时候，老总将一个厚厚的信封塞到了他外衣的口袋里。

县长来财政局视察工作只是个幌子，要卫胜苏照顾房地产老总才是目的。这个老总就是晚上约他吃宵夜的人，卫胜苏认识。老总以前在县里代销品牌酒，赚了不少钱，后来转行进军房地产业，楼盘做了不少，但承建的房屋质量却不如他的品牌酒靠谱。之前建的一个楼盘，交付使用刚一年就出现了墙体开裂，弄得业主集体到县政府告状。后来承建的一个安置小区，报价一千多元一个的防盗门竟然全部是塑料外壳，一拳就可以砸出个洞来，又被市里的电视台曝了光。幸亏老总背景硬，又舍得花钱，费了好大的力气才将这些事摆平。前段时间老总又看中了一个项目，但资金短缺，银行贷不到款，便打起了财政局的主意。他之前约过卫胜苏好几次，都被婉拒了。卫胜苏没想到老总能量这么大，将县长都搬了出来，他能拒绝老总，但他不能拒绝县长。所以等到晚饭后老总约他，他爽快地赴了约，并喝了酒。网络上有句话说得有意思：生活就像强奸，如果不能反抗，那就闭着眼睛享受。

也就是在这个奇妙的夜晚，卫胜苏遇见了姚远。卫胜苏已经不记得当晚自己和姚远说过什么，他只记得自己给了姚远一个信封。看着眼前这个陌生的初中同学，那花白的头发、破旧的衣衫，还有那对自己唯唯诺诺、战战兢兢的表情。他想起自己和老姚年少时相似的艰苦岁月，他给老姚那个装钱的信封，是同情？或是怜悯？或是一种本能的内疚？连他自己也说不清楚。但是，卫胜苏突然为自己现在的富足生活而感到深深惭愧，和姚远比起来，他太幸福，也太不惜福了。

将姚远送走后，卫胜苏的心里突然涌起了那股消失了很久的奔跑的激情，他走进休息室里，在跑步机上慢跑起来。他已经对现状忍受太久了，他必须有所改变。在奔跑中，他的灵魂仿佛从躯体中脱离出来，在两个不同的躯壳间犹豫不决，一边是敢作敢为热爱奔跑的“乡下维生素”，另一边是在权力场上声色犬马随波逐流的卫局长。卫胜苏决定近期抽空回老家看看，出来这么多年，却一直没有给家乡做什么贡献，这次他要动用权力给家乡拨一笔款项，用于修路或者架桥；最好再投资一个项目，将当地的经济搞起来。他还想以私人的名义给村里的希望小学捐一笔款，给孩子们添置一些桌椅和学习用品。对于那个老总，他将启动监督机制，对老总开发项目中的资金进行全程监督，他要确保房屋的质量没有问题，哪怕这样做可能会得罪县长。人生苦短，他不能再像过去那样活着，得做一些有意义的事……卫胜苏越跑越快，他感觉到脚上的能量在不断地涌出来，仿佛可以支撑着他永远跑下去。

卫胜苏觉得很奇怪，在这个夜晚，自己怎么会突然之间有这些想法。

九

老姚不知道自己是怎样走下楼梯，又怎么走出办公大楼的，好像每走一步都要用尽全身的力气。他脑子里乱哄哄的，心跳得厉害，汗水凝固在他的脸颊上，都不敢用手去擦一下。他的两只手紧紧地捂着胸口的信封，好像只要一不留神，信封就会消失一样。

一直到站在停车坪前，看着眼前这栋黝黑的大楼，老姚还觉得今晚经历的一切都好像是一场梦。老姚使劲地按着胸口，贴在心脏位置的厚厚的信封真实地存在着，隔着衣服仿佛都能感受到信封上微热的体温。一阵风吹来，老姚打了个寒战，他这才感觉到室外的寒冷，他里面穿的衣服全被汗水浸透了，衣服和皮肤粘在一起，让他浑身痒得难受。老姚一步一回头地向后门走去。七楼上，卫胜苏房间的日光灯还明晃晃地亮着，在寂静的夜色里，非常醒目地存在着。

老姚按照原路走出院子，他将铁门关上，重新将铁丝缠绕在铁门上，又从包里翻出一把半个手掌大小的铁锁。他将铁锁挂在铁门的门闩上，锁住，然后将铁锁上的钥匙取下来，远远地抛了出去。

做完这一切后，老姚才从墙角推出了自行车。时间还早，他想在天亮之前赶回家，洗个澡，然后补个觉。等天亮了，他先要去镇上理个发，再去超市给儿子买些爱吃的零食和水果，然后搭早班的汽车进城。对了，他还得把邻居手里的一些旧账还掉，那些旧账不多，但已经拖欠了很久。老姚还想把隔壁老王家的那个门面租下来，他得去和老王谈谈租金，他早就想开一家废品收购店了。这个厚厚的信封让老姚看到了希望，他觉得还有太多的事情需要去完成。

"别动，警察。"两个穿制服的警察突然从黑暗里钻出来，一前一后将老姚夹在中间。

"我没有偷东西，我没有偷东西。"老姚惊出一身冷汗，下意识地喊道。

"还没有问，你就招了，一看就是做贼心虚。"

"我真的没有偷，钱是卫局长送给我的，他是我同学，他是局长，他……"

"有什么说的，到派出所再说吧。"

"咔嚓"一声，冰凉的手铐戴在了老姚的双手上。

十

白天的月总结会上，卫胜苏第一次没有做任何提问，这让准备良久的下属们有点无所适从，以至于在主持会议的副局长宣布散会后，还都坐在椅子上不敢离去。

"都散了吧，以后我们也要紧跟中央号召，精简会议，少说空话，多做实事。办公室先制定一个减少会议的方案，明天报给我。"卫胜苏丢下话，头也不回地走了。

午饭卫胜苏是和夫人一起吃的，地点定在江边的一个小饭店，不高档，但安静雅致。卫胜苏已经很久没有和夫人一起共进午餐了，他觉得今天应该庆祝一下，他忽然有种拨开云雾见天日的感觉，迫切地想找一个人分享。

卫胜苏点了好几样夫人爱吃的川菜，又要了一瓶红酒，然后坐在饭店的包间里等待。隔着宽大的浅蓝色的落地窗，他看着江水缓缓地向南流淌，很舒柔，很娴静。不知道过了多久，夫人来了。卫胜苏边吃饭边和夫人聊天，聊他小时候在农村种地喂猪，聊他每天奔跑的四十里山路，聊他的铁哥们儿姚远……夫人被逗得前仰后合，娇笑连连。卫胜苏感到前所未有的轻松和欢畅，自己早就该这样改变了。

在吃饭中间，卫胜苏接到了派出所打来的电话，电话里说他们抓到了一个叫姚远的惯偷，供认昨晚从他这里偷走了一笔巨款，派出所需要卫胜苏去核对一下财物。

“我没有丢任何东西，姚远是我的初中同学，昨晚他因经济困难来找我借钱，我借给了他。”说完，卫胜苏挂掉电话。

警察还是来了，那是半个月后的一个中午，一同来的还有纪委的工作人员。在办公室里，他们宣布对卫胜苏进行“双规”。

老总给卫胜苏，然后又被卫胜苏送给老姚的钱，变成了一根导火线，这根导火线没有殃及老姚，但却牵出了许多其他的人，卫胜苏就是其中之一。

众人进来时，卫胜苏正站在宽大的办公桌旁写毛笔字，临的是《兰亭序》。走在最前面的青年刚要开口，卫胜苏头也不抬地摆摆手，说：“我知道。”接着，他润了润毛笔，继续提笔写道：“后之视今，亦犹今之视昔。悲夫！故列叙时人，录其所述，虽世殊事异，所以兴怀，其致一也。后之览者，亦将有感于斯文。”

卫胜苏被带走的时候，很平静，他的脸上没有紧张与慌乱，倒像是一种如释重负的解脱。这半个月的时间，他做了很多事情，这些该感谢姚远，也该感谢那个奇妙的夜晚。

离开办公室时，是中午 12 点，卫胜苏清楚地听见办公室的挂钟“铛铛铛”地敲了十二下。

（原载《湖南文艺》2015 年第 7 期）